对不起

【美】梅琳达·丽 著
万聿 吴赟 译

上海文艺出版社

献给“火箭狗”洛克希。

我们拯救了彼此。

第一章

黑暗。

特莎一直惧怕黑暗。从记事起她就总是怀着对夜幕的恐惧入眠，总要看看床底，再三检查过她的小夜灯才能上床。

好像这枚如燃起的火柴大小的灯泡能驱散她的噩梦一样。

但今夜，她却衷心希望夜是纯粹的漆黑，希望月色能隐匿在流云背后，希望暗影能使她遁形。

黑暗改变了它的阵营。她感到头晕目眩，肺部也发出尖锐的喊叫，她奔向了黑暗的怀抱。曾经最恐惧的东西现在却能成为她的救世主，她的奇迹。

她要仰赖这片黑暗才能活到日出。

“特——莎。”声音在森林里飘传着，“你逃不掉的。”

他在哪儿？

她像一只受惊的小鹿一头扎进森林，常青树的枝条攫住她的手臂，划伤她的脸颊，她的心狂跳着，如同被猎食的动物。平时懒于活动的肌肉已然力量透支，她的身体开始发出抗议，脚步也渐渐慢了下来。路上她看见一棵树木烧毁后留下的焦骸，黝黑的枝条朝上指着，像一只烧焦的手伸向天空。她躲在一棵参天橡树之下，紧靠着树干，树皮将背部刮伤也无暇顾及，只侧耳倾听着周遭的动静。

他去哪儿了？

一只蚊子绕着她的脸嗡嗡飞转，她能听到右手边森林的声响环绕着红湖。夜的沉寂让她的感官敏锐起来。青蛙低叫，蟋蟀吱喳，某种体型很小、行动轻快的动物在附近的矮树丛中疾冲而过。空气中充斥着松枝、湖水和恐惧的气息。

她不止一次地希望自己能缩小，然后逃进兔子洞里消失不见。

呼呼！一只猫头鹰落在头顶的高枝上。

特莎吓了一跳，一声惊喘脱口而出。她用手捂住张大的嘴，脸上的液体便沾满了手指，她放下双手，上边沾着湿润的泪水——和血。她碰了碰自己的嘴角，这是之前被他的拳头打中的地方，嘴唇已经破了。之前在空地上，她甚至没来得及踢中他的腹股沟便被制服，那人实施的暴行让她的脸还有身体的其他部位现在都还隐隐作痛。

当他把她摔在地上时，她趁机逃跑，盲目地撒腿狂奔。

猫头鹰腾起，慢慢拍动翅膀，从林冠间的缝隙中飞升起来。云层散开，月光从开口处照下来。顷刻间，这只猛禽在墨色的天幕中便只剩模糊的剪影，接着便消失不见。

她顺着树干滑下来，蹲在地上蜷成一团。

九月的夜晚清凉舒爽，她却如同吸进了燃气，吞下了一把火，肺中灼烧不已。她气喘吁吁，呼吸的声音响亮到仿佛可以穿过树林，传到一英里之外的地方。

安静！

会被他听到的。她焦躁不已，之前一路狂奔，对她的肺部已经造成了很大负担。她没跑多远，他一定就在附近。

“特—— 莎”

她心如擂鼓，几乎掩过他的声音。她无法判断这声音是从哪个方向来的。

她紧抿上唇，但肺部却需要更多空气，眩晕顿时席卷而来，视野外圈浮起一层红色。她张开嘴保持着轻浅的呼吸，希望着，祈祷着自己碎乱的喘息不会像耳中的回音那样大声。

几分钟过去了。

什么都没发生。

他可能往另一个方向去了。

她的呼吸缓和下来。由于站的位置太过狭窄，她的双腿又开始打战。虽然她在这片空地上参加过无数的派对，但黑暗里看什么都一样。

她分辨不清自己所处的位置。

她环顾树干周围，前面二十英尺的位置，月光在银色的阴影中照出一条小径来。会是通往主干道的路吗？树叶间窄窄的缝隙之上又包裹着交叠的树影，整片森林窒息在黑暗之中。

汗水顺着脊椎滑下，在她的后腰处汇成一小泓水迹，浸湿了牛仔裤的腰带。她眯了眯眼。还有什么选择呢？她不能久留。

他会追上来的。

他会杀了她的。

但要跑的话，她需要先从树后面出来。

他在哪儿？

怎样都好，她需要动起来。即使现在还没有被他抓住，他迟早是会追上来的。这时他已经不可能再放她走了。她怎么会相信他？就因为他说爱她吗？

愚蠢。

他根本不懂爱。她脑子里知道得一清二楚，但心里却不愿相信。

现在这个真相将置她于死地。

黄昏那会儿，她还想着走进冰冷的湖水里，结束自己的痛苦。但现在死亡正在她的颈后喷息，恐惧顿时支配了她。求生本能战胜了所有对未来的担忧。

我不想死。

最后一次和祖父母说话时她还带着怒气，她向他们撒了谎。如果没能逃过此劫，那场争吵将会是他们对她最后的记忆。祖父母并不完美，但深爱着她。而现在她却没有机会再告诉祖父母她也爱他们，告诉他们她很抱歉把自己的生活弄得一团糟，抱歉冲他们发火。

她再也没有机会说对不起了。

她必须逃出去。她必须活下去。她要为伤害了世上最爱她的两个人道歉。她拖着脚步，大腿肌肉颤抖着，头脑发热。她没有全力开跑，而是朝着小路走去。她还不清楚他在哪儿，还是尽量少发出声音为好。不过既然她都不知道自己身在何处，也许那个人也不知道吧。

她踏上小径，放缓脚步慢慢跑着。矮树丛抓绊着她光裸的双腿，她感觉运动鞋底下压实的泥土是如此熟悉。她转了个弯加快脚步，一根树枝啪嚓一声断在脚下，她像只兔子惊跳起来。一片云飘到月前，她脚下的路上顿时落下一道阴影。特莎脚下一绊，摔了一跤，膝盖撞上裸露在外的树根，尖锐的疼痛感瞬间袭来。她用手和膝盖支撑着身子，停下来喘匀了气，咽下哽在喉头的恐惧感。泪水顺着她的脸颊滑了下来。

继续跑！

她单脚撑起身子站了起来，强迫着自己迈动颤抖的双腿，磕磕绊绊走了一路，猛地停住脚步。她认出了那棵焦黑的树。没想到跑了一圈竟又回到了原点。她脚下一个踉跄，顿时意识到自己正回头往空地的方向跑去。

回到他那儿去。

枯叶簌簌沙沙，声音回响如同一声雷鸣般震耳。

拜托。拜托，别让他抓住我。

泪水模糊了视线。她猛地给了自己一耳光，擦干眼泪，又开始虚弱地奔跑起来。

粗壮的树木背后走出一个影子，她急忙停下，磨旧的帆布高帮鞋底猛地滑进泥土里。

她抬眼看向他，骨骼都在打着战。他既没有气喘吁吁，也没有流汗，甚至呼吸都没有一丝凌乱。

这时她才顿悟。事实像一只张开的手掌掴在她脸上。

她死定了。

恐慌围上她的颈项，逐渐攥紧，她就像从麦管中间汲取氧气一般艰难地呼吸着。

“你真的觉得自己能逃得掉吗?”他摇摇头。

她转身狂奔，一路推挤着树枝漫无目的地乱跑。她跑不过他的。她已经累了，可他却还精神充沛。她喘着粗气，肺部的呼吸后继乏力，身后他落下的脚步却平稳而坚定。

她从树林中奔出来，眼前的湖泊微波粼粼。深色的湖水边缘，一丛繁茂的猫尾香蒲正在微风中摇曳。她纵身跳进茂盛的草茎中，踩在一片潮湿泥泞的土地上。她脑中只有一个念头：

快躲起来！

湿润的土壤拖扯着运动鞋的鞋底，吧嗒吧嗒的踩踏声暴露了她的所在。一只手伸过来抓住她的上臂。他将她拖了过来。

“不要！”她蹲低了身子拉扯着后退，几乎要坐到地上。

但事实证明反抗是徒劳的。

她张嘴发出一声惨厉的尖叫。

“闭嘴！”他给了她一拳，手臂动作快狠准。

拳头击中她的下巴，她眨了眨眼，周遭环绕的香蒲丛霎时一片模糊。

她一直都清楚。黑暗从来就不是她的盟友，也不会救她。黑暗是一道深渊，一旦跌进去便再没有重见天日的机会，再也没有。

一切都结束了。

她倒在沼泽地里，上方的香蒲在夜幕中摇摆如浪。一个人影投下模糊的轮廓，金属物在月光下闪过亮光，她随之被疼痛肢解。

世界渐渐隐没在冰凉可怖的黑暗之中。

第二章

他跌跌撞撞跑出了香蒲丛，低头看了看自己的双手。

血，光滑黏腻，泛着深沉的黑，沾满了他的手套和刀刃。他转身朝湖的方向走去，在水边蹲下，把刀放在岸边上，戴着手套的双手伸进浅水中，搓着两掌尽可能把血迹洗去，然后脱下手套放在一边。他的前臂上还留有斑驳的血迹，他从湖底掏了一捧湖泥当作清洁剂，擦洗起手臂来。

沾的血太多了，他不可能完全洗掉。

他回头扫了一眼芦苇丛。他都做了些什么啊?

他做了无法挽回的错事。

他的视线又落到身边的刀刃上，只看了一眼胃里便翻江倒海，他又马上将视线移开。

一共捅了她多少刀？他都记不清了。愤怒让他的思维完全短路了，过去的二十分钟成了模糊的记忆。

一段残暴的、疯狂的模糊记忆。

他听见了尖叫声，乞求声，哭号声，种种痛苦与恐惧交织的声音。他用手捂住耳朵，但声音还在脑内回响。

停下！

带血的刀锋控诉地紧盯着他。

你知道自己做了什么。

他必须背负这一切活下去。但他如何能做到呢？

恐惧之中一个念头一闪而过。

别被抓到就行了。

他不能坐牢。他熬不过去的，即使熬过去了，他的人生也彻底毁了。就算判他无期徒刑，也无法挽回她的生命了。无论做什么，她都不可能回来了。

我要怎么处理这把刀？多亏了电视上播的犯罪剧，众所周知，他是不可能把她的血迹清除干净的。他要处理掉这把刀和手套。还有衣服，肯定也沾上了血迹，他要把它们都扔掉。但扔在哪儿？怎么扔？

他停下来深吸一口气。

快想！

他不是有意杀她的。但狂怒支配了他的身体，他心中有种野兽般的冲动叫嚣着她属于他，他被这种冲动所驱使。

尽管这样想，他也知道这不是真的。她不属于他。他只是单纯拿了自己想要的东西，却没问过别人愿不愿意。

不过，阴暗的想法一直盘踞在他脑海里。他一生中大部分时间都在和内心的黑暗做斗争，把它藏在无人可见的角落里。可她却打破了他的自控。

第一次见她，他就无法正常思考了。

他在脑海中描绘着她的样子，她漂亮的眼睛，视线似乎总是落在他的身上。第一次见面时，虽然她一直不想承认，但她也同样被他深深吸引了。他非常确定。但她已经不在了。她的笑靥再无法照亮他黑暗的生活。

我爱你。

对不起。

他心中一痛，强烈意识到她的心不会再跳动了。他看见生命消逝在她眼底，感受到她的灵魂离开躯体。

他罪恶的根源便是带上了这把刀，这是一个冲动的决定。

不过冲动才是他真正的问题所在，不是吗？

自卫的意识驱使他站起身来，他还有事要做。他捡起手套，手套上滴下的湖水已经褪去了血色。他将手套戴上，提住刀柄最顶端的位置将它拿了起来，他要把这个藏起来。

藏到某个地方。

但首先他要去瞻仰致意。他要见她最后一面，面对自己的所作所为。只有这样他才能忘掉今晚，继续生活。

回香蒲丛的路上，他在地上捡了一个塑料袋，是某人落下的晚餐外卖包装袋。他把刀装进袋子里卷起来。他稍后会想到处理办法的。

等他说完最后一句“再见”。

他回到她身边，双膝跪地，他看着她的脸——只看着她的脸。他无法想象自己居然如此残暴，就像过去的二十分钟有人寄居在他的身体里。否则他不可能这样对待她。他爱她。

但爱也有阴暗的一面：嫉妒，占有。

执迷。

想到今后再也见不到她，一滴泪顺着他的脸颊滑落。

我爱你。

对不起。

没有你我怎么活下去？

第三章

摩根·戴恩拨弄着她那份牛排沙拉，心中却压着一个决定，沉甸甸的，让她没什么食欲。

女服务生回到桌前，“两位要再来一杯酒吗？”

摩根摇摇头，“不需要，谢谢。”

她杯中的招牌红酒只抿了两口。

坐在对面的地方检察官布赖斯·沃尔特斯刚喝完一杯，“这酒有什么问题吗？”

“没有，很好。只是我不太喝酒。”实际情况是她根本忍受不了酒精，要说世上有什么比五彩缤纷的蝴蝶成群结队在胃里翻飞还要更加糟糕的事情，那就是跌跌撞撞的酒鬼。

“噢，那是好事。”他微微一笑，露出整齐洁白的牙齿。

她应该被他吸引的，但她没有，这样最好。这不是一场约会。上次会面布赖斯说要给她一份工作，只要他还没改变心意，那他就会是她未来的老板，而不是男友。

他把空杯放到一边，又点了杯咖啡。摩根什么都没点。

不可否认，这个男人确实有着出众的基因。高大颀长，晒过的肌肤显示出他对男子气概的追求以及户外运动的爱好，他身上兼具了绅士风度与男人味，甚至还有一副得天独厚的低沉嗓音，在宽敞的室内说话时会有好听的回响。在法庭上，布赖斯就像最为狡猾精明的生意人，巧舌如簧地证实着他人的罪行。

摩根在椅子上换了个姿势，清楚感受到制服在腰部收窄。她裁剪合体的丝绸衬衫优雅地垂坠下来，恰好显出脖子上那串珍珠，但又不会露出乳沟。虽然有些女性副检察官会极力保持低调，不太展现自己的女人味，摩根却选择高调显示自己作为女性的吸引力，也常常因此而被看轻。

但今天她却觉得身上的职业套装好像万圣节的戏服一般。她很久没有工作过了，从约翰死后便再没有过。

封存已久的悲伤顿时又有涌起的趋势，她眨眨眼，尽量忽视布赖斯带着探究意味的锐利视线，又咬了一口牛排。她吞下那块肉的瞬间，胃里那些该死的蝴蝶便如一群蝗虫般群起攻之。她把叉子搁在餐盘上，再也吃不下了。

布赖斯的眼神柔和起来。他没有错过任何细节。

该死。

她原以为自己能不带任何情绪地应付完这场会面。

差不多也该结束了。

纽约北部的乡下郡县接收的副检察官数量并不多，她家住在红瀑镇区，要想在家附近工作，这是她最好的机会。她想抓住这个机会。

女服务生端着布赖斯的咖啡回到桌前。

他什么都没加便喝了下去，“抱歉，下午会议太长了，谢谢你这么随和，还陪我一起吃晚餐。”

“谢谢你约我吃这顿饭。”倒不是说摩根有周五晚上的狂欢计划被打乱，只是如果不是这个晚餐邀请，她现在应该穿着睡衣和孩子们在一起看迪士尼电影。说实话，对于他推迟见面时间这件事，摩根不是很高兴，但她要面对这个新现实，上班族妈妈有时会错过正常的睡觉时间。

布赖斯将前臂靠在桌上，手指交叉，盘问似的眼神聚光灯一般落在摩根身上。

“你决定了吗？”他问道。

“决定了。”头顶的风道喷出一阵凉风吹到背上，让她不由一颤，“我接受。”

布赖斯咧嘴一笑，换了个姿势向后靠上椅背，脸上划过一丝满意的神色，“太好了。”

一位打杂的小伙子收走了他们的餐盘，女服务生又走过来，“你们要不要看看甜点菜单？”

摩根摇头，短裙上几粒银色将灯光聚了过来。她的小女儿现在对亮晶晶的东西情有独钟，这就是证据。她压抑着想看表的冲动，不过才离开几个小时，女儿们不会有什么问题的。

只是离开一晚，她就已经开始想念孩子们了。她要怎么应付将来整天待在办公室的生活？况且每一天都是这样的生活。太荒谬了，她三十三岁，两年前还是小有成就的地方副检察官，需要平衡家务、三个年幼的孩子还有工作三方面的事情。她的丈夫约翰长时间驻派在伊拉克，然后六千英里外的一颗简易炸弹爆炸，夺去了她丈夫的生命。她当时绝望不已，扔掉所有东西搬回了老家。现在也是时候做回一位独立的职业女性了。她在伤感中已经躲得够久了。

她要迈步向前，继续她的生活。

但怎么就见鬼的这么难呢？

布赖斯端起咖啡，“敬我新上任的地区副检察官。”

“敬全新的开始。”摩根拿起水杯碰了碰他的杯子，她立刻感觉过去的自己又回来了。

是吗？

“你再考虑一下要不要放弃甜点，”布赖斯玩笑道，“这大概是我们俩最后一餐好饭了，从今往后桌上可都是中餐外卖了。”

“我喜欢中餐外卖。”摩根觉得自己笑得有些假，大概因为她就是在假笑吧。

布赖斯买了单，两人一同离开餐厅。人行道上，他热络地和她握手告别：“我们下下周一再见，人事会跟你联系的。”

“再见。”摩根往相反方向走去，转角离开。她的手握紧了托特包的包带，仿佛将自己的镇定也握在五指中。

她的小货车停在一条小道边。夕阳在街上投下一道长长的阴影，她的鞋跟忽然绊了一下，她踉跄几步，鞋子一扭从她脚上掉了下来，她稳住平衡，又往回退了一步，弯腰捡起鞋子。三英寸的高跟从鞋底脱坠下来，皮质完全裂开，已经没法再修了。

泪水涌上她的眼眶，恐慌也在她的胸中盘旋。怎么搞的？不过一双鞋而已。她一脚踩着高跟，另一只脚光着，一瘸一拐，姿态滑稽地走到街对面，坐上自己那辆小货车。上帝保佑，她已经走出了布赖斯的视线范围。他不需要发现她职业伪装下的脆弱本性。说实话，这种脆弱一遇到沉重的压力便会如棉花糖一般被碾得粉碎。

她坐到驾驶座上，闭上眼深呼吸，等胸中紧张的情绪缓和下来，解除了心理危机之后，她把那只完好无损的高跟鞋脱下丢在后座，让它和破损的另一只作伴，接着便驱车回家。停好车后，她先把鞋子丢在车道头上的垃圾桶里，然后进了家门。

起居室里，她的祖父正靠在咖啡桌上，眼睛紧盯着棋盘。他们的邻居尼克·扎伯罗斯基坐在对面。尼克是一家小型景观公司的老板，和父亲一起住在街对面。

“你好，尼克。”摩根把提包放在门厅的衣柜上，“今晚没有活动吗?”

“没有。”尼克才二十岁，还这么年轻，却总是和邻居老人一起度过周五的夜晚，是和女孩交往有什么障碍吗?

“孩子们睡了吗?”摩根问道。

祖父挠挠下巴，手指刚碰上他的车又放开，“睡了。”

“尼克在这儿，你是怎么把索菲哄睡着的?”摩根问道。尼克是索菲最喜欢的人之一。

尼克脸上一红，“我给她读了一个故事。”

噢，难怪。

祖父移动了车的位置，往后坐了坐，看向她，“你的鞋呢?”

“一只鞋跟坏了。”摩根脱下西装外套丢在提包上。

尼克拿起骑士跳过一排卒，“我得走了。”

祖父点头，“明天再下完这盘?”

“当然。”尼克往门口走去，“晚安。”

“晚安。”摩根在他走后把门合上，锁好。

祖父俯下身收拾棋盘。

“我来帮你拿吧。”摩根把棋盘放到架子上，明天一早她三个年幼的女儿就会像保龄球一样滚过起居室，棋盘放这个位置她们才碰不着，“这局谁赢?”

“这会儿还很难说。”

尼克和祖父下棋也有好几年了，尼克以前是高中国际象棋队成员，本来是有优势的，但祖父也时不时会耍些小手段，出一两次老千。

“事情谈得怎样?”他问。

“很好。”她吸了吸鼻子说道。

“看得出来。”祖父轻哼一声，从靠墙桌上的盒子里抽出一张纸巾递给她。

摩根拿着在眼下擦了擦泪水，“我不知道自己出了什么问题，我明明只是接受了一份自己很想要的工作而已。”

“你已经迈出一大步了。”祖父揉了揉她的手臂，“改变确实会让人恐慌，你会没事的，你很坚强。”

摩根点点头。别再说这些煽情的废话了。她不觉得自己很坚强，但她可以假装坚强。她走进厨房，从冰柜里拿出一罐胖猴子冰激凌，“在孩子们看来，我是在做正确的事情吗？她们将来的生活日程可能会有很大的调整。”

祖父跟着她进来，“她们会适应的。她们肯定会想你，但她们的生活也不会有太大改变，你才是要经历巨大改变的那个人。”

她从抽屉里取出一只勺子，直接从罐子里舀出冰激凌放入口中。

祖父也拿了自己的勺子，慢悠悠走到她身边和她一起吃起来，“没人说你一定要工作，如果你是担心钱，大可不必。即使我走了，我也另有存款……”

“谢谢。”摩根打断他的话。今晚她不能想象再失去祖父会是什么样子，她承受不了，“我知道你会一直照看着我们。”她把头靠在他肩上，“但不是这件事，约翰的人寿保险金我都还没动过。”之前在家时，她的遗属抚恤金就足够负担最基本的生活开销了。

“看到你振作起来我就放心了。你高兴起来的话，孩子们也会高兴的。”

“谢谢，希望如此。”摩根抬起头，“我去睡了。”

“我去锁门，设好警报。”祖父几个月前装了安全系统。

摩根刮干净罐底最后一点冰激凌，拿起外套便回了卧室，她的心情有些低落，开始感受到过量的糖分带来的轻微头痛。

重返工作本应该减轻她的郁闷，而非增添忧愁。

她在女儿们的房门前停下。房内挤放着三张一模一样的小床。六岁的艾娃和她的泰迪熊紧紧依偎在一起。五岁的米娅侧躺着缩成一团，手臂下夹着她的斑马填充玩偶。索菲则从来不会让睡觉这样的小事限制自己的活动，她仰躺着，睡得四仰八叉，盖着的被子毯子都被踢到地上。索菲从三岁开始就是个棘手的小麻烦。说这话摩根绝不是开玩笑。索菲到什么年纪都是个小麻烦。摩根捡起毯子盖在小女儿身上，接着出门穿过走廊回到自己在尽头处的房间。

她脱下衣服，挂起套装，穿上睡袍。床头柜上的相片里，约翰正凝视着她。她在床边坐下，拿起相片。她还有他更好看的照片，有他穿着军礼服拍下的照片，庄重又正式，但唯独这张最合她的心意，他深褐色的眉上汗珠闪闪发亮，由于派遣工作辛苦而略显瘦削的脸，头顶乌黑的乱发，身着褐色野战制服，在沙漠的背景中笑着。这就是约翰，总是看向光明的那一面。

如果他还在这儿，一定会说：你能行的，宝贝。

“我会努力的。我很想你。”她对着他的相片说道。

沉重的忧伤在她心中蔓延开来，她打开床头柜抽屉，沉思片刻拿出里面的那个信封。不。她还没准备好读这封信。她关上抽屉，把他的照片放回柜子上，放松身体躺在枕头上。

她已经朝着恢复正常生活的计划迈出了第一步，并且是非常艰巨的一步。她今天已经做得够多了。

电话铃声骤然响起，她吓了一跳，不解地抬起头。卧室在下一秒变得灯火通明。她看了看钟，刚过午夜。她肯定是睡着了。她愣了几秒才反应过来响声不是来自自己的手机，而是家里的电话。除了电话推销，没人会打到座机上来。来电显示上写着帕尔默。

摩根拿起听筒，还以为会听到对方在客服中心说话的回声，“喂?”

“摩根?”一个女人的声音问道，升起的音调中透着不安。

“我是。”摩根回道。

“我是伊芙琳·帕尔默，特莎的祖母。”

摩根一下坐直了身子。特莎是她孩子的临时保姆。

“特莎是什么时候离开你家的?”帕尔默夫人问道。

摩根还有些眩晕，“特莎今晚没到这儿来。”

电话里顿时一片死寂。

摩根用手肘撑起身子，“帕尔默夫人？发生什么事了?”

“特莎不见了。”

“什么?”摩根换了一边耳朵听电话。她肯定是听错了。

“昨天我们大吵了一架，她跑出去了。”帕尔默夫人哑着嗓子，“她说要在朋友家过夜，但我给费莉希蒂的母亲打过电话，特莎没去他们家。”

她撒了谎。

“所以从昨天开始你们就没见过她了?”摩根问道。

“是的。”通讯中帕尔默夫人忍不住抽泣起来，“因为特莎每周五都替你照看孩子，我还希望你会见过她。那么至少能确定她没事。”

“特莎有几周没帮我带过孩子了。”摩根说道。

“所以这也是谎话。”帕尔默夫人沉默了。

摩根将枕头放在一边，爬下了床，把睡衣丢在床上，摸进梳妆台抽屉翻找出一条牛仔裤和一件T恤，“你们报警了吗?”

“我们开始认为她冷静下来今晚就会回家。但接近午夜她还没回来。”帕尔默夫人吸了吸鼻子，“我现在马上报警，但我也不知道他们能做些什么。她只有十八岁。”

“有试过定位她的手机吗?”

“我不知道怎么弄。”帕尔默女士说道。

“需要帮忙找她吗?”摩根一边提出帮忙建议，一边探到椅子下面找她的帆布运动鞋。

“我不知道。我不停想着可能下一秒她的车就会停在路边。我丈夫在附近开车找她，现在他们不允许我晚上开车了。”

也许帕尔默先生也不应该在夜间开车。特莎的父母在她十二岁时死于车祸，之后的六年都是祖父母抚养她长大。她的祖父母不像摩根的祖父一样健康强壮，帕尔默夫妇都饱受疾病困扰。

“我在穿衣服了。”摩根找到了鞋子，“我几分钟后就会到你家。”

“噢，谢谢你。”帕尔默夫人松了口气，语调也柔和起来，“我马上报警，再打电话问问她其他朋友。”

摩根挂了电话，套上T恤，拿起鞋子便赤脚离开卧房。这通电话让她有些恐慌，她抽出一分钟到女儿房间悄悄看了看。透过走廊倾斜进的一点光线，她能看见三个深色的小脑袋依偎在枕头上。她微颤了一下，顿感如释重负，同时又有一种近乎愧疚的感觉。

可怜的帕尔默夫人。

摩根无法想象世上能有什么事情比丢了她的宝贝女儿更可怕。

她走进厨房，拖着脚步穿过走廊。

祖父走到门口，一手撑着门框保持平衡。他身上穿着裁剪过的棉质睡衣，外披一件海军蓝睡袍，“怎么了?”

“是伊芙琳·帕尔默来电。特莎今晚没回家。”摩根坐在椅子上，一边穿上鞋，一边和祖父讲了电话的事。祖父走上前，皮质拖鞋在地砖上拖蹭着，保持平衡的那只手顺着墙滑过来。

“你的拐杖呢?”她问道。

他皱起眉头，“我不需要拐杖。”

“医生可不是这么说的。”

“我的拖鞋都比那个医生的年纪大。”他把肩膀靠在墙上，双臂环抱在胸前，表示这个话题到此为止。

摩根放弃了，暂时只能这样。尽管她也不愿承认祖父已老的事实，可他完全不会考虑自己的年龄，不懂得量力而行，“不管怎么说，听起来不像特莎会做的事。”

祖父耸耸肩，“是不像。但再听话的孩子也可能会变成麻烦。抚养他们的时候适度的怀疑还是有必要的。”

摩根记得以前从派对回家后总要经过祖父的仔细检查。她脑中都能勾画出他坐在皮质沙发椅里，腿上放着书本，锐利的眼神透过那副读书眼镜一下将她攫住。他会很直接地嗅闻她的口气，并且对此一点也不会心怀不安。摩根上高中时，父亲在执行公务时殉职，母亲便将一家从城里搬到纽约北部。戴恩家的四个兄弟姐妹，有三个是由祖父这位退休在家的刑警带到成年的。几年后，母亲也因为心脏病去世了。

“她的车可能在手机信号范围外的地方抛锚了。”摩根站起来，从厨房椅背上抓起牛仔夹克，“没准是撞上树或是野鹿了。”

祖父跟着她走过短廊，来到门厅，“有什么情况随时通知我，行吗?”

他就是一个活生生的例子，证明做父母——或是祖父母——确实一生都在奉献。

“我会的。我就是开车到帕尔默家里看看能不能帮上什么忙。”

“你知道的，一晚不回家对青少年来说并不是什么反常的事，”祖父说道，“他们几乎都会在二十四小时内出现。另外，从法律意义上来说，她已经成年了，她也没犯过事。”

“我知道。”但摩根的担忧并没有得到纾解，而且她也同样失去了双亲和丈夫，比起那些心理健全的常人，她习惯将所爱抱得更紧一些。但悲伤又在她心上裹缠了带刺的铁线，哪怕最为轻微的触碰也会淌下血来。

“要不要我打电话给斯特拉?”祖父问道。

摩根的妹妹是红瀑镇警局的一名警探。

“暂时不需要。她的工作已经够多了。我先去看看究竟是怎么回事。特莎说不定过会儿就出现了，帕尔默夫人已经报了警。我相信负责的那位警员会妥善处理她的电话报案。就像你说的，特莎又从没做过违法的事情。”

只是完全不像她的行事风格罢了。

“好的，路上小心，爱你，”祖父又喊道，“你有手电筒吗?”

“有的。”摩根拍拍她的提包走出门去。

室外，黑暗笼罩着一切。她走在车道上时，感应安全灯一下照亮了前院，明晃晃犹如机场跑道。她抬头看了一眼固定在屋檐下的摄像头。

祖父起先几乎是以玩笑的态度装上了这个安全系统，为的只是抓住一个没有清理家狗排泄物的邻居。但现在摩根却为这个多出来的监控感到高兴。

几年前，没人会想到在红瀑镇竟然还需要安装安全系统，更不用说他们这片乡村发展带了。但近来，似乎很少有地方能挣脱出罪恶的魔网。

第四章

兰斯·克鲁格蹲坐在吉普车前座上，双眼紧盯着对街的单层汽车旅馆。在这幢低矮长屋的正中央，十二号房的窗帘此时紧拉着。他车子的副驾座上还躺着一台配了全套摄远镜头的相机，正全副武装蓄势待发。

手机忽然震响起来，在仪表板上嗡嗡挪动。来电显示上写着夏普，是他的老板。

兰斯接起电话："喂？"

"逮着他们了吗？"前红瀑镇刑警林肯·夏普在为警局奉献了整整二十五年青春之后光荣退休，过去五年里一直从事着私家侦探的工作。

"拿到了他们各自进旅馆房间的照片。但他们现在还没出来。"要拍到停车场里卿卿我我、依依惜别的照片才好坐实布朗夫人所说的外遇情节。

"他们还在里面？"夏普吹了个口哨，"厉害啊！没想到布朗精力这么旺盛。"

"他可能是睡着了。"

夏普哼了一声。

“你要是睡不着，随时可以过来接替今晚的监视活动。”兰斯试着换了个舒服的坐姿。

“要命，我都这么大岁数了，一把老骨头，哪能在车上坐一夜。”夏普说，“不然你觉得我雇你干嘛?”

“你才五十三，又不是九十三，还有我们什么时候接上离婚案子了?”

“家里的人情。”

布朗夫人住在夏普亲戚家隔壁。因为有人告发布朗先生性骚扰，布朗夫人盘算着他不会想把自己和同事的婚外情弄得人尽皆知。等到划分婚姻财产、决定赡养费的时候，用彩色照片作证就可以顺利达成目的。

可这单生意总让兰斯觉得不是滋味，“我们在食物链底端。”

“偶尔是这样。”夏普那边响起茶壶的鸣叫声，“有任何问题记得通知我，我马上过去。”

夏普挂断电话。兰斯放下手机，继续盯住旅馆房门。他希望那扇门赶紧打开，自己就可以回家了。但什么都没发生。

三个月前他离开红瀑镇警局时，绝对没有想过自己会做这份工作。兰斯腿上的疤痕组织摩擦着他的作战工装裤布料，给予他伤痕的那枚子弹也结束了他的警察生涯。他的腿已经好得差不多了，但差不多不等于好全。尽管他真的很想再回到警队，但他再也无法掩护好其他警员，因为他肯定跟不上他们。

开始成为无业游民时，一连四周无聊的生活几乎将他逼疯，后来夏普邀请他加入这家私家侦探公司，他紧紧抓住了这个机会，就像一只警犬咬住咬袖那样。过去两个月里，他和夏普的关系就像绝地武士欧比旺和他的徒弟天行者[1]。

兰斯换了个姿势，伸了伸他的腿。如果他要在车里头待那么久时间，他还真得换一辆大点的车了。

车前灯扫过人行道，一辆熟悉的凯迪拉克蜿蜒滑行过来，停在汽车旅馆门前的车位上。兰斯的脊柱随即打了个战。

那是布朗夫人吗？

那辆凯迪拉克的车门猛地弹开，布朗夫人从车上滑下来，双腿晃晃悠悠站在地面上，接着大摇大摆朝着汽车旅馆大门走去。

糟了。酒精总是会让人做出愚蠢的决定。

兰斯马上从吉普车上冲下来，可他离得太远了，根本没法阻止她。

布朗夫人在门前十英尺的位置停了下来。她从手提袋里掏出一把手枪，瞄准旅馆大门扣动扳机。

砰！枪在她手里抖了一下，门上木屑飞溅，这栋低矮建筑从左到右所有窗子都亮起了灯。

兰斯几乎要吓出心脏病。布朗夫人又开了一枪，他猛地停住脚步。兰斯退缩了，他忽然想起去年十一月的枪击事件，顿时全身冒汗。

振作起来。

现在不是回忆的时候。

他从口袋里抽出电话按下911，把地址报给接线员。理智告诉他应该回车上等警察过来处理，但他不能这么做。这间小破旅馆在小镇边缘，红瀑镇只有几辆夜巡车辆，这附近是不大可能有巡逻车了。

---

① 译者注：欧比旺（Obi-Wan Kenobi）和天行者（Anakin Skywalker）出自系列电影《星球大战》，两人是一对师徒，同时也是并肩作战的伙伴。

布朗夫人喝醉了，而且正在气头上，两者相加结果是致命的。鬼知道警察来之前她还会朝谁开枪。

兰斯咽下喉头剧烈跳动的脉搏，强迫自己往前走。

“布朗夫人!”他喊了一声，心跳声震耳欲聋，“请把枪放下。”

“不，”她回头喊道，“我要一枪断了他的命根子。”

她愤怒的目光与枪口又重新瞄准了那扇门，喊道：“伦纳德，给我滚出来!”

她都已经说了要在他的家伙上轰出个窟窿，难道还认为布朗先生会乖乖出来吗？他这时可能正拼命把自己的啤酒肚挤出浴室窗户呢。

“夫人，你不能对他开枪。”兰斯慢慢前进，心脏的搏动在耳边回响。枪此时并没有指向他，但万一她调转方向……

布朗夫人叫道：“为什么？这个混蛋，卑鄙小人，他瞒着我和别人在一起!”

“我知道，”兰斯同情地说，“他是混蛋。所以你才准备要和他离婚，对吗?”

他又往前一步。

她停下动作，微侧过脸思索起自己最初的复仇计划来。

“如果你向他开枪了，你会被抓起来的。”兰斯又将另一只脚挪上前，双手举在胸前显示出毫无威胁的姿态，“那你会到哪儿去呢？你会进监狱。”

她的枪口下垂了几英寸。

“你想报复他，对吗?”他慢慢靠上前，“你不是这样打算的吗?让他付出代价。”

她点头，眼中闪烁着泪光。她吸了吸鼻子，“他已经连掩饰都懒得掩饰了。镇上所有人都知道他在干什么勾当。”羞辱感使得她的神色愈发悲痛。

兰斯点头，“他是个不顾别人感受、满嘴谎话的小人！所以你要甩了他，大家都知道他这种行为你是无法容忍的。”兰斯鼓动着她的自尊心，“未来很长一段时间内，他都会为对你造成的那些伤害付出代价的。”

她想象着自己的复仇计划，双唇紧抿成一线，显得毫无血色。

他朝着吉普车动了动拇指，“我已经拿到他们俩一起进酒店的照片了。很快你就能把他从生活里清除出去，一了百了。”

“但我爱他!”她哭号道，脸皱成一团。

老天啊……

她丈夫这样一个扯谎出轨的混蛋，她怎么还能爱得下去?

“布朗夫人，放下枪。”兰斯说道。

她听话放下了枪，垂下的枪口对着柏油路面。

兰斯迅速把她手里的枪夺过来。她开始痛哭起来。趁着她还在抽噎的工夫，兰斯把枪里的子弹都退了出来。

威胁解除，兰斯立刻深吸一口气，肾上腺素飞撞一般狂奔过血管。至少做警察的时候他还有后援，有防弹衣，而作为一个私家侦探，面对这些数不尽的疯子，他就只能靠自己了。

说到疯子……

布朗夫人被缴了枪，安分待在一旁。兰斯也在等待着红瀑警方赶过来。十分钟后，竟然来了一位副警长，这有些不合常理。地方警队的巡逻车辆十分有限，都是仰仗着县警长提供后方支援的。

兰斯把布朗夫人的武器交给警方，描述了一下事件经过，差不多也可以走了。只要打完自己的报告，他就可以彻底告别布朗夫妇，不用再处理这桩麻烦的离婚案了。爱情让大家都成了疯子。

他的手机嗡嗡作响，是夏普的短信。*来一趟办公室*。

如果不是夏普在收听他的警方天线，那就是有人打电话和他说了这事。这地方的执法人员他都认得。

兰斯把车开到红瀑镇一条绿荫夹道的小街上，夏普在这里有栋二层公寓，他自己住在上层，下层是“夏普侦探事务所”。凌晨一点，镇上这块小小的商业区里一片寂静。兰斯把车停在路边，登上木质阶梯。这间两室公寓是经过改造的，夏普的办公室占据着原本的起居室位置。兰斯则是在第一间卧室扎了营，里面摆着他的牌桌，一把单人椅，还有一台笔记本。唯一的私人物品是个无线音响。他把照相机接在笔记本电脑上，开始下载他今晚早些时候拍到的照片。

“你真应该买张办公桌。”兰斯的老板夏普站在门口，穿着破牛仔和简单的灰色 T 恤，看上去瘦长结实，这把年纪还能保持这样的身材，实在神奇。二十五年警队生涯导致他长期摆着一副“不要随便惹我”的表情。

“普通桌子就够解决问题了。”兰斯至今还没有答应在夏普侦探事务所长期供职。他还不想放弃回归警队的梦想，“下次你要有哪个亲戚要抓出轨，你就得自己去监视了。”

夏普忽略了这句意见，“我们得谈谈。”

“好，老妈。”兰斯跟着老板进了小厨房。夏普用茶壶接满了水，放在炉子上，又装了一碗狗粮，一碗水，打开后门，把碗搁在后门廊上。

“还在喂那只流浪狗？”

“她不会进来的。”夏普把茶勺进铁丝篮里，又把铁丝篮丢进陶壶。

“她？”兰斯揶揄道。

夏普总把自己伪装成一个无懈可击的狠角色，但其实装得挺蹩脚。

“一看见棕色的大眼睛你就不行了。”兰斯先走到夏普的办公室里。室内有两把椅子面对着破旧的办公桌，黑色的沙发横在稍远处的墙边。

夏普一手拿着茶壶，一手拿着两只马克杯，“你今晚过得也不容易，我暂不追究你这种自作聪明的态度。”

兰斯悠哉坐到直靠背椅上，“你知道吗，大部分人在朋友遭受创伤打击之后，都会给一杯威士忌安慰安慰。”

夏普往两只马克杯里倒了绿茶，一杯挪到兰斯面前，“酒是起镇定作用的，你现在最不需要的就是这个。”

唉。

“既然现在亲眼确认了你没死，你就直接告诉我刚才发生了什么事吧。”夏普在办公桌后坐下。

兰斯向他汇报：“就是个典型的周五晚上。”

夏普笑得厉害，呼呼喘着气。

“这不好笑。”兰斯说道。

“说得对，不好笑。”他老板的声音还是打着战。

“这是我有史以来做过最糟糕的工作，到处乱飞的子弹，还有这出惊险的闹剧，我都不知道哪件事更让我恼火一些。”兰斯深呼吸几口，“不知道在这个案子里我们到底是什么角色。”

“客户一时失心疯，你也没什么办法。”夏普的声音骤然冷静下来，“不过真的，我很庆幸她没有对你开枪。”

“我不懂怎么做私家侦探，我还是想念做警察的时光。”兰斯说道。

“我知道，我也知道原因，”夏普说道，“你以为我不记得了吗，今天是什么日子?”

兰斯喉头一紧。二十三年前，他的父亲失踪，这个案子是由夏普负责的。

“我懂这种保护欲和奉献欲。我二十五年都是这么过来的。但做私家侦探在很多方面都更有优势。你自己当自己的老板，自己做决策，没人能命令你停止调查某个案子。”夏普紧闭上嘴。当初兰斯父亲的案子就是这样，线索许久没有进展，于是他们便命令他停止调查，“但如果这真是你想要的，你就好好坚持复健吧。”

“再多体验一下咯啦咯啦的垃圾麦片和那些神神道道的废话?”

“你尽管骂吧。”夏普双臂交叉环抱在胸前。“你已经好多了，你心里也清楚。你只是对自己太狠了，没有休养好身体。你的理疗师没有建议你去滑滑冰吗?”

“我只能滑十五分钟，不能剧烈运动。”兰斯高中打过冰球，十八个月前他通过一个警方外展服务项目，受邀给一帮身体有缺陷的孩子做志愿副教练。那一枪终止了他的志愿活动。他想念冰球——还有孩子们——比他预料的还要想念。

他的治疗师几周前已经批准了，但他至今还没有上过冰场。虽然他很想打球，但万一受伤就不值得了。摔倒一次，他之前的努力可能就都白费了。他宁愿待在边线上作指导。

夏普翻了个白眼，“你知道我是对的。”

他确实是对的。该死。

另外，他很少有机会取笑夏普的生活习惯。他一英里依然能跑进七分钟，还能做双力臂。

“好吧，但我还是希望这是威士忌。”兰斯喝完他那杯绿茶。三个月前，他经常会在回家路上的酒吧停一停，喝几杯烈酒。而今晚回家他却只能做一杯抗氧化蛋白奶昔。

“去睡会儿吧。”夏普起身绕过桌子。

兰斯站起身，“我的下一项议程就是安安稳稳睡八个小时。”

是他不懂如何玩乐了吗？

但在中枪之后，过了整整十个月，他终于觉得自己大概能够完全康复了，自己的警察生涯也许还没有终结，他也能回去当冰球教练，重拾他怀念已久的积极生活状态。

电话铃响起，他看了一眼来电显示。

摩根。

如果说有一个人能骗他下床——或上床——这个人就是摩根·戴恩。他脑中迅速闪过她躺在自己床上的画面，头发凌乱，一点没有往日的完美形象，一切都是拜他所赐。

这番想象荒谬透顶，他都忍不住要翻白眼了。他从高中就认识戴恩一家。高三那段时间，他和摩根曾经交往过。那时他们俩互相喜欢，就是平常少男少女那种笨拙的迷恋，他们后来各自上了大学分了手，但谁也没有太过伤心。他没有料到几月前再见摩根，日积月累，她居然会对他产生这样推土机般的影响。摩根似乎只对做朋友感兴趣，他也完全没有谈恋爱的资本。

那就洒脱点。

他接起电话，“摩根？”

“吵醒你了？”她的语调有些沉闷，像透不过气一样。他一下就拿她没招了。

一点都没有。

兰斯移步到走廊，“没有，我起床了。”

他斜了眼电子时钟，上面的数字提醒他已经将近一点了。为什么摩根要在深夜给他打电话？忧虑逼迫着他的初恋不得不出此下策。

“出什么事了？”

“我孩子的保姆特莎今晚没有回家，她的祖父祖母很担心，我现在要到平时青少年常去的地方找一找，你愿不愿意和我一起去？”

“当然可以。我会在十五分钟内赶到你家。”他挂了电话。

你要洒脱点，记得吗？

“你不是要去睡觉吗？”夏普站在门口。

“摩根需要帮手。”兰斯在他的办公室停了一会儿，从柜子里的枪支保险箱中拿出他的格洛克手枪。经历过布朗的案子之后，他不敢再冒险了，何况还是以摩根的安全作为代价。考虑到这一点，他又回到保险箱前，拿出备用枪支和绑在脚踝上的枪套。

“你对她真是痴心一片啊，请她出去约个会吧。”兰斯经过办公室时夏普说道。

兰斯把手伸向门把，“晚安，夏普。”

如果真那么简单就好了。但光是照看他母亲的精神问题已经够让他喝一壶了。父亲失踪之后，他妈妈就出现了严重的焦虑症和恐旷症。近几个月她的状态相对稳定了一些，但时不时还是需要全天照顾她。而对兰斯来说，最大的问题是摩根也有自己一整车的情感包袱，还有三个孩子。

三个。

每一个要认真和摩根交往的人都得考虑这个问题，和她在一起，意味着今后他也将成为她女儿们的父亲。兰斯不能想象，自己怎么可能做得好这项工作，为人父母这种重要的事业，他连一半都不够格。孩子们应该有个更好的父亲。

他摇下吉普车的车窗，希望九月清凉的夜色能让自己冷静下来，但并没有如愿。他打开收音机，随着绿日乐队的音浪轰炸清醒过来，提早三分钟把车开到了戴恩家。

他把吉普车停在她的小货车旁，走到前门边，但没有敲门：没有必要吵醒里面其他家庭成员。他透过门帘窥探着，轻声叫道："摩根?"

她的祖父阿特从厨房里出来，招手引他进屋，摩根的法国斗牛犬"小瞌睡"依偎在他脚边。

兰斯走进屋里，摩根正从走廊那头往他这边匆匆赶来。她身材高挑瘦削，有一双蓝色的大眼睛，双腿总是往前迈步，从不停歇。衣服随意套在身上，有些不像平日的作风，她长长的黑发垂下来，在肩上凌乱地打着卷，和他之前遐想中的样子差不多。

夏普说得对。兰斯是真的痴迷于她，但他是个成年人了，也要像成年人一样处事。

"谢谢帮忙。"阿特握了握他的手，转过身在孙女的脸颊上落下一吻，"注意安全，爱你。"

她抱了抱祖父，"我也爱你。"

兰斯替她开了门，两人一同出去。她把手机往大包里一塞，带子甩上肩，便朝她的妈妈座驾走过去。

"我们开吉普去找。青少年喜欢跑到野外去。"兰斯愿意为摩根挡子弹，但要开她那辆小货车出门，他实在是接受不了。

"聪明。"摩根点点头，调转了方向。

两人上了兰斯的车。他发动引擎，音乐骤然炸响。他把音量开小，"抱歉。我们去哪儿?"

她撅起嘴，"我不知道。特莎的祖母给了我她最要好朋友的电话，可那个女孩没接，我就留了条信息。我觉得我们可以排查一下他们常去的地方。我还在想你会不会知道孩子们现在经常会去什么地方。”

“我想到了一些地方。”兰斯之前在警队参加过挺多聚会，“谁在处理这个案子?”

“卡尔·雷普顿到家里来过，可我也不知道他能做些什么，特莎已经十八岁，还是自愿出门的，不构成犯罪案件。”

兰斯抽出手机拨了卡尔的电话。这位前任同事给他简要讲了红瀑警局在怎样寻找这个女孩，兰斯向他道谢后挂断了电话。“他们给她发布了一个搜寻警报，可是现在还没见到她的车，手机 GPS 也没有信号。她又不巧法律上已经成年，卡尔说那女孩的朋友都没给他什么信息。”

“这个年纪的小孩都不想把朋友卷进麻烦里。”摩根说道。

“你最后一次见到特莎是什么时候?”他问道。

“差不多一个月前。现在一直是吉安娜住在我家看护孩子。”

三个月前摩根收留了一个病恹恹又无家可归的年轻女人，叫做吉安娜·莱恩内，就好像一个执拗的老头加上三个不到七岁的孩子还不够她忙似的。吉安娜是被一个吸毒成瘾的妓女养大的，心里极度抑郁，也步上母亲的后尘，吸食了过量的毒品。摩根的妹妹斯特拉在执勤的时候用一剂纳洛酮救了她，但毒品还是对她的肾造成了永久性的损伤。斯特拉和她成为朋友后，吉安娜也慢慢融入戴恩一家。

戴恩一家本就麻烦不断，混乱程度堪比游行抗议。在这马戏里多加一只猴子，对摩根来说又算得上什么呢?

“吉安娜搬进你家之后看上去健康了很多。”他说。

“确实。”她唇畔溢出一声痛苦的叹息，他不由得也为她心疼。

“你听上去很焦虑。”

她转头面对漆黑的车窗，“我必须做点什么，我觉得自己一直停滞不前，两年都没做什么事。”

“你要养大女儿，还要照顾祖父和吉安娜，怎么能叫没做什么事。”这么多事她怎么应付得来？只母亲这一项已经叫兰斯疲于应付了，“你光是早餐前做的家务已经比多数人一天的工作量都要大了。”

“这我就不知道了，家里只要有小孩，早上都得忙疯。”她不禁笑出声。

笑声很微弱，但他喜欢听她笑，“疯狂这个词完美描述了你们家的情况。”

“恰巧我觉得一生中也该有一些疯狂的时刻，让我不至于闲下来。”她的语气变得严肃起来。“我很喜欢照顾女儿们，我也不知道为什么会觉得自己和她们的联系一点都不紧密。”

“摩根，你的生活经历了翻天覆地的变化，没有比这更糟糕的际遇了。”

然而她还是做到了，她把这一大家子人照顾好了。

她叹了口气，叹息声漫长，深远又惆怅。

“你会没事的，”他说道，“不然索菲可受不了。”

摩根两个稍大些的女儿似乎都挺喜欢兰斯，小女儿却总用保守怀疑的眼神看着他，这三岁孩子眼里就像有X光，能看透他心里究竟在想什么一样。

“说真的。”她朝他微微一笑，“谢谢。谢谢你这么大半夜赶过来。”

“我很乐意。认识这么久了，我终于觉得能看见真实的你了。”兰斯把车开上通往湖边的乡村公路，“见你穿得这么随意还是——头一次。”

就是在高中那会儿，摩根也总是保持着完美的形象，那件拉拉队长的制服……

她伸手捋了捋头顶的发丝。

他抓住她的手制止了她的动作："别，你这样挺好看的，在我面前不用伪装什么。"

她动作一滞，露出一副茫然的神色。

他已经没法强装潇洒了。

"我们是朋友，对吧？"他放下她的手。他无权开始一段注定无果的情感，如果他想把她留在身边，就不应该毁掉他们的友谊。

摩根的电话铃响起，打破两人间的紧张气氛，"是特莎的朋友费莉希蒂。希望她能知道些什么。"

第五章

摩根搓了搓手，上面还留着兰斯刚才触摸的余温。意识到自己还未心死固然是好事，但他对她的这种兴趣如针刺一般让她感到不舒服，显然，她还不想深究自己为何会有这种反应。

她本来打算独自寻找特莎，但祖父建议她打给兰斯时，她也没有异议，事实上她还是觉得和他在一起安全一些。但今晚，他的行为有些……不一样。

是对她有意思？

肯定是她多想了。就像他说的，他们是朋友，朋友当然会互相帮助。仅此而已。她的不适绝不是来源于这个六尺两英寸[①]的男人，不是因为他在工装裤和 T 恤下结实的身材，不是因为时刻注视着她的那双蓝眼睛中流露的眼神，也不是因为她真心觉得他有比那一头好看的金发更加讨喜的性格。

但她心中还忘不了约翰，怎么能被兰斯吸引？

广播里轻柔的情歌让她的头脑更加混乱了。她伸手关掉广播，接

① 译者注：大约 187—188 厘米。

起电话，“你好，请问是费莉希蒂吗?”

“我就是。”女孩小声回道。

“我是摩根·戴恩。打电话找你是想了解特莎的事情。”

“特莎在你家做孩子的护工。”女孩声音很轻柔，好像尽力不让人听见似的。

“是，她确实在我家工作。我在找她。我知道你和她的祖母说过你没见过她，但我真的很担心，你还知道什么大概能帮我找到她的消息吗?”

“你要保证不告诉我父母。”

“不到万不得已，我不会告诉任何人。”摩根不会撒谎的。青少年孩子的信任就像鸟蛋一般脆弱，一旦破碎便再也不能修复。

费莉希蒂顿了顿，似乎在斟酌着摩根的回答，“昨晚有个派对。”

“特莎参加了吗?”

“嗯。”费莉希蒂承认道。

“派对地点在哪儿?”

“在湖边的野外。”

“你是和特莎一起去的吗?”摩根问道。

“没有。她自己开车去的，不过和她男朋友在一起。”

“特莎还有男朋友，我怎么都不知道。”

“她一直在保密，”费莉希蒂说道，“她说她的祖父母不会喜欢他的。”

“那个男孩是谁?”

“尼克。他的姓氏首字母是 Z。你认识他，特莎是在你家遇见他的。”

“尼克·扎伯罗斯基?”摩根问道，她有些惊讶。摩根一周要见尼克几回，可他从没提过他在和特莎交往。

“就是他。”

“为什么特莎的祖父母不会同意她和尼克交往呢?”摩根很喜欢尼克，他工作很认真，两年前从高中毕业后成立了自己的景观公司，为人善良又不乏野心。想想有多少年轻男人会给小女孩读故事，晚上还抽时间和邻居老人下棋呢?

“他没上过大学，所以对他们来说条件不够好。”

“特莎和尼克在一起多久了?”

“一个月吧。”费莉希蒂说道。

过去一个月里，特莎不知道多少次借口帮摩根照顾孩子，实际却是去见尼克了吗?

“告诉我一些关于派对的事吧。”

“派对很无聊。特莎和尼克大吵了一架，还分手了。我走的时候特莎还在那儿，之后就再没见过了。”

“特莎今天没去学校吗?”摩根本应该问问帕尔默家有没有给她就读的高中打过电话。

“今天教师节放假，”费莉希蒂小声说，“我得挂了。”

“谢了，如果你记起其他任何信息，记得通知我。”

费莉希蒂挂断了电话。

“费莉希蒂说特莎和尼克·扎伯罗斯基昨晚去了湖边的派对。”摩根向兰斯总结了一下刚才的对话。

“那不是住你家对街的那孩子?”

“是的。我不明白为什么帕尔默家会不喜欢他。”摩根把手机放回包里。

“和监护人吵架，向长辈瞒着男朋友的事，对一个十八岁的孩子来说也挺正常的。”兰斯把吉普车掉了个头，“她昨晚可能另找了朋友一起过夜。”

“希望是这样。”

湖泊就在不远处。兰斯开车经过眺望台和野餐区，接着从主干道转向一条杂草丛生的泥泞小路。当地的青少年喜欢聚在这种不算公共区域的地方。一条小径连接着公园和空地，但走孩子们用的支道会更快一些。

吉普车一路颠簸，摩根紧抓着车门顶上的把手。这时已经将近两点，他们把车开进湖边的空地上，车子的前灯晃过树林，扫过漆黑的湖水——接着照见一辆停在岸边的白色本田雅阁。

摩根伸手指了指，“那是她的车。要是她和朋友一起回了家那就太好了。”

兰斯停下吉普，两人一同下了车。飞禽的翅膀在头顶扇动，一声尖锐的鸣叫差点把摩根吓得跳回越野车上。

“是蝙蝠吗?”摩根从包里拿出手电筒。

“可能是。”兰斯回到吉普车边，探进车里找出自己的手电筒按亮。

“你带枪了吗?”

“带了。”

摩根走近了一些。她是个独立的职业女性，但在她喜爱的事物列表上，虫子和蝙蝠可排不上号，“我应该也带枪过来。”

兰斯轻笑，“我保证，要是有蝙蝠攻击我们，我会开枪把它们打死。”

“这可是你说的。”

土壤是沙质的，空地的中心有一个好几代孩子挖出来的篝火坑陷，兰斯打着光来回照了一下这个土坑，里面都是灰和烧焦的木头、空水瓶、啤酒罐，快餐的外卖包装丢得到处都是。

“警察赶这群孩子多少次了，都不管用。”兰斯站到她身边，“他们总是又跑回来。”

摩根在水边发现了更多垃圾，“我们当年也是这样又脏又乱，做事不考虑后果的吗？”

“我们在这儿的时候，我可不记得曾对食物感兴趣过。”兰斯顿了顿，“我只记得在车后座亲热过。”

“我猜你也是。”摩根把手电的光打在他脸上。

他的笑容有些太放肆了，“我猜你还记得你吐气的时候我的车窗都起雾了。”

“我什么都不会承认的。”但确实，她是做过这样的事，“你的自负已经不需要再增加了。”她捅了捅他的手臂。“到时候你的头会比你的肌肉块还要大。”

他拧起一边眉毛，“你注意到我的肌肉了。”

她好笑地哼了一声，把手电筒的光移回地面上，把自己的注意力——最好连同兰斯的注意力一起——转移到特莎的车上。惊慌顺着刺痛感爬上她的手臂皮肤，“她的轮胎扁了。”

“全部都扁了？”兰斯把手电光打到白色轿车上。

“是的。”

他们走近车子，兰斯靠过去近看车内的情况，“车是空的。”

树林幽深茂密。有没有可能是特莎决定走回去然后失踪了？或是她和其他某个孩子回家了？孩子们掩护朋友躲着父母和警察也不是第一次了。

兰斯拿出手机，“我打给红瀑警局，让他们知道我们找到车了。”

“我们大概应该打给尼克，看看他有没有见过她。”

兰斯摇摇头，“还是让警察来办吧，以防出现问题。”

“问题?”

“有人割破了她所有的轮胎。”他转过头，眼睛在黑暗中显得毫无光泽。

“尼克不会做这样的事。”但摩根没有再坚持要打给他。

趁着兰斯和警方通话的时候，她绕着车辆转了一圈，仔细检查了一遍车子和周围的土地，寻找线索。十几英尺外的泥土里，有什么金属的物件正闪着光亮：是一串钥匙。最大的那个是本田车的点火钥匙。特莎的钥匙怎么会在地上？如果她离开的时候掉了这个……

摩根走过那串钥匙，手电筒的灯光在地上逡巡一阵，忽然看见靠近湖泊的苔绿色树根上有件粉红色的东西。她又走近一些，原来是一只手机。她弯腰捡起，手机上面还溅到了些许深色的污渍。

风转向了，一股脆弱感随之席卷了摩根。她颤抖着在黑暗的树林四周巡视了一周，树枝和暗影在黑暗中摇曳。

她转回去朝空地方向喊道：“兰斯?”

她颈后的汗毛竖了起来。特莎是来了这边吗？摩根可以想象她是不小心弄丢了钥匙或手机，但两样东西都掉了？她又低头看了眼手机上的暗红色斑点。

血?

摩根顿时明白了。

特莎并不是走开了，她是在逃命。

摩根想象着两件东西之间的联系，顺着这个想象中的箭头推理。低矮的树丛拉扯着她的牛仔裤脚，她仔细搜寻着地面上的线索，但除了泥土、青苔和枯叶之外，她什么都没有发现。顺着这个方向走下去，有一条通向湖边的兽道。

“摩根，你在哪儿?”兰斯在空地上喊她，“你找到什么了吗?”

他走近的时候踩断了一根树枝，啪嚓一声，她惊跳起来，但没有回应他。她身体中的每个细胞都在叫嚣着有什么不对劲。

非常不对劲。

“我在这儿。”她站在原地，等听见兰斯走到身后，才踏上通向湖边的小路。她逐渐靠近水边，野草中慢慢露出一片香蒲丛。土地变得潮湿，吸附着她的脚底。手电光直照着前路，忽然在一片压折的香蒲上停了一停。

这是蓝色的布料?

“我们应该等警察过来。”兰斯在她身后说道。

“我发现什么东西了。”她挪近两步，好奇心与恐惧感在脑中交战。当她走近时，忧惧感如针般刺中了她的背脊，脚步也被泥土紧抓着，仿佛知道她不会喜欢她看到的东西。

摩根又前进了一步。布料是蓝色的，丹宁牛仔的蓝色。是一件夹克外套的袖子，和她身上穿的这件很像。手电光又照见一根长长的深色发丝。她忽然感觉胃里一阵冰凉。

特莎?

香蒲丛几乎将她淹没。

“找到她了!”摩根冲上前，又冻住一般停在女孩六尺之外的地方。摩根打着光扫过女孩的身体，她身上的血迹已经干涸，成了暗红色，兰斯迅速抬手拦住摩根。

“别再靠近了，”他说，“你会破坏现场的。”

“可是万一她还……”尽管摩根这样说着，她也知道特莎已经没有生存的可能，出血量实在太大了。

“她已经死了。”兰斯放柔声音说道。

手电在摩根手中颤抖，她靠过去打量特莎的脸庞。摩根浑身发颤，但还是无法把视线从抖动的灯光和光照亮的景象上移开。

她身上是彻骨的寒意，就像心脏喷泵着雪水流动在血管中一般。

兰斯转过去面对着她，挡在她和特莎中间，“摩根，看着我。”

但即使盯着他的胸膛，她的脑中却仍映出的是自己的幻想。特莎掉了钥匙，她想躲进车里，却发现轮胎瘪了，接着在树林中狂奔。

什么东西——或什么人——在追她。

在湖边抓住了她。

“摩根。”兰斯的手覆上她的上臂，手指轻柔地收紧，“拜托，看着我。”

但她仍是一动不动。兰斯轻摇了她一下。她眨了下眼抬头看他。月光下，他瘦削的脸被尖锐的棱角与阴影覆盖，隐隐有些苍白，看来他也并没有自己想的那样冷静。她感觉到他打量的视线从脸上扫过。

他开口，声音并不笃定，而是带着痛苦的沙哑：“会没事的。”

但她知道不会，不可能会没事。

她看向他身后，视线重新被拉回特莎身上，她的身体被砍成一条条断肉，浸在一片干涸的血迹中，脸也是青灰色，曾经温暖的棕色眼睛呆望着夜空。

她的额上锈红色的笔迹写着一行字。

对不起。

第六章

“退后。”兰斯把摩根带离尸体边。

他一方面想凑近些察看，另一方面却拼命想跑开。他略看了一眼尸体，这次现场的情况格外瘆人。

这还不是问题重点。重点是他也无权靠近尸体。他已经不是警察了，红瀑警方正在路上呢。

摩根的身体在他的手掌下颤抖，牙齿也咯咯打战。对她的担忧马上抹除了他自己那些自伤自怜的情绪。这也不是他第一次处理凶案现场了，但摩根以前是副检察官，处理凶案的经验还是稍欠一步，毕竟浏览照片和现场看尸体还是不一样。

他带她回到吉普车边，掀开后备车厢，拿出一件外套裹在她身上。过长的袖子遮住她的手，袖口一直垂到大腿边上。

他还没来得及思考，便已经展开双臂将她拥进怀里。她靠在他怀里刚好合适。虽然身后的现场是那样糟糕，将摩根拥在怀里的感觉却是这样美好，他从这个拥抱中汲取了莫大的安慰。

摩根微动了一下，在他胸前说道：“她遇上什么事了？”

他不舍地退后一步，把外套拉链拉到她下巴的位置，“现在下定论还为时过早。那样我们完全就是在猜测。还是等结果出来吧。”他想唤起她作为法律从业者的冷静之情。

“你说得对。”但她的一双蓝眼睛仍是两泓黯淡的深潭，脸色也比月色更为苍白。

摩根将视线转向树林，吞吸下一大口空气，“他会不会还在那儿?”

“我不这么认为。”但为以防万一他还是不断扫视着周遭的树林。他只略看过一眼尸体，但她身上沾染的血液看起来已经干透发暗，“我怀疑距离她的死亡时间已经过去好几个小时了。”

十五分钟后，回转在黑暗中的闪光灯慢慢靠近过来。一辆巡逻车停靠在吉普边上，卡尔从车上下来，表情十分严峻。他们省去了打招呼的麻烦，兰斯直接带卡尔去看了尸体。

“什么鬼!”卡尔转身走回巡逻车上。

黎明前第一缕灰白的光线照亮了现场，这时又来了两辆巡逻车，验尸官和法医小队到了。小队等在后面待命，让验尸官先做他的工作。验尸官拿着工具箱，迈着沉重的步伐穿过空地，他的白色工作服在灰白的晨光里如幽灵一般。尽管有这么多人员在场，空地却仍沉浸在一片诡异的寂静中。一般情况下，死亡现场也会有些冷笑话传来传去，这种缓解气氛的黑色幽默是大家最喜欢的应对机制，但当被害人是一个孩子的时候，一切都不一样了。

一辆没有标志的深蓝色警车停靠在其他车后面，车上走下两个人。

布洛迪·麦克纳马拉和斯特拉·戴恩两位警探匆匆跑过来。

斯特拉赶到姐姐身边，“你还好吗?”

摩根僵硬地点了点头，看上去很没有说服力，但好歹已经镇定下来了。

当法医小队开始穿上他们的个人防护服时，布洛迪和斯特拉跟随验尸官进了香蒲丛。摩根和兰斯在一旁等着，地平线的灰白逐渐转为粉红。十分钟过去了，布洛迪和斯特拉从苇草中走了出来。

“你肯定累坏了。我们会给你录个口供，录完你就可以走了。”布洛迪示意摩根跟他走，他带着她走到十英尺以外的地方。

斯特拉转身对兰斯说：“告诉我都发生了什么。”

兰斯把晚上发生的事，从摩根打来电话到发现尸体，串联起来说了一遍。斯特拉做了笔记，之后把记事板又放回口袋，“你会照顾好我姐的，对吧？”

“当然。”他点头。

但摩根向布洛迪警官陈述完口供，回到兰斯身边的时候，她的背脊却挺得笔直，头也高昂着。

两人走回吉普车上。兰斯启动引擎，开好暖气，朝着戴恩家驶去。摩根一路上都很沉默，等到了家附近，她捏了捏自己的双颊，理顺了头发，走下了吉普车。

他们刚到门口，祖父阿特便带着严峻的表情开了门，朝兰斯投去一个疑问的眼神。

兰斯摇摇头，“现在不方便说。”

漫长的警队生涯让阿特立刻明白过来。他点了点头。

沾满泥巴的鞋子被留在门口，嘈杂的叽喳声引导着他们进了厨房，兰斯跟在摩根后面进了房间，三个孩子正在享用早餐的场景映入眼帘，为他注入了一剂可贵的积极能量。

她的三个小女儿坐在桌边，艾娃正戳着一张浸满了糖浆的烤薄饼，米娅在往一小叠饼上涂黄油。一日三餐只需吃麦圈的小索菲还没动盘子。摩根的这个小疯孩儿穿着紫色裹腿，荧绿色T恤，还有两只有色差的蓝色袜子。头发就像被吹叶机定过型。她没在吃东西，而是拿固体胶在一张纸上乱涂一通，再把一小盒银色亮片撒上去。闪亮的东西对索菲来说就像毒品一样让人上瘾。

吉安娜站在炉子前，用勺把面糊摊到滚烫的煎锅上。

摩根刚进厨房，女孩们就异口同声叫着“妈咪!”飞奔到她身边来。

“早上好，我的小甜心们。”她用一个大大的拥抱把她们紧紧搂在怀里，脸上的微笑也开始回暖，变得真实。她慢慢坐到椅子上，孩子们围在身边，她们叽叽喳喳的声音更加响亮了。兰斯开始头痛，但摩根似乎能一次把三个人说话的内容都听进去。孩子们诉说着自己早上的经历，她的脸色缓和下来。她们早上准备得怎么样了呢?

“你好，兰斯。”艾娃爬回椅子上，米娅迅速爬上去很快给了他一个拥抱，接着继续享用早餐。

索菲穿过厨房，停在他面前抬头盯着他，大大的蓝眼睛一下将他看穿。说真的，这孩子就是一台行走的测谎仪，“妈咪看起来很伤心。”

很显然，索菲是在责备他。

“是的。”兰斯小心说道。

“她会很快开心起来吗?”言下之意：你打算怎么办?

“希望如此。”

“我也是。”她点头的姿势未免太过庄重，根本不像一个三岁小孩。

“我得走了。”他说道。通宵几晚的疲惫感积压在骨骼里，而现在又有一个年轻美好的女孩被残暴杀害，他百思不得其解，疲劳又增长膨胀了起来。

摩根送他到门口，“昨晚真的很谢谢你。”

“别客气。”他在门口停住了脚步，“有任何需要记得打电话给我。”

“我会的。”

兰斯开车回到位于镇上的家中，把车停泊在车道上，走进这间两室的平房。摩根家的忙乱告一段落后，心中的空洞又狠狠地打击了他。谁又能想到他竟然会这样想念那三个小孩喋喋不休的吵闹声音？他从没想过。

他进了卧室，脱下衣服走进淋浴间。冷水猛地浇下来，将脑中的思绪清洗一空。五分钟后，他擦干身体穿好衣服，呆呆盯着他的床。考虑到今早犯罪现场的记忆还在他脑中重播，他现在还是不睡为好。他走到餐厅里，坐在钢琴边，却又完全提不起演奏的热情。他也不想待在这个冰冷空旷的空间里盯着四面墙傻看。

虽然这天是星期六，他还是需要工作来转移注意力。

他拿起钥匙离开。他家和办公室只隔着六个街区，早上的通勤时间不到三分钟。

兰斯到办公室的时候，夏普正坐在办公桌边，“你脸色真差。”

“谢谢关心。”兰斯走进位于屋子后方的厨房，“你这儿有没有咖啡？”

“你是真想肾上腺透支啊？”夏普用一种“你不是吧”的口吻问道。

“是。”兰斯的颅骨底部隐隐抽痛。

夏普拿出搅拌机和绿叶蔬菜，“讲真的，告诉我昨晚发生了什么。”

“说得像你还没听说似的。”兰斯躺倒在小木桌边的椅子里。

“我只知道十八岁少女特莎·帕尔默被发现陈尸在红湖边办小派对的地方。”夏普把红薯叶（他最近痴迷的食物）和冻水果块一起推进搅拌机里，“我知道是你和摩根·戴恩发现了她，这次的杀人手法确实格外令人反胃。”

兰斯呼出一口浊气，“这差不多就是事情的全部了。”

但他还是把当晚的事细说了一遍。他一说完，夏普便转起了搅拌机，直到里面的材料都打成回转的绿色才停下。他把混合物倒进玻璃杯里，“抗氧化物对减压很有帮助。”

兰斯一饮而尽，他知道这杯果昔的味道没有看起来那么糟糕，“我们有没有什么案子要跟？”

“当然有。”

兰斯跟着夏普进了办公室。

夏普把马克杯放在桌上，从文件堆里选出一份，“这儿，十六岁少女杰米·刘易斯已经失踪两个月了，红瀑警方毫无线索，她的妈妈非常绝望。这也不是她第一次出走，但前几次警方都找到了她，这次却没有。”

兰斯接过文件，翻开看了看，一张 8×10 的全彩相片映入眼帘，一个年轻女孩正从照片里回望着他。这是一张学生照，但杰米并没有笑容，反倒将嘴唇一撇，显出一副傲慢无礼的怒容。但真正吓到他的还是她的眼睛。她的眼睛是深色的，包藏着与年龄不符的挑衅和愤怒。

“我见过的某些重刑犯表情都比她温暖些。”兰斯说道。

“确实，”夏普接话道，“杰米患有注意力缺乏症和对立违抗性障碍。她八岁就开始服用多种药物，十二岁时她开始拒绝服药，反而用酒精和大麻自行治疗，两年后她的心理医生又在她的诊断书上加上了躁郁症。她父母离异，双方都认为是对方的责任，继父继母之间又有很多摩擦。她母亲是本地人，父亲搬去了加利福尼亚，之后又再婚了。”

“看来她真是个棘手的问题儿童。”

“她确实是。”夏普叹了口气，“红瀑警方没找到她在镇上活动的痕迹，他们坚信她是跑到很远的地方去了，她的父母也不否认这一点，但无论如何也想找到孩子。”

兰斯翻了翻文件，夏普和她的母亲面谈过，也通过电话向她父亲了解过情况。他去过杰米的卧室，她不太像个女孩儿，喜欢经典摇滚和漫画，自己也会画画，只是有些手绘稿让人看了之后心里不太舒服。“如果她跑到镇外头去了，那本地警察确实没什么能做的，顶多把她的名字和百万其他的失踪儿童一样输进资料库罢了。”

如果她在另一个位置被警察找着了，他们会把她的名字放到国家犯罪信息中心过一遍，信息中心会把她列为出走人口，这样她就会被送回父母身边。

“你想要我做什么？”

“我有杰米的社交媒体账号信息。她从失踪后就没有上线过，小孩子可是什么都会发上网的。你回去看看她失踪几个月前都发了些什么动态，看能不能找到值得我们调查的线索，诸如她父母不清楚的朋友、她经常想去的地方，还有网上一些可疑的联系人等。”

兰斯对着键盘压了压指关节，“我马上查。”

夏普把钥匙从口袋里提出来，朝着自己的办公室点点头。透过敞开的门，兰斯能看见墙边的黑色皮沙发，“睡一会儿吧。”

“我已经够无聊了。”

“今天抽空去探望你妈妈了吗?”夏普问道。

“还没。”发现那具尸体之后，他没有再去应付母亲的心情，“等睡一觉起来再去吧。”

夏普顿了顿，“要不要我帮你去看看她的情况?”

这样说就好像去探望他的母亲仅仅意味着察看她的情况似的。兰斯那个焦躁不安的母亲能放进家门的人非常有限，夏普就是其中之一。如果没有夏普，兰斯去年秋天住院那会儿，就没有人能看望他母亲、带她参加集体治疗了。

“不用，我自己去，但还是谢谢你愿意帮忙。”

“如果改变主意就给我打电话。帮我个忙，看着后门廊的那只碗，里面一定要装满水。”夏普一边说着一边出了门。

兰斯走到后门廊，那条流浪狗霎时消失在阶下。骨瘦如柴、白色与棕色相间的身体飞快地从他眼前闪过。他把水碗拿进厨房，装满水，又放回廊下。小狗看上去很瘦，装食物的碗已经空了，他又加了些狗粮。他能看见小狗看他时眼里闪烁的亮光。

“夏普是个挺不错的人，虽然他总装作一副粗鲁暴躁的样子，但如果你需要，他可以为你赴汤蹈火。”

狗不相信他说的话。

兰斯回到办公室，打开无线扬声器，播放了一档经典摇滚电台节目。他抱着笔记本坐下，把文件翻到父母信息那一页——任何东西都好，只要能让他忘掉脑子里那个孩子的尸体。

在电脑上调查了三个多小时之后，兰斯像被砖头打中头部一般，感到筋疲力尽了。杰米的社交账号没有留下丝毫线索，但考虑到她的精神病历，那时很有可能是她父母在监控她的网上活动。这孩子可能非常聪明，她知道自己的账户被监视着。

兰斯想去喝杯咖啡吃个甜甜圈。如果他睡着了，梦里肯定会看见特莎·帕尔默的尸体。他刚走到半路，大腿上僵硬的疼痛又使他转了回去。他回厨房喝了杯蛋白奶昔，接着便躺上沙发伸展开了手脚。

他不能让区区几场噩梦——或其他任何事——阻碍他的康复。

但萦回在他睡梦中血淋淋的画面并不属于特莎，而是摩根的。即使是在梦中他也知道，只有她有能力伤害自己。

第七章

星期三下午，兰斯靠在他的吉普车上等着杰米·刘易斯最好的朋友——一个十七岁高中辍学的男孩，叫托尼·阿莱西，现在在保龄球馆工作。警察和杰米的父母都没能从他嘴里套出什么信息，但兰斯也不是什么官家人物。总有人会知道杰米去哪儿了，就青少年来说，朋友是最可能知道的。

托尼走过停车场时非常显眼，六英尺三英寸[①]的瘦长身材，还顶着四英寸红蓝挑染的莫西干头，在人群中显得格格不入，看起来就像一只鹦鹉。

兰斯关上吉普车门，“嘿，托尼！”

这孩子听见有人叫自己的名字便转过身来。他身上穿着一件老式莱蒙斯[②] T 恤和一条破洞牛仔裤。

“我听说你是杰米·刘易斯的朋友。”兰斯的目光顺着鼻环、眼线，还有两只餐盘大小的耳环打量观察着他。

脸上层层装饰之下，托尼的眼睛锐利而多疑，“是啊，然后呢?”

---

① 译者注：约 190 厘米。

② 译者注：美国第一只朋克乐队名称。

"我在找她。"

"为啥?"

兰斯给了他一张名片，"你听说了上周四晚上发生的事吧?"

托尼点头，嘴紧抿成严肃的一线，"嗯，我和特莎没那么熟，不过她不应该被杀。"

"是，她是很无辜。警察还没抓到凶手，我也不愿意这样联想，但杰米一个人在外面……"兰斯抛出点到为止的暗示。

托尼向后一靠，摊了摊手，"老兄，我可不能把朋友的行踪透露给警察。"

他绝对见过杰米。

"我不是警察，"兰斯指明自己的身份，"但她的父母要急疯了。每次新闻提到杀人案，他们就想到杰米是不是出事了。"

兰斯也是这么想的。自周六开始，特莎·帕尔默的尸体就一直在他脑中挥之不去。他真心想在什么可怕的意外发生之前赶紧找到杰米。街上流浪的孩子实在太容易成为各色性侵罪犯的猎物。

"抱歉了，哥们。我帮不了你，"托尼依然守口如瓶，"反正我也不知道她在哪儿。"

"那你要看见杰米的话，记得让她打给我。"兰斯递给他另一张名片，"知道她平安，对她的父母来说也是莫大的安慰了。"

"好。"托尼把卡片揣进口袋，走进那栋楼里。

"嘿，警察小哥。"一个声音喊他。

兰斯扭过身，只见一个红发的年轻男孩站在一辆破旧的丰田车边。这孩子长得很瘦小，脸上还有晒出来的雀斑。

"你是在问杰米·刘易斯的事?"

"你叫什么名字?"兰斯问道。

“你是警察?”

“不是。”兰斯确认了一下上衣有没有遮住右后侧裤袋里的手枪。明明遮住了。为什么他们都认为自己是警察?

“那就没你什么破事了。”

现在是下午一点，这孩子不应该在上课吗?

“你有杰米的消息吗?”兰斯问道。

“这消息对你来说值多少钱?”小红伸出手来摇了摇他的手指。

兰斯从钱包里掏出二十美元。

那孩子摇摇头，“这消息可不止二十块。”

兰斯又把二十换成五十。小孩伸手去拿，但兰斯的块头是他的两倍，他举着钱不让他拿到，“你知道些什么?”

小红厌烦地叹了口气，掏出大概比他的车还贵的手机，滑动着界面，“周四晚上湖边有一个规模很大的派对。”

兰斯挺直了身子，“然后呢?”

“杰米参加了。”小孩把电话举起来，让兰斯能看到屏上的内容。上面播着一段静音视频。兰斯看到两个男孩在互相推搡争吵。

小孩点了下屏幕，“看背景。”

孩子们绕在打架的男孩身边围成一个圈，好像在加油助威。小红点了暂停键，“杰米在这儿。”

“其他这些孩子有没有你认识的?”拍摄焦点在打架的人身上，背景里的人都很模糊，兰斯没法确认这些人的身份，他需要从更大的屏幕上看这个录像。

“老兄，我可不是泄密的小人。”

兰斯晃了晃手里的五十块，“视频我能不能拷一份?”

小红翻了个白眼，“视频就在油管网上，你想怎么弄都行。”

兰斯抄下网址便把现金给了他。

“谢了。”小红接下五十块，拿回了他的手机。

趁着小孩乘上他那辆丰田车的时候，兰斯迅速记下了他的车牌信息。只要五分钟他就能查清这个“没你什么破事”的红发小鬼的底细了。

兰斯开车回了办公室。夏普坐在办公桌边敲着电脑。兰斯进了他那间空房，拿起手提电脑坐到折叠椅上。

“你待在那么小的椅子里不会难受吗?”夏普的声音穿过走廊传到他耳朵里。

“还好，我喜欢这种极简风格。”电脑屏幕闪出荧光，兰斯开了浏览器，进了油管网站。不到二十秒他就发现了那个视频，“来看看这个。”

夏普从走廊另一侧走过来，从兰斯背后看着电脑屏。兰斯把视频停在小红暂停的位置上，“这是杰米·刘易斯吧?”

“肯定是，毫无疑问。”

“那么她离开小镇的猜想也就作废了。”

“这视频什么时候拍的?”夏普问道。

“周四晚上。”兰斯从头播放了一遍。他没看见小红，也没在人群里发现托尼的莫西干头，不过即使放大了，背景画面的像素也不是很高，还是有点粗糙。

夏普靠近了一些，“是不是特莎·帕尔默最后被目击到的那个派对?”

“是的。”兰斯又停下了视频，“特莎在这儿。”

“警察有这份视频吗?”夏普慢慢退后，伸手挠了挠下巴。

“不知道，我打给布洛迪问问。”

“是应该打给他。讨地方执法部门喜欢是很有好处的。霍纳是避免不了的麻烦人物，他确实是棘手的敌人。”

“你忘了加上‘混蛋’这个形容。我希望市长输掉竞选，那样霍纳才有可能被炒掉。”兰斯给那家伙当了十年差，已经受够了他管理警局的政策。

“总有更棘手的事。那话怎么说的来着？你知道的魔鬼总比不知道的好，差不多这个意思。”

“这倒是真的。”兰斯承认。

“你认识打架的那两个男孩吗?”夏普问道。

“深色头发的男孩住在摩根对街，名字叫尼克。他是特莎的男朋友。另一个我不认识。”兰斯指了指屏幕，“看来视频是今天才传到油管上的。”

兰斯把这段视频又播了一遍。他把声音放大，但听到的也不过是孩子们单调念着：“打！打！打!”

尼克是发起攻击的那个，他走上前用两手推了另一个男孩，脸上因为愤怒而涨得通红。

“我想知道他们为什么打架，”夏普说，“这视频要是录到前面的内容就好了。”

特莎入镜了，她挤进两个男孩中间。尼克退后了，但另一个孩子急着要修理尼克，于是走到她身边，把她推在了地上。特莎跑出了镜头范围，又有几个男孩上前把两人拉开劝架，视频最后以地面的长镜头告终。

“至少我们知道杰米上周四晚还在镇上。”夏普转身往门口走去，走到半路又回头喊道，“我会给她的父母打电话，给我几分钟下载一下那个视频，我怕警察会把它从油管上撤下来。”

“杰米的父母知道她还活着肯定会放心不少。”兰斯说道。

夏普回到自己的办公室之后，兰斯给布洛迪打了电话，但没有接通，而语音信箱又满了。他越过走廊，半身探进夏普的办公室。“布洛迪的电话打不通。我得去警局一趟，你视频下完了吗?”

夏普从键盘上抬起头看他，“行了。”

兰斯出了门，乘上吉普车，一路开到镇市政大楼。红瀑警方就占据着这栋双层殖民时期风格建筑的一楼。税务员、分区办公室、镇书记都在楼上。他走过铺着灰色地砖的大厅，进了接待处。从外面看，这栋建筑显得古雅舒适，外墙是蓝色新英格兰风情的板材，加上谷仓红色的百叶窗，但室内的空间二十年前就需要做一次整形手术了。

接待警员微笑招呼他，脸挤得像一只斗牛犬，“嘿，兰斯，私家侦探的新活儿做得怎样?”

“不错。”兰斯靠上柜台。

“夏普对你还好吗?”

“他对我挺好的。”

“告诉他最好一直这样，不然我要对他不客气的。”警员咧嘴笑道。

“布洛迪在吗？我想给他留个信，但他语音信箱已经满了。”

警员放低声音说道：“霍纳又开了个记者会，布洛迪正忙着学习如何应付市民电话咨询的小秘诀呢。”其中99%最后都没有用处，纯粹浪费时间。

“可怜的布洛迪。”兰斯说道。

“我们已经在尽力屏蔽了，但现在人手实在不够。”

难道不一直是这样吗?

警员叹道：“你也知道情况怎样，所有市民都想直接联系警探。”

"斯特拉呢？她在吗?"兰斯问道，"关于帕默尔的案子我大概有些线索。"

警员摇了摇他的光头，"不在，她不跟帕默尔的案子了。"

"真的?"

"真的。"

"那谁在和布洛迪合作破案?"兰斯还穿着警服那会儿，警探们需要帮手的时候，他也曾在旁协助过。

警员四处看了一眼，确定大厅空荡无人，"霍纳。"

"什……什么?"兰斯预想过所有人，就是没想过会听到这个名字。

"我知道你的意思，"警员附和道，"但无论怎样，你可能还是要和他谈谈。"

"好主意。"兰斯宁愿去做个根管治疗。

"我会告诉他你来了。"警员拿起电话和霍纳的秘书说了几秒，"往后面走就是。"

"谢了。"兰斯走过柜台，穿过门廊进了一间长而开阔的房间，里面被几列档案柜和一组组小隔间塞得满满的。穿制服的人在办公桌后敲打着报告，兰斯走向霍纳办公室的路上，他们都抬起头来朝兰斯打招呼。

霍纳的金发秘书招手让他过来，指甲修剪得整齐干净，"进去吧。"

兰斯进去之前屈指礼貌地轻敲了敲门。即使是在一天结束的时刻，也不会有一丝褶皱胆敢印在霍纳笔挺的海军蓝制服上，他一丝不苟的发型也是一如既往的完美。

"兰斯，请坐。"霍纳指了指面向办公桌的两把椅子，"你看上去身体不错，最近怎样？”

“很好，谢谢关心。”兰斯慢慢坐下，“恢复过程很漫长。”

枪击案发生七个月后，那时是六月，兰斯短暂回过警队，但他的腿还没恢复好，他跟不上同伴的行动，因此还让他们陷入险境之中。除非痊愈，否则他是没有资格再佩戴警徽了。

“听你这样说我很高兴，真希望你当时没辞职，申请残疾退休会更好一点。”霍纳的头发在灯下闪着光，像上过漆一样，也有点像塑料。这位局长确实有点像艾娃的肯娃娃[①]。

“那时我也不知道能不能百分百回复到原来的状态，吃残疾补助我也不感兴趣，我还是想工作。”

“我理解，也尊重你的决定。”霍纳点头，“那么，你找我有什么事吗？”

兰斯从口袋里抽出手机，“其实我是要给你看个东西。”他打开油管应用，把手机递到桌对面，“你看视频的时间标记，这看起来是上周四在湖边拍的。”

霍纳看着视频，眼睛忽然亮了起来。

“在大屏上看得更清楚一些，不过这里是特莎·帕尔默在劝架。”兰斯说道。

霍纳转过脸面对 L 形办公桌另一侧的电脑，开启浏览器调出视频，停在特莎挡在两男孩中间的那个画面，“这人看起来像她的男朋友尼克·扎伯罗斯基。”

“确实。”

“你怎么发现这个的？”霍纳懊恼地扁了扁嘴。

---

① 译者注：美国一种男孩玩偶，类似男版芭比。

“办一个失踪儿童的案子时恰巧碰上了，是杰米·刘易斯那个案子。这视频今天才上传的。”杰米的事已经在红瀑警局公开立案，兰斯也没必要为客户保密了。

“你知道这视频是谁拍的吗?”霍纳问道。

“不知道。”兰斯盘算了一下要不要把小红的车牌号告诉霍纳，但警察可能会命令油管交出上传视频那人的用户信息。兰斯要找到杰米可能还需要从“没你什么破事”小鬼那儿套点信息，如果兰斯把他供给警方，以后这孩子肯定没那么配合，他还是暂时把这孩子的身份信息揣在后裤袋里吧。

“谢谢你让我们注意到这个视频。如果碰上其他线索，也请致电过来，感激不尽。”霍纳伸出一只手来。

兰斯握了上去，“这是当然。”

“我想让你知道一下，我已经申请要求警队增加第三个警探岗位和两名警员。最近犯罪率的上升让我们的预算有所增加，市长会全力支持我们。当然在选举结束前市议会还是压着没有通过，但我有信心，一旦市长再次当选，红瀑的工作岗位一定会增加的。”

兰斯没表露出太多的兴趣，“谢谢告知，帕尔默那个案子祝你好运。”

“我都怀疑这周估计就能结案了。”霍纳的眼睛闪过掠食者的光亮。

“你找到符合的嫌疑人了?”

霍纳微微一笑，牙齿与头发一样闪亮完美，宛如好莱坞电影里的形象，“我能说的就是它很快就会结束了。这份录像会帮上忙的，再次感谢你，如果这个位子空出来，我不会忘记你的鼎力相助，如果你还对做警探感兴趣的话，就这样。”

“我会考虑一下的。”兰斯说道。

他带着满心疑惑出了警局，坐进车里给夏普打电话汇报了一下会面情况，“为什么霍纳会对帕尔默的案子这么感兴趣?”

“他和市长都认识女孩的祖父母，他们在同一个高级乡间俱乐部。另外，霍纳就是个想得到公众关注的混球。”

“这样我就差不多明白了。”兰斯又和夏普说了霍纳委婉邀请他回来工作的事情。

“你还想要在他手底下做事?”夏普问道。

“可能吧。”是的。

“那记住，到时候处理什么案子你自己就没得选了。回去给霍纳做事，他一招呼你就得随叫随到。”

“你招呼我也得随叫随到，有本质区别吗?”兰斯玩笑道。

“你拿我和霍纳比? 这是侮辱，”夏普反驳道，“你应该意识到了吧，霍纳从斯特拉手里偷走这个案子，其实就是为了给他和市长创造舆论支持。”

“他暗示我说他们已经快抓到凶手了。”

“是啊，我听说他们已经开始等 DNA 测试结果了。”

“你从哪儿听来的?”

“我自有门路。”夏普每周会去几次当地酒吧，他过去的警察同事经常光顾那里，他会去套一些八卦见闻。酒吧特地给夏普备了一桶有机啤酒。

“你能找到这辆车是谁的吗?”兰斯给了他小红那辆丰田的车牌号。

“找得到，稍后短信发给你。”电话里“嘟”了几声，夏普说道，“我有个电话进来了，你看看派对上其他那些孩子还有几个能确定身份的。总有人知道杰米藏在哪里。”

“我马上去查。”兰斯挂断电话，把手机放在控制台上，视频里他认出了三个人：特莎、杰米，还有尼克。他们三个当中，唯一能和他谈谈的就是摩根那个邻居了。他调转车头驶向摩根家。

第八章

雨敲打在厨房的窗户上。摩根一边喝着咖啡，一边阅读地检署和人事部发来的邮件。填写这些雇佣和保险表格让她对这份新工作终于产生了一些真实感，她第一次开始对家里这四面墙以外的东西感兴趣，这种心情就像一缕微光在她心头闪烁。

索菲正待在她身侧，一边吃着一个小三角花生酱果酱三明治，一边画着图。摩根瞥了一眼她的画，一弧弧色彩狂野交叠在一起，是索菲的典型画风。

突如其来的悲伤与愤怒贯穿了她的心脏。

特莎也曾经是这样一个小女孩，她也曾在餐台上用彩笔涂涂画画，她应该有漫长而幸福的一生。

摩根眨了眨眼，不再想女孩破碎的尸体，这个画面在她噩梦里反复出现，每次她闭上眼就能看到。

“到午觉时间了。”摩根提醒她的小女儿。

索菲的视线从歪歪扭扭的彩虹上移开，抬起头看她。乱发像往常一样在脸上甩来甩去，“我这么大了，不需要午睡啦。”

摩根无视了她的抗议，“我会把你的彩虹挂到冰箱上去的。

走吧。”

索菲从椅子上滑下来，拖着脚步走到她的卧室里去。实际一早上学前课程已经让她筋疲力尽，没过几分钟她便睡着了。她的脸颊红彤彤的，摩根怀疑是不是返校季感冒又要袭来了。她停下来盯着索菲的睡颜看了几分钟。醒着的时候，这孩子从来静不了太久，此时她玫瑰花苞似的嘴唇微张着，给予了她一份平日清醒好动的时候少见的天真无邪。

索菲很快就要到不用睡午觉的年纪了。就像她的姐姐们一样，她也会长大，不会再反复读《晚安，月亮》[①]，也不需要别人帮她把吐司切成平整漂亮的三角形。摩根会想念这些细微恬静的美好瞬间。

她压下心里慢慢滋长的悲伤情绪。

人生不可能原地踏步，她也要迈步向前。

摩根将卧室门带上，回到起居室，祖父正坐在他的躺椅上。他放下 iPad 平板电脑，“我放弃了。安全摄像头现在坏了。我明天得去检查一下。”

摩根想象了一下他爬梯子的样子，“你怎么不打电话给防盗警报公司？不然我们付钱给他们做什么？”

“你说得对。”祖父全神贯注看着她，“你还好吗？你几天没出过门了。这样不利于健康。”祖父总是实话实说，从来不避讳什么，“你没有给兰斯回电话，对吧？他很担心你。”

摩根没有回电给兰斯，她也没有看几个邻居发来的信息，大概都是想和她说说特莎的八卦。

祖父皱眉道：“关于特莎的死，我们还没好好谈过呢。”

---

① 译者注：《晚安，月亮（Goodnight Moon）》，美国有名的儿童绘本。

摩根不想谈这个。她甚至不想想到这件事。她将特莎的谋杀事件归到心里那个敛藏悲伤的黑暗角落里，但它始终在那儿，盘旋着，伺机而动。也正因此，她才会逃避网络，过去几天一直沉浸于手工和少儿卡通之中。

“亲爱的，你不能就把这事憋在心里。”祖父的声音十分温柔，“你的治疗师呢?”

“我真的觉得没有任何好转。继续治疗似乎也没有意义。”她本来也没想过要有什么进展。

祖父伸出手覆上她的手背，“那你应该另找一个医生。”

她笑了，只是这微笑显得有些空洞，“等我回到工作岗位上应该就会好了，我只是需要让生活走上正轨。”

她的祖父看上去并不信服。

摩根站起身，“说到这个，趁着索菲还没醒，我还得回去把表格填完。”

她还没走到厨房。

“过来看看这个。”祖父提高电视音量，把摇椅踏脚压下来，身子向前一倾。

电视屏幕上，警察局长、市长还有地方检察官聚在讲台一侧，而装饰着旗子的平台的另一侧，布洛迪正站在背景里。

警察局长霍纳登上讲台，“站在我身后的是地方检察官布赖斯·沃尔特斯，市长里奇·迪朱利奥——”霍纳焦点一转，“——还有红瀑镇警探布洛迪·麦克纳马拉。”

摄影师抓拍着照片，闪光灯此起彼伏。

摩根回到沙发上，在垫子边缘的位置上坐下。

霍纳回转过身面对一众媒体，“我们在特莎·帕尔默谋杀案上取得了新的突破。”

记者蜂拥至前，伸长话筒大声询问着。

霍纳抬手让人群安静下来，嘈杂声逐渐转为低声絮语。他继续说道：“周六凌晨时分，红瀑警局得知了一起极其残暴的性侵谋杀案件，受害者是一名女性。”

摩根在听到“性侵”这个词的时候瑟缩了一下，她都不知道有这回事。

霍纳接着说道：“受害的年轻女性身份为红瀑居民特莎·帕尔默。她在周四晚十点三十至周五早四点之间被杀，尸体发现于红湖岸边。我们正彻查这起残暴的犯罪事件，麦克纳马拉警探是该案件的负责人。接下来让他来回答你们的问题。”

他示意布洛迪走到麦克风前面。

布洛迪照做了，但看起来并不乐意的样子。

一位记者叫道：“麦克纳马拉警探，我们听说有一位嫌疑人。”

布洛迪摇头，“我们有在关注某人，但现在还不准备控告任何人。”

另一位记者举起麦克风，“你认为是不是有连环杀手在红瀑镇流窜?”

布洛迪回道：“现在调查刚刚开始，下定论还为时过早……”

“谢谢，麦克纳马拉警探。”霍纳打断他，虽然事先礼貌地点头示意了一下，但他看起来就像要把布洛迪的脖子拧下来，“我们没有任何理由认为此次谋杀是连环作案，这就是一起独立事件。”

“红瀑镇的女性是不是应该采取一些额外的预防措施呢?”另一位记者喊出问题。

“我们一直都建议女性居民对周遭情况保持警惕，但并不是这时需要特别注意什么。”霍纳吸了口气，目光扫过人群，“此次事件让镇上的居民都十分震惊恐慌，但我相信警方会很快解决这个案子的。”

发布会现场渐渐安静下来，祖父调低了电视音量，“霍纳局长真喜欢出镜啊。”

“市长输掉竞选的话，他会丢饭碗的。要有杀手在镇上流窜，竞选还赢得了吗?”

警察局长由市长与市议会任命，如果领导班子换了，局长就会被下一届管理团队炒掉。

“他们压力肯定很大，要快点抓到人才行，”祖父说道，“选举还有六周就开始了。”

“我觉得我该做点什么?”

“做什么?”

“我也不知道，但我希望能让杀害特莎的凶手绳之以法。”五分钟前，摩根还不想说起特莎的死，现在她却突然觉得逃避这条新闻是多么懦弱的行为。

“你下周就能去修理那些犯罪者了。”

“我等不了了，为什么斯特拉不在记者会上?”摩根问道。她妹妹明明是和布洛迪一起出了现场，“霍纳总喜欢让她出现在镜头前的。”

“我不知道，可能她也在办这个案子?”

“我得打给她。”她很快拨了妹妹的电话。

电话响了两声便被斯特拉接起，“摩根?”

“嘿，我刚看到记者发布会，你在哪儿呢?”

“霍纳让我退出这个案子。”风声让斯特拉的声音显得有些微弱。

“什么?”

“等等，这里风太大了，我到车上再跟你说。”电话那头传来关门的声音，风声骤然停下。斯特拉继续说道。“他把我调出了这个案子，说我和被害人关系太近了。”

“这也不是你第一次认识被害人了。城镇就这么小，你肯定会认识一些被害人啊。”

“我知道。”斯特拉顿了顿，“我感觉他下这个命令还有别的用意。”

“比如?”摩根问道。

“他带来审讯的人，有一半都是我认识的。”斯特拉压低了声音，“我在想，他把我调出来可能并不是因为我认识被害人，而是因为我可能认识凶手。”

从统计数据来看，凶杀案中男性受害者被陌生人杀害的可能性更高，而女性则经常是被熟人杀害。红瀑是个小城镇。极有可能，杀害特莎的人，就是镇上的某位居民。

斯特拉说了再见，摩根放下电话，起居室窗前移动的影子吸引了她的注意。三辆警车停在了扎伯罗斯基家门口的车道上，两辆黑白的，还有一辆没有标志。

“那是什么?”祖父问道。

“停在对街的警车。”摩根看着布洛迪从那辆没有标志的车上走下来。

“他们要来审讯尼克了。你说过他是特莎的男朋友。”祖父撑起身子和她一起站在窗前。布洛迪走到大门前，巴德开了门，布洛迪给了他一张折起来的纸件。

“他们拿出了搜查令。”祖父说道。

摩根直奔大门而去。

祖父皱起眉来，“你别卷进去！你还要在地检署工作的，还记得吗？”

“我就是去看看出什么事了。”

担忧催促着摩根穿过马路。湖边这一带的房屋都占了几英亩地，各自离得很远，扎伯罗斯基家是一栋单层建筑，方方正正，没有多余的装饰，里头有两间卧室。家里并不能看见湖景，但巴德对园景很有讲究，前院的草坪有着爱尔兰绿色的青草和高大的橡树，看上去像个公园。尼克很小就学到了这些做生意的本领。

摩根顺着石砖小道走过去，还没上台阶巴德就开了门。

“我正要打给你呢。我不知道怎么办才好。”镇上速奔润滑油公司的经理巴德还穿着那件印着商标的马球衫和黑色裤子。

摩根并不清楚这家人的背景，只知道巴德是独自把尼克打小抚养长大的，这对父子在祖父家对街住了十年，从没听他们说起过尼克的母亲。

巴德的房子也和草坪一样拾掇得整整齐齐。家具陈设都带着单身汉的朴实风格，黑色皮革加上橡木造出厚重的质感。屋里的小玩意也不过就是相框里的快照，还有一些高中象棋奖杯而已。布洛迪站在房间中央，指示着三个穿制服的工作人员做事。四个警察都戴着手套，时而拿起沙发垫，时而放倒家具查看抽屉底下。

巴德带着其余人到了厨房，尼克坐在餐桌上，双手紧扣放在身前，指节都拧得发白。他脸上写满了不可置信，悲伤和恐惧交织在一起。第五个警官站在门口，正盯着尼克。

巴德递给她一叠文件，“这是他们给我的。我们周六去了警局，他们问了他一些问题，之后就再没听到什么消息了。我以为事情已经结束了。”

摩根回想和费莉希蒂的对话，警察会追查周四晚上所有到过派对上的孩子，但尼克是特莎的男友，肯定是重点调查对象。她摊开那叠文件，自动核对起上面的名字，地址与其他信息是否正确，他们给尼克和巴德的车辆也分别下了搜查令。她的视线迅速下移，扫过关于收缴物品的描述：刀具、衣物、生物物证和纤维组织……

警方认为是尼克杀了特莎。他不只是嫌疑人，而是头号疑犯。

搜查令范围包括房子、土地，还有尼克存放园艺装备的棚屋。警方还收缴了尼克的电脑和手机。

摩根的视线飘向尼克。她不相信，如果他在周四晚上那样残暴地杀害了特莎，怎么可能隔天再过来若无其事地和祖父下棋。不过说实话，他那会儿确实是有点魂不守舍，周五来他们家的举动也确实不同寻常。

“尼克?”她在他对面的椅子坐下。

他没有抬头，肩部的线条却紧绷着。

摩根瞥了一眼门口的警察，放低声音说道：“警察周六找你问过话了?”

尼克抬眼与她对视，眼中的伤痛让她不禁畏缩。

他点点头，说道：“两个警察过来敲门，说他们需要约我到警局去谈谈，他们想让我上他们的车，但最后还是我爸载我过去的。”

周末那两天警方要把嫌疑人和目击者区分开来，一定问询了很多人。

“问询过程怎样?”她问道。

“当时我觉得还好。”他的眉毛低垂下来，“现在看来我大概想错了。”

“他们有没有向你提过米兰达权利[①]?”她问道。

“有。”

米兰达权利不会读给目击者，一般都是读给嫌疑人听的。他们几乎马上就锁定了尼克。仅仅如此倒不足为惧，但警方要确立合理根据才能取得搜查令，所以警察肯定不仅仅是预感尼克有罪，一定还掌握了其他证据。搜查令也不一定要附上合理根据证词，有时为了加快搜查进度，一位法官可以先签下搜查许可，但警方需承诺在二十四小时内附上证词。

但摩根宁愿现在就知道证据的进展。

“你知不知道，他们问你话的时候你本来可以带上律师的?”摩根问道。

“知道，”他说，“但我不认为我需要律师，我想好好配合，我想他们找到是谁……”一阵湿润涌上他的眼眶，他眨了眨眼又把泪吞回去，“我想他们找到是谁对特莎做了那种事。”

“审问你的警官叫什么名字?”她问道。

“所有问题都是霍纳局长问的，”尼克说，“但起居室里那几个警官当时也在。”

这样说来，把斯特拉从这个案子里提出来的原因，就是她认识头号嫌疑人：尼克。

“没有律师在场你就别再说话了。”她说。

“我什么都没做，他们怎么会认为……”他没说完下面的话。

“尼克，你要向我保证，没有律师在场，千万别再回答警方的问题，这很重要。”

---

① 译者注：米兰达权利，即“你有权保持沉默，但你所说的一切都将成为呈堂证供”。

“好吧，我现在懂了。”他抬起头，“我还让他们用棉签擦了下嘴，可能那也挺傻的。但我真的觉得没什么好怕的，我不可能会伤害特莎的。”一滴泪从他眼里滚下来，被他用手忿忿擦去。

摩根胃里一阵恶心。他们周六就给尼克做了拭子测试，他们要取他的DNA。

警方到底掌握了多少证据?

摩根陷入了深深的愧疚，过去几天她都躲在虚幻的巨石背后，她知道警方会传唤尼克审问，为什么她没有来问他审问的情况呢?

“我们能出去吗?”摩根问看守尼克的警官，“我们在这儿可能妨碍你们工作了。”

他点头，往后退了一步，让她和巴德、尼克过去，然后一路跟着他们，紧紧黏在尼克身后。到了外面前院的草坪上，这种情形依然没有任何改变。外边又来了一辆警车，两名警察正在搜查房屋的外部情况。

尼克攥起拳头，一下僵在原地，看上去像在强忍着不哭出来，可能她还是应该让他待在室内，但看着警察在自己家里搜查也一定不好受。

“不会有事的，尼克。”巴德的声音十分冷静。

尼克摇摇头。他们等在一边，看着警察在这片地上走来走去，不时停住脚步，蹲下观察草坪。摩根看见他痛苦的样子，心也揪成一团。他一向是个很从容随和的孩子。

警员绕过屋子，终于从视野中消失。巴德来回踱步，摩根靠在一棵树上，尼克一动不动站在草坪中央。二十分钟就这样过去了。

“布洛迪!”一名警员从房屋一侧跑来。

布洛迪从屋里走出来，绕到房子侧面，几分钟后，他又走回他们身边。他的眼神十分冷峻，视线往摩根的方向闪了闪，显然，接下来这件事情，他自己也不太想做。

布洛迪停在尼克面前，“尼克·扎伯罗斯基，我现在以谋杀特莎·帕尔默的罪名拘捕你。”

尼克的身体颤抖着，脸色顿时一片苍白，嘴惊讶地张开，“不可能。”

一名穿制服的警员走上前来，拿出手铐准备好，“转过去，双手交叉放在脑后。”

尼克没有照做，而是向后退了一步，“不可能，这肯定不对。我不可能会伤害特莎的，我什么都没做。”

“给他点时间接受。”巴德说道。

“转过去。”那名警员伸手去抓尼克的手臂。

警员抓住了尼克的上臂，他身体一抖，转身要逃，腿却打着战。

警员将尼克制服住，将他脸朝下按倒在地，跨坐在他背上。

“住手！放开我！”尼克惊恐地对着草地叫道。

摩根喉头涌上一阵绝望，泪水灼烧着眼眶。

“尼克，冷静一点，”她说道，“这时候挣扎只会让事情更加严重，如果你安静下来好好配合，对你来说也会轻松一些。”

尼克静了下来，但大家都知道，接下来他要面对的事情，绝不会轻松到哪儿去。

第九章

搞什么鬼？

兰斯把车停在摩根家门口的马路边，街对面四辆警车还停在尼克家的车道上。一辆采访车也到了，女记者同她的摄像师像拿着话筒的老鼠一般窜过草坪。

前草坪的中央，有名警察正跪在一个人身上，把他压制在地上。另一个穿着红色上衣的人正朝草地上那两人奔过去。那是尼克的父亲？摩根站在他身前，双手挡在他胸前阻止他过去。

记者抖了抖头发，举起话筒对着摄影机镜头察看了一下嘴上的口红。草地上的警察扯了扯，让戴着手铐的男人站起身来。

该死的。那是尼克。

这一整幅可怕场景突如其来地冲进他的眼里。

尼克被捕了，他们认为他是杀害特莎的凶手。

这个年轻男人已经不再挣扎，僵着身体，脸上也毫无情绪，就像被关停的机器一般。

兰斯从车里出来，他不应该卷进特莎·帕尔默的案子，摩根也不应该，地检署要是发现她在头号嫌疑人家里，肯定不会高兴的。

“不……！”兰斯背后传来一声尖叫。他转过身，索菲飞也似的奔下前门阶梯，吉安娜紧追在她后头。

“索菲，回来！”吉安娜喊道。

小女孩脸上写满了惊慌和愤怒，兰斯从左侧跑过去，伸出一臂拦腰将她截住。

“不要！”她哭号着，“他们在伤害尼克，让他们住手！”

兰斯把她拉进怀里，紧紧抱在胸前，尽力让她转过脸不看那边的场景。这其实也已经于事无补，显然，最糟糕的那部分她早已看到了。

小小的拳头捶在他胸前，“放我下来……”

“嘘……”他紧紧抱着她，抚着她的背脊，“会没事的。”

记者指了指兰斯，摄像师便将镜头一转，对准了他。他将索菲换了个位置，用身体替她挡住摄像头。

街对面，僵着腿的尼克被拖到警车边押进后座，摩根看着这一幕，脸上是全然的绝望神色。摄像师又转回来拍尼克。摩根松开手，红衣男人一跤跌在地上，伸手在脸上抹了一把，也没听她究竟说了什么，只是机械地点头。

兰斯把索菲抱进屋里。

“真是抱歉。”吉安娜伸手去接。

“抱紧了。”兰斯弯下腰把她交给吉安娜，索菲纤细的手脚倒是异常有力，但她这时已经停下反抗，开始低声啜泣，“让她待在房里吧，我不想那些秃鹫一样的无良媒体把她拍上晚间新闻。”

吉安娜接过孩子，抱着她小小的身体往里屋走去。索菲越过吉安娜的肩膀，叛逆地瞪了兰斯一眼，脸上还泛着愤怒的红色，带着泪痕。她是不会原谅他了。

他走出去，站在前门台阶上查看情况，载着尼克的那辆车已经开走了，包括布洛迪在内的一群警员走过草地。摩根将尼克的父亲拉到房子的一边，正和他说着话。这人的脸上笼罩着痛苦与绝望。

摩根碰了碰他的前臂，转身走向兰斯。两人在摩根家的车道中间遇上，摩根的眼睛总是带着深邃的悲伤，这一次却又燃起了怒火。过去几个月里，他只见过几次她真正开心活跃的时刻，那就是和她的孩子们玩耍的时候。而在这种欢悦之下，她的悲伤却是深入骨髓。一个人时，她往往容易陷入沉思。

“怎么了?”他问道。

“他们发现了一把刀，外面刚好沾了血迹，就埋在棚子后面。”摩根抬眼对上他的视线。这还不是全部，“他们还在他的食篮里发现了一件带血的衬衫。”

“不是吧。”

穿红色上衣的男人从街对面焦急赶了过来，“摩根?”

摩根转身面对他，指了指两人，“这位是兰斯·克鲁格。这位是巴德·扎伯罗斯基，是尼克的爸爸。”

“肯定是搞错了，”巴德说道，“尼克不可能会伤害任何人。首先他就见不得血，每次见血都会吐，他不可能会……”显然，他们对尼克罪行提出的指控，巴德实在难以启齿，“不可能会对任何人做那样的事，特莎就更不可能了。他是真心喜欢她。”

巴德深吸了一口气，听上去痛苦万分，“我要怎么做才好？我连辩护律师都请不起。”

“如果你承担不了律师费，法庭会指派一位律师给你。”摩根说道。

巴德摇摇头，“这样就够了吗?”

这完全取决于法庭委派谁来处理他的案子，公设的辩护律师有好有坏，但老实说，他们都工作繁重，过度劳累。

“我也不知道。”摩根实话实说。

“我可以试着抵押房子，但我也不清楚能抵押多少。为了帮尼克买经营用的工具，我已经进行过二次抵押了。你认识什么厉害的律师吗?”巴德问摩根。

她点头，“我可以推荐几个人给你。”

“谢谢。我还是得试一试。”巴德握了握她的手，“我要去给抵押公司打电话了。”他又匆匆赶回家去。

摩根走到前门台阶边坐下，从口袋里拿出手机划动着联系人名单，“就算他抵押了房子，要请顶级刑事辩护律师来打官司，这笔开销还是够呛的。”

“他要找人接手这个案子得有多难啊？如果刀上的 DNA 正好与特莎的吻合……”

“我知道。”

“如果他真的有罪呢?”兰斯没那么了解尼克。

“他没有。”

“你怎么知道？布洛迪逮捕尼克，肯定是有充分的证据支撑自己的观点，他不过也就调查了几天而已。”

摩根抬眼看他，“几周前，我祖父在院子里被园艺剪刀割伤了手，尼克当时和他在一起修剪花园，不过是瞥见了一眼，马上就在车道上吐了起来，那就是一瞬间的反应。”

“这还不足以构成辩词。”

摩根站起身，拍拍长裤上的灰尘，“还存有疑点不是吗？尼克不应该有质疑的权利吗?”

“这个疑点太小了。”

“这只是开始，我还不清楚这起案子的任何线索，如果刀上的DNA 不是特莎的呢?”

“为什么尼克家院子里会埋着一把沾血的刀子呢?”

摩根身子一僵，“如果是尼克杀了特莎，他为什么还要把凶器放在身边？她是在湖边被杀的，他可以把刀丢在湖里或是直接丢在现场。傻子才会带着谋杀女友的凶器回家呢。”

“不是傻子，”兰斯纠正道，“而是一个初犯，一个惊慌害怕的人。犯人行事不总那么精明，所以他们才会被抓住。”

“我知道，但我实在不相信尼克会杀人。他会陪我祖父下棋，还给我的女儿读故事书。”

也许这才是摩根这样恐惧的原因。尼克是他们社区的一员，她信任他，放他进家门，还让他接近自己的孩子，如果这个人犯了谋杀罪，那这里的居民哪里还有安全感可言?

“我从没见他发过脾气。”她说。

但尼克在那个视频里却是十分愤怒的样子。

兰斯伸手搭上摩根的手臂：“我知道你不愿意相信，但布洛迪是个好警察。”

“我知道他是个好警官，但这次他肯定搞错了。”

他错了吗？兰斯有点怀疑摩根对尼克究竟了解多少。这样说来，又有谁真正了解他们的邻居，谁又知道那些紧闭的房门背后究竟发生了什么呢?

第十章

他关上电视。尼克·扎伯罗斯基因涉嫌谋杀特莎被捕。他的计划成功了。他应当感到高兴，但这感觉一点也不真实。

他站起身，走到窗边。他恍惚以为看到一辆警车停在外边，但屋外的景色还是一如往常，一只松鼠蹦蹦跳跳跃过草地，飞蹿上树。

他能逃脱自己犯下的罪行吗?

他低头看了眼自己的双手。无论怎么洗，他似乎都洗不去幻想中的血斑，他曲起指节紧握成拳，指甲深深掐进掌心，尖锐的疼痛将他拉回现实。

他觉得很惊讶，自己竟然能够大摇大摆地在人群中走动，没人能看穿他。他知道自己究竟是什么，他可不是一般人。其他人要知道他梦里都有些什么东西，一定会觉得毛骨悚然。只是他努力装作和其他人没什么两样。

周四晚上失控之后，他精心铺排了这么多，总算努力没有白费。他还是收拾好了自己这堆烂摊子，把这事处理好了。

现在他要做的，就是装作若无其事的样子。但要伪装自己真是越来越难了。怪物要如何假装正常呢?

他侧耳听了几秒钟，然而什么也没听到。房子是空的。警车没停在外面。没人等着要揭开他的秘密。

他走到柜子前，打开灯，把几个箱子挪到边上，掀起后边的角落里的地毯，撬开一小块地板。下面的洞里有一个鞋盒，他把盒子拿出来握在手里，一丝冰冷的兴奋从心头一闪而过，想想装在里头的东西，这盒子未免太轻了。

他的秘密。

他心中的恶魔。

他的罪孽。

他把盒子放在地板上，将它打开。特莎的照片正从盒子里凝视着他，他拿起角落里一张照片，一滴泪从眼角滑下，落在照片上，他愤怒地拭去这滴泪水，心又痛得更加厉害。

我爱你。为什么你就不能也爱我呢?

她不在了，他要怎么活下去?

她完美、甜蜜、天真、娇妍。

她说她并不爱他，她想拒绝他，但那是她在欺骗自己。无论她多努力地拒绝他，她其实是渴望他的，正如他对她的渴望一样。是她勾起了他的欲望，这一点就出卖了她真正的心意。

但现在她不在了。开始他责备自己，毕竟是他一时失控才酿成大祸，但其实是她逼他这样做的。她知道他的脾气，但还是把他逼到无路可退，威胁他，他没有选择。意识到这些都是她咎由自取时，他心头如释重负。

为什么要逼我伤害你呢?

他翻过这沓照片，每张都深深扎在他心口上，但等翻完一遍之后，他已经习惯了这种疼痛。他把照片翻了一遍又一遍，直到看见每张照片时，心中都不会再起一丝波澜。这时他才把照片放回去收好。

他摸到盒子底部，拿出那晚他杀了她后取走的一缕头发。他伸手捋过那缕发丝，无意间像触到了什么脆硬的东西，他停下动作，把头发放在光下。

血。

这又提醒了他特莎已经不在的事实。一切都变了。

他将那绺头发攥得更紧，离开储藏室，走进浴室，拧开盥洗池的水龙头，堵住排水口，用肥皂清洗手里的头发。

接着他回到储藏室，头发放回了盒子里，盒子又放进了洞里，地板和地毯也各归原位。没人会知道他在这儿藏了些什么。

正如没人能猜到他做了什么一样。如果计划奏效，警察根本不会怀疑到他身上。是，那时他是失去了理智，他昏了头了。但他还是冷静下来，收拾好了这个麻烦。

现在他也要这样好好生活下去。

特莎已经死了，但他还没有。虽然他是这样地想她，但还是需要找个人来替代她。他需要喂饱心里这只怪物。

只要还活着，他就有欲望。

黑暗的欲望。

需要满足的欲望。

第十一章

摩根睁开眼，顿感头疼欲裂。自从发现特莎的尸体之后，她几乎没怎么睡过安稳觉，前天尼克被捕，又让她失眠到半夜。她好不容易恍惚入睡，噩梦又接踵而来，梦里全都是特莎和尼克，还有带血的画面。最后她的潜意识又开始作祟，把特莎的样子替换成了她女儿的面孔。

这不正是她极力否认尼克有罪的原因之一吗？她不愿相信自己把一个凶手放进家门，而且是她把尼克介绍给了特莎。

她看了一眼床头柜的时钟，七点！她有好几年没一觉睡到天大亮了。她跌跌撞撞出了房间，经过走廊，看了一眼女儿们的卧室，是空的。米娅和艾娃今天要上学的，她们准备好了吗？

她迅速溜进厨房，用过的麦片碗堆在池子里。她安下心来，他们应该吃过了。她倒了一杯咖啡，吞下两片布洛芬，继续找人。

一串笑声引着她到了平台上，早晨的阳光底下，女孩们追逐着篱笆院子里的巨大泡泡。吉安娜在空气里挥舞着一只巨大的肥皂棒，拉出一个颤抖的泡泡从草地上飘过。

三个孩子都穿戴整齐，并且索菲的头发也梳好了，一左一右扎成两个小马尾，真是奇迹中的奇迹。

摩根把马克杯放在户外的桌子上，光着脚走下楼梯。看见小女孩们从草坪上奔过来迎接她，她心头异样的情绪顿时烟消云散。她抱住艾娃和米娅，小索菲从地上跳了起来，摩根将她抓住，索菲便四肢并用紧紧缠在摩根身上。

摩根靠在女儿的额头上感觉了一下，温度正常，但索菲吸鼻子的声音和揉鼻子的动作昭示着她确实感冒了。

“看。”索菲往自己头上指了指，“吉安娜给我戴了一双小猫耳朵。”

多么绝妙的方法，这样就能让索菲好好配合了。

她同时抱着三个女儿，索菲挤得有点狠，后来索性落到地上跑远了。摩根心里有些发胀，有时她对女儿的爱几乎到了泛滥的程度，特别是看见她们微笑的时候，每个人身上都能看见约翰的影子。

吉安娜走了过来，咧嘴一笑，“我觉得今天应该算是成功了。”

“确实，今早多谢你照顾她们，我不敢相信自己居然起得这么晚。”摩根说道。

“你需要多睡一会儿，我们也玩得很开心。”吉安娜又圈出一个巨大的泡泡。

“我不希望因为她们把你累着。”

“我喜欢和她们在一起。”吉安娜眼中闪过一丝湿润，“我以前从未有过真正的家庭。我喜欢住在这里。我一直害怕谁会来掐我一下，然后把这一切全都带走。”

“没人会把你带走。”摩根搭上她的手臂，“我们喜欢你在家里的感觉。”

吉安娜眨了眨眼，擦了擦眼泪。

“有看到我祖父吗?”摩根问道。

“他去商店了。你怎么不去吃个早餐，再冲个澡? 我会把米娅和艾娃送上校车的。”

“谢谢。那真是太感谢了。”摩根回头看了眼欢快的孩子们，转身又回到屋里。

冲了个热水澡之后，她才终于感觉活了过来。她穿上衣服，梳好头发，漱完口，接着回到厨房，重新倒了一杯咖啡。厨房窗边的一阵动静把她的视线吸引过去。车道的尽头，女孩们和吉安娜正在等着校车。米娅和艾娃背着粉紫色的书包，吉安娜握着索菲的手，显然她昨天已经深刻见识到了索菲这两条小腿能跑多快。

摩根又将视线投向街对面，巴德和尼克家看上去一片黑暗。昨晚尼克过得怎样? 是不是已经登记入册，转到县监狱去了，还是依然拘留在红瀑警局呢?

前门突然被推开，索菲奔进厨房来，将她心中的凝重一扫而空。最能转移人注意力的莫过于三岁的孩子。吉安娜也跟着孩子一同进来了。

“吉安娜说今天我能当一只小猫。”索菲踮着脚尖蹦起来。

接下来的几个小时，她们就在工艺用品里翻来翻去，用上次万圣节剩下的材料和黑毡设计制作了一件粗糙的小猫服装。一上午便这样无声无息地过去。祖父回家后在躺椅上睡着了。中午，索菲只吃了三口花生酱三明治便把它放在了一边。

门铃响起的时候，摩根吓得一蹦。吉安娜和索菲留在餐桌前，摩根看向窗外，“是巴德。”

吉安娜伸手要抱起索菲，“差不多到午休时间了，现在回你房间的话，我们还有时间读两个故事。”吉安娜从桌上的盒子里抽了张纸巾，还没等她帮索菲擦擦鼻子，小孩就顺着走廊闪电似的溜走了。

“谢谢你。”摩根说道，接着过去开了门，“进来吧。”

“真的可以吗?”巴德走进屋里，脸色青灰，眼神黯淡，“我不想太僭越。”

她摆手让他进来，“你昨晚在哪儿住的?”

“我们公司副经理让我睡在他们家沙发上。”警察整晚都在巴德的房子里继续搜查。

“今天他们准你回去吗?”

巴德点头，“我还没进去过，都不知道他们拿走了什么。”

“他们会给你列一张清单，你家里所有移走的东西都会写在上面，”摩根说道，“告诉我尼克那儿情况怎么样?”

“他今早有一场提讯听证会，但一点也不像我想的那样，尼克什么都没说，那里有个他从没见过的律师。我都还没来得及给他找私人律师。我电话申请了房屋抵押，但是还没通过，我现在就盼着抵押房子的钱至少还够支付费用。我的积蓄也不多。”巴德跟着摩根进了厨房，“先不管这个。他们都没问他是否承认有罪什么的，整场听证会不过几分钟。”

“尼克被指控犯下重罪，开始这场传讯基本就是走个过场，他之后还有机会提出抗辩。”

“他们说的大多数话我都听不懂，法官给他设的保释金是一百万美元，保释代理人说我要有十万现金才能把他弄出来。我怎么可能筹到那么多钱。即使抵押申请通过，每一分钱也都得省下来付给律师啊，他还没有定罪，他们怎么就能把他关起来?”

“他们指控尼克施行了暴力和极其凶恶的谋杀。”摩根想到这场谋杀的凶恶程度，不由颤抖了一下，“在大陪审团递交正式诉状之前，尼克都要暂时被收监，应该在被捕后六天吧，那就是周二了。”

可即使是大陪审团也不过是走形式罢了。摩根了解布赖斯，如果这位地方检察官没有充足证据定罪的话，他是不会起诉尼克的。

“那之后呢？我怎样才能带他回家?”

“我不知道。他的律师可以请求降低保释金吧。”

“但听你的语气这好像不太可行啊，也就是说他得在监牢里待到庭审，对吗?”

“是的。”

“那需要多久啊?”巴德问道。

“案子正式审理可能要等上一年。”

巴德顿时面如死灰，“那尼克要在监狱里待上整整一年吗?”

“有可能。”摩根还没有说这案子可能不止要等上一年。

作为检察官，摩根一直相信被捕的大多数人都是有罪的。她从没想过她可能会把一个无辜的人送进监狱。但在纽约也有很多这样的案例，无辜的人在监狱里蹲守几年才等来审判。虽然这样无辜入狱的人比例不高，可如果这一小部分人中恰好有你关心的人，事情就瞬间变得让人难以接受了。

“我不知道要怎么办才好。我不可能凑到那么多钱来打上几年的官司，万一今天代表尼克的那个律师的表现影响他判决的结果……”巴德神色一片茫然。“我已经感觉到那个律师认为尼克有罪了。”

“公设辩护律师要处理的案子是很多，但中间也有许多人水平真的很高。”

许多，不是全部。要处理的案件繁多，意味着每一个案子上投放的时间和关注都会减少。尼克极有可能就要蹲在监牢里度过接下来的一年时光了。他们也没有什么特殊又安全的地方可以暂时收容疑犯等待开庭。他会和其他关押的嫌犯待在一起，他们中有无辜的，也有有罪的，年轻的尼克会和真正的罪犯锁在一起，他刚刚起步的事业也将毁于一旦。他可能会遭人欺侮侵犯，这绝对会给他的心理留下创伤。

尼克的人生可能就这样毁了。至少，他可能会从此改变，再也无法恢复过去的样子。

摩根还未经思考便脱口而出："要是我来做尼克的代表律师呢？"

她在做什么？戴恩家的人只负责把犯人送进监狱，不负责把他们捞出来，她父亲要是泉下有知，肯定要从墓地里翻身起来。她更不敢想布赖斯会作何反应。

巴德抬起头，"你愿意吗？我没有多少钱能付给你。"

"我们会想出办法来的，"摩根说道。她还能做些什么呢？尼克也没有其他人可以依靠了，"我也不敢保证事情结果会有什么变化，但我可以保证一定尽力证明尼克的清白。"

"你认为他是清白的？"

特莎尸体的画面在摩根的脑海中浮现，这可怕的景象仍是历历在目，一如发现尸体的那晚，"我不相信尼克会做出这种事。"

巴德走后，摩根打开冰箱查看了一下里面的内容。她需要吃午餐，但刚才做出的那个决定又让她没了食欲。她脑子思绪飞转回想着刚才的行为。

她答应替尼克辩护。她的新工作——能把她从当下深渊般的处境里拽出来的东西——泡汤了。

祖父趿着鞋进了厨房，"那个，我刚才不小心听到了。"

摩根关上冰箱，"你是不是要说我做了毕生最糟糕的决定？"

祖父躺进椅子里，"你自己有考虑过吗？"

"老实说，没有。"她面对着他，双手交叉在胸前，靠在橱柜上，

"除了我之外，没有人相信他是清白的。没有人。巴德没有多少钱，如果他另找一个愿意无偿接手案子的律师，那个律师肯定会为了宣传把案子曝光出去。媒体对尼克这起案件这么感兴趣，律师要迎合媒体，就肯定不会将尼克的需求放在首要位置。那就变成了作秀。"

这起案件具备所有能引起宣传暴乱的特征。

"那你在检察署的工作呢？布赖斯·沃尔特斯肯定不会高兴的。"

摩根闭目想了一秒，咽了咽唾沫，"我觉得这工作应该保不住了。"

"你竟然愿意为尼克葬送前途吗？你甚至不知道他们手上有什么对他不利的证据，"祖父指出问题，"你整个职业生涯的基础，是把犯人送进监狱，不是帮他们脱罪。大多数被捕判刑的人都是有罪的。"

"你相信他有罪吗？"摩根问道。

祖父叹了一声："我不相信。但这是我的感性认识，不是事实。你赌上的可能是整个职业生涯。"

"我知道。但我没得选。如果他是无辜的那该怎么办？你知不知道像尼克这样的年轻人进了监狱会怎样？"

这孩子会成为最弱小可欺的那种囚犯。他年轻，长得好看，还有些天真幼稚，在普通人群中也容易成为他人的猎物。

"这也不能说明他是无辜的啊。"祖父说道。

"所以我才要找出真相。"摩根慢慢坐在祖父对面的椅子上，"你是不是对我很失望？"

"你怎么会这样想？"

"因为我觉得我的立场在改变。家里其他人都尽心尽力要将犯人绳之以法，只有我想着要帮别人洗脱谋杀罪名。"

"家里也没有谁想让无辜的人受牢狱之灾。"祖父青筋毕露的枯瘦手掌轻搭在她的手上，“戴恩家的人都为正义而战，在这一点上大家殊途同归。尼克也应该要有一个最好的法律顾问，我知道你就是最佳人选。没人会比你对他的事情更加上心了。”

“我觉得过去两年里我都一直在偷懒。”

“偷懒？你在开玩笑吧？”祖父听起来有些生气，“丈夫死了，留下三个孩子让你独自抚养，哪里有人在你这个年纪就要承受这种伤痛的？你还要抽时间让孩子和自己走出这种悲痛情绪。你和约翰本来应该可以再一起过个四十年的。”

“但我们没有。人生就是不公平的。我也是时候接受这个事实，把这一页揭过去了。”这话听起来容易，做起来却是这样困难，“爸爸要是知道我坐到辩护席上去了，你认为他会对我失望吗？”

“无论你做什么，他都为你感到骄傲。你是在表明自己的立场，你是以正义之名作出自我牺牲。”祖父捏了捏她的手，“我真为你感到自豪。你父亲也一定会这样想。”

街对面传来一阵喧哗将两人的注意力吸引过去。摩根起身走到窗前。一辆警车停在巴德屋外的那条街上，“我去看看出了什么事。”

她走到前门门廊时，一群人已经蜂拥到了街上。

噢，不是吧。

第十二章

没有人能悄悄靠近巴罗内家。

兰斯刚把吉普车停在这家院子前，两只高大的德国牧羊犬便扯着链子朝着他吠叫起来。

“没你什么破事”的红发小鬼，又名罗比·巴罗内，他和父母一起住在镇郊一间小农场里。

碱蓝色的双层小楼屋顶上架着一个颇小的碟形天线，新修过的草坪长满苜蓿。院内没有花坛，也没有风铃。褪色的灰色门廊没有其他家具装饰。后院没有儿童玩具，也没有秋千架，只有两条晾衣绳，加上一个料理得十分细致的蔬菜园。

房子后面有一间谷仓和几间外屋，篱笆圈起一个养殖场，里边用笼子养着十几只鸡。第二间是养猪场，里边养着两头猪。带刺的铁线圈起另一块草场，里边三只奶牛正在低头吃草。装货的拖车和一辆老旧的校车停在谷仓边上。

这个地方的种种细节无不彰显着“实用高于装饰”的理念。即使对于农场来说，房子周遭的气氛也未免有些太过荒凉了。

兰斯走上门廊的木质台阶，刺鼻的肥料味道顿时裹上他的喉咙。

他闭上嘴按下门铃，但没听见里面有铃响的声音，于是又敲敲门框。

微风忽地转了向，把一阵好闻的草香味拂到兰斯鼻间。一扇双层窗下摆着一排花钵，种着植物，齐整如军士一般。窗户玻璃后帘子微动，他瞥见一个人影，接着木门吱呀一声，一个女人从门边探出来窥视他。

兰斯隔着纱门露出个微笑，“早上好，您是巴罗内夫人吗?”

她点头，“你想做什么?”

女人审视般打量着兰斯，看来罗比的红发、小个子，还有雀斑都是遗传自母亲。巴罗内夫人穿着一件洗得发白的蓝色印花棉裙，外头罩着白色围裙，裙摆及膝，脚是光着的。头发紧紧扎成细小的马尾。她大概是三十多岁，但看得出生活艰辛，脸上又干又红，更显老一些。

兰斯微微一笑，尽量让自己看起来不那么具有威胁性。对他这个体型的男人来说，这可不是件容易的差事，“我想和罗比谈谈，您是他的母亲吗?”

罗比的车没有停在车道上，但院里有一间外屋看上去像停车场，升降门也是关上的。

“是，他惹什么麻烦了吗?”她握在门把上的手紧了紧。

“没有，夫人，我就希望他能帮帮我。”

她棕色的眉毛怀疑地皱了起来。

兰斯继续说道：“我在找杰米·刘易斯。”

他没提视频的事。如果巴罗内夫人不知道树林里的派对，那么兰斯要是把罗比的秘密说出来了，那要得到这孩子的配合就难了。

“就是说，你不是来问特莎·帕尔默的?”她问。

“不是的，夫人。”

她怎么会这样认为?

巴罗内夫人斜瞥他一眼，接着越过他的肩膀，专注看着外面的泥地车道，像是寻找着什么，眼角挤出几道细纹来，“你是警察?”

“不是的，夫人。”兰斯从口袋里抽出一张名片，“我是夏普侦探事务所的员工。杰米的父母委托我们寻找她。我在走访询问可能认识杰米的孩子们。”

说谎。

兰斯让自己的良心闭嘴。他没在撒谎。如果知道他们是谁的话，他肯定都会去问询一遍的。

兰斯越过巴罗内夫人的肩膀看向屋内。从敞开的门里，他能直接看到起居室，里面的家具几乎都老损破旧，后面却有一台播着新闻节目的 LED 电视，咖啡桌上还开着一台看上去很新的笔记本电脑。显然，巴罗内家比较舍得在电器上花钱。

难道罗比或他家里其他人有什么其他灰色收入来源?

巴罗内夫人注意到他的视线，从屋里走了出来，关上身后沉重的木门。她把手插进围裙前边的两只口袋里，肩膀朝里蜷了蜷，“罗比还没从学校回来。”

“你知道他几点到家吗?”兰斯知道十五分钟前（也就是两点）学校就放学了。

“不知道。”她摇摇头，视线却又飘到车道上，“我也不知道他能帮上什么。很久没人见过杰米了。”

“杰米和罗比熟吗?”兰斯问道。

“不熟。”她把手从口袋里抽出来，紧紧交握在一起，用力到指节都有些泛白，“你最好在我丈夫回来前赶紧走。”

不然呢?

这是威胁他，还是她在害怕她的丈夫？

兰斯在心里记下要好好调查一下巴罗内家里的每一个人，尤其是罗比的父亲，“我知道可能问不出什么，但说不定哪条细节就能帮我们找到人呢。她的父母可是为这事日夜煎熬啊。”

巴罗内夫人的眼睛顿时湿润了，“我能想象他们的心情，特别是发生了特莎那件事之后。”

“那件事对每个人来说都是巨大的打击。”兰斯赞同道。

“特莎就像邻家女孩那样，那么甜美羞涩。”巴罗内夫人走到门廊边，双手环抱在腰上。“我不能接受她竟然会出这样的事。”

“这件事确实非常可怕，”兰斯说道，“您对特莎了解多少？”

巴罗内夫人犹豫片刻，“她和我的大女儿丽贝卡同岁，特莎和丽贝卡是在教堂的青少年组织认识的。”

“周末发生那种事件之后……”兰斯话说到这儿戛然而止，暗示的意味却已足够明显，“我真的很想找到杰米，安全把她带回家。”

巴罗内夫人点头道：“可怜的特莎，我简直无法相信杀害她的凶手就在我们身边。这恰恰告诉我们你并不真了解身边的人，是吧？”

现在大家都不认为没有定罪的人就是无辜的了。

兰斯本想表达一下意见，但还是把话咽了回去。他还需要巴罗内夫人说动她的儿子协助调查。况且也轮不到他来向眼前这位女士普及刑法知识。

“罗比今天会回来得晚一些吗？”兰斯问道。

“不知道。”她把兰斯递来的名片放进口袋，像觉得冷似的搓了搓手臂，“我保证他会尽全力帮助你们找到杰米的。”

兰斯也敢保证，巴罗内夫人的小天使同样乐意帮忙的——为了多赚五十块钱。

"谢谢。"兰斯从口袋里抽出一张照片，是他从视频里截出的一帧，上面是那个和尼克打架的男孩。兰斯让巴罗内夫人看了照片，"您认识这个孩子吗?"

巴罗内夫人接过照片，"这是雅各布·爱默生。"

"确定?"

"确定。附近的人都知道爱默生一家。爱默生先生是个律师，他一直想把雅各布管得紧一些，但这孩子天生就是个麻烦人物。"

这可是个关键信息。

引擎的鸣叫声响起，宣告着罗比那辆老爷丰田车回来了。罗比透过挡风玻璃看见了兰斯，车子慢了下来，像是在考虑是不是要掉头离开，但他还是把车停在了兰斯的吉普车边，下了车，姿势浮夸地走到前门台阶边。

他的母亲向兰斯点点头，"克鲁格先生刚才正问到杰米·刘易斯的事情。"

"好的。"罗比点头，却似乎也像他的母亲一样，一直盯着车道尽头，像是在注意着下一个应该回家的人。

"我过来是想问你认不认识这人是谁?"兰斯晃了晃雅各布·爱默生的照片，"但你母亲已经帮我确认过了。"

"你的目的已经达到了，"罗比说着和母亲交换了个眼神，"那现在你该走了。"

兰斯转身面对巴罗内夫人，"谢谢您，夫人。"

回到吉普车上，兰斯给夏普发了条短信：需要详细调查这家所有人的背景。他把巴罗内家的乡邮投递号码输进了手机。

巴罗内家有些可疑，罗比和他母亲未免太过神经质了。他们完全有可能是无辜的，但兰斯经历过那么多教训，早就知道不能忽视自己的直觉。巴罗内先生会是罪犯？家暴者？还是两者都有？

他驱车离开巴罗内家。在回城的路上，他想都没想，又直接绕到了摩根家的那条街上。他觉得自己就像个十二岁的小男孩，骑着施文牌自行车经过他暗恋女生的家门。他转过街角，迅速踩下刹车。距离他三栋房子远的地方，一小拨人正站在路中间，所有人的视线都汇聚在扎伯罗斯基家的车道上。

天啊，发生什么事了？

犯罪现场的封锁胶带断成一截一截，孱弱地环绕在车道和房子周围。巴德站在车道那头，一对年迈夫妇在路上拦住了他。老爷子上了年纪，有些驼背弓腿，老婆婆则挺直了身子站在他身边，但骨架也如曲别针一般纤细。一阵强风扫过草坪上的枯叶。这阵风竟然没把她吹倒，兰斯有些惊讶。

摩根小跑着穿过马路。

兰斯打开车门从车里钻出来。疾步走过蠢笨的人群，他听见人们八卦的窃窃私语。

“他爸肯定知道。”

“我一直觉得这男孩很古怪。”

“真不敢相信有个杀人犯一直住在我们这儿。”

兰斯想纠正他们所有人的误解。在罪行坐实之前，尼克都是无辜的，现在还不是下定论的时候。但人群不会听信事实或推理，他们只会感情用事，聚集起来的人越多，这种感性的力量也就越大。

兰斯选择忽略他们，跟上摩根的脚步。

摩根经过的时候，一个穿粉色运动服的女人朝她的背影投去怀疑的目光。

摩根上前几步站到巴德身边，脸上的神色因为同情而柔和下来，

“帕尔默先生，帕尔默夫人，对你们的遭遇我深表同情。”

兰斯穿过人群，在摩根身边站定。

弓着腿的老爷子没有回话，眼神在摩根身上闪过一秒，又重回到尼克的父亲身上，“你的儿子杀了我们家特莎。”

巴德摇摇头，“不是的。”

“特莎是个好女孩，你儿子杀害了她。”帕尔默先生紧逼上前，颤抖的手指向巴德，“你怎么可能不知道你儿子在做什么？”

“特莎的事我也很痛心，但我儿子没有杀人！”巴德说道，他的声音非常激动。

帕尔默先生脸涨得通红，“警察说他杀了人，他们又不会随便抓走无辜市民。”

人群中有谁喊了一句：“他们在你家棚子后面发现了刀！”

摩根站到帕尔默先生和巴德中间，“帕尔默先生，特莎是个年轻美丽的姑娘，我会永远记得她和我女儿在一起的时光是多么美好。请您接受我深切的哀悼。”

帕尔默先生略一点头。

摩根继续说道：“请你们先回家去吧，让警察来处理这件案子，这样做也不会有什么好结果。”

巴德想冲上前，却被摩根拦住。

帕尔默先生靠近摩根，“你站在谁那边？”

“这不是站哪边的问题，”摩根说道，“在定罪之前，尼克都是无辜的。”

帕尔默先生顿时黑了脸，“这当然是站在谁哪边的问题。”

“走司法程序需要时间，”摩根冷静地说道，“您需要对司法有信心。”

“那特莎呢?”帕尔默先生的脸色更红了，像中风一样，“那特莎的公道又在哪儿呢?”

“我很抱歉，”摩根说道，“需要我打电话找谁来接你们吗?你们家里还有其他亲戚吗?”

“没有。特莎是我们唯一的亲人。”他的愤怒顿时消颓下去，“她走了，你们也没办法再让她回来。”

老人泄了气，颓然走开了。他身边孱弱的金发女人上前几步，直逼到巴德面前，扬起手狠狠扇了他一巴掌。巴德一动不动。虽然他似乎准备好和老爷子死磕到底，却好像能顺从地接受老婆婆施与的一切责罚。

“你儿子是个魔鬼。”帕尔默夫人一转她的矫正鞋跟，挽起丈夫的手臂，带着他走远了。

窃窃私语的人群渐渐散开。有人朝巴德的草坪上吐了口唾沫。

人群散去后，摩根转身面对巴德，“你还好吧。”

一个红手印还清晰地浮在他的脸颊上，巴德却好像完全忽视了它的存在，碰都没碰一下，“我应该想到自己会挺招恨的，特莎是个可爱的好姑娘，她一死，大家都很震惊害怕。但我之前想这些人也是我们的邻居，我本来还希望他们会支持尼克。”

他想错了。

“他们是因为害怕，”兰斯说道，“他们不想同样的事情发生在自家后院里。”

媒体利用耸人听闻的标题煽动他们的恐惧与怒火，如“本地女孩遭男友杀害”，还有“邻家女孩遭本地男人谋杀”。

“比起面对这些，还是把仇恨发泄在我和尼克身上更容易些。”巴德转身面对自己的房子，不知是谁在车库门前用鲜红的油漆喷上了

“杀人犯”的字眼，“我去把那个擦掉吧。”

“抱歉，巴德。”摩根抚上他的手臂，“需要我帮你做些什么吗？”

“不用。”他摇摇头，“你做得已经够多了，我都不好意思要求你做这么多。这活儿也能让我有些事做。”

巴德的背影消失在门后。摩根和兰斯又走回街对面。

“你在帮巴德做什么事？”兰斯问道，“你不应该参与这件事。”

“现在说这些也没用了。”摩根迈着长腿快步走过车道。

“这是什么意思？”兰斯加快脚步赶上。

她停了下来，“我是尼克的辩护律师。”

什么？

兰斯抓住她的手臂让她转过身来，“你疯了吗？”

她这是在毁掉自己的职业生涯。

“我没疯，顶多是天真吧。”摩根穿着平底鞋，几乎比兰斯矮了一个头，但她高昂着头，挺着胸膛，看上去似乎更高一些，也更有压迫感。她脸上是一副坚定不移的表情，他从未见过她这个样子。那双美丽的蓝眼睛此时也是锐利无比。如果这就是她在法庭上的表情，那真是太吓人了。

“小镇上的人已经给尼克审判定罪了，当那些邻居知道你站在他那边，肯定也会找你的麻烦。”

“我不这么认为。他们都了解我，和我的家人也认识十五年了。他们都很尊敬我的祖父。”

“摩根，他们认为尼克杀了那个大家都认识的邻家女孩。帕尔默先生总结得很清楚了，每个人都得站队，你选的阵营和大家相反，你会变成全民公敌的。”

“那我就应该对尼克的遭遇视而不见吗？就因为这样可能会让我

变得不受欢迎?”

“我没这么说。”

“那你说的是什么意思?”摩根问道。

兰斯面对她，“我是在担心你。”

她点点头，“这我能理解。但要是对尼克见死不救的话，我又成什么人了呢?”

“你真认为他是无辜的?”兰斯问道。

“是的。证据并不是全部。”摩根回头看了看扎伯罗斯基家，“同样一组事实可以有很多种符合逻辑的解释。”

“你之前说过不会做辩护律师，因为你自己也接受不了帮助犯人脱罪的行为。我理解你认为尼克是无辜的，可即使你能证明，那审判结束之后呢?布赖斯是肯定不会再聘用你了，你会失业的。”

“我知道。”摩根叹了口气，“但我不能因此放弃。”

但兰斯不确定她是否真的理解，一旦她选择为尼克辩护的事情公之于众，她所要承受的怒火将是多么严重。到时人们肯定会非常愤怒，而激愤的群众又是多么的危险。

“你需要看看这个。”兰斯掏出手机，打开湖边斗殴的视频。

摩根脸色顿时变得惨白，“你从哪里拿到这个视频的?”

“从一个上周四参加了湖畔派对的小孩手里拿到的，但现在这个视频传到油管上了。”兰斯解释了他在寻找杰米·刘易斯的事情，“你的当事人脾气也不小。”

“该死。”摩根疾步往家里走去，回头问了一句，“那个和尼克打架的男孩是谁?”

“他叫雅各布·爱默生。”兰斯跑过去追上她，“你要去哪儿?”

“我要申请一道禁令，趁着视频还没有遍布社交媒体和新闻的时候，让他们把视频赶紧从油管上撤下来，否则我们的整个陪审池[1]都会被污染。”她打开前门进了屋。

兰斯想了想一队公正的陪审团候选人现在已经远漂去爪哇的几率有多大，然后，跟着摩根进了屋。

“摩根，过来看看这个。”阿特坐在躺椅上说道。

“爆炸新闻”的横幅在屏幕下方展开，上面是尼克和雅各布·爱默生打架的视频。

看来没有必要阻止陪审池被污染了。

---

① 译者注：陪审池，指从各个陪审员选区选出的陪审团候选人群体。

第十三章

监狱，第一天。

一丝不挂的尼克打着战匆匆走进房间，手臂下夹着一团衣服。

他身后的门关上，发出“当啷”一声不真实的金属声响，把登记处的抱怨和吼叫都掩在外面。房间里每一样东西几乎都是砖块和钢铁做成的，声音回荡在房间里大到刺耳，刚到县监狱的这一个小时里，他几乎一听见就会马上吓得跳起来。

这个小房间是由煤渣砖砌成的，两侧各有一扇紧锁的钢铁大门。两扇门上还各有一小扇铁丝网窗户。每过几秒钟就有狱警到窗边查看里面的情况。房间里散发着漂白剂和小便的味道。角落里的不锈钢便池周围还残留着一摊尿液。尼克需要上厕所，但他还没搞清楚怎样能不让小便溅在脚边上。

但是，往好的方面想，这拘留的地方至少是空的。

尼克终于可以暂且松一口气，被带进这栋楼里之后，这还是他第一次能顺畅呼吸。虽然他知道头顶的摄像机仍在监视着，但房里没有其他囚犯，他还是感到短暂的一丝安慰。他肚子里的神经正如一窝蜜蜂在嗡嗡作响。

很快他就会到人群中去，然而更糟糕的是，因为他被指控为暴力犯罪，所以被分到了D区，那里关押着最为危险的罪犯。尼克也不是唯一一个还未定罪就被关在监牢里的杀人嫌犯。

“未定罪前即无辜”这个说辞，纯粹只是一个虚假的谎言。

他整个下午都在办入狱的手续。他们要脱光搜查、除虱、冲澡。他的眼里也进了除虱粉，刺激得他眼睛泛红流泪。这个过程是他毕生最为羞耻可怕的经历。他为人的尊严被扒得干干净净，他觉得自己就像一只动物，但即使动物园里的动物待遇也比他要好。

他急忙走到拴在墙上的钢铁长凳边上，把发给他的橘色囚服放下，一件件穿好。他庆幸自己穿着白色平角裤，其他颜色的都被收缴了。如果今早他选了格纹的，现在可能就像突击队[①]一样，没内裤穿了。他有一种莫名的预感，要是没了内裤，他感觉自己会更加容易受欺负。

囚服和他想象的连体装不一样，更像毛糙的医院工作服。他把腿伸进裤腿，脚挤进发给他的橡胶拖鞋里，这双鞋就像他中学时穿的足球凉拖。上衣大了好几码，冷空气透过单薄的织物漏进来。

他坐在冰冷坚硬的凳子上，专注地呼吸着，脑子里闪过的每一个念头都让他惊惧不已。他需要冷静下来。在这儿他可不能表现出害怕的样子，他在脑海中想象出一盘象棋局，计算着步步为营——秩序逐渐取代了混乱。

他身后的门忽然开了，金属的噼啪声响起，一阵恐惧感骤然沉进他的脏腑。一个大块头白人带着他的橘色囚服走了进来，他身上每一处都是那样巨大，他的拳头和普通人的头一般大，壮硕的胸肌和手臂

---

① 译者注：据报道，英国皇家海军突击队队员通常不穿内裤。

上文上了刺青，金色的胡子和胸毛非常浓密。他换上囚服时表现得十分冷静从容，不紧不慢，丝毫没有抗拒，暗示着他对这里的流程已经轻车熟路了。尼克尽量掩饰着害怕的情绪，但从新来的男人脸上揶揄的表情来看，他应该失败了。

“我就是‘那个男人’。”他把这个词说得像什么皇室头衔一样。接着坐到尼克对面的凳子上，随意瞥了他一眼。“第一次来?”

尼克不知道该不该承认。他现在心中一片茫然失措，他可能是到了火星或是其他不宜生存的星球，唯一能想到的就是尽力让双手停止颤抖。他不需要任何人来告诉他在监狱里示弱就像在鲨鱼滋生的海洋里流血一样。

“你不用回答。我知道你是小鱼。”“那个男人”窃笑了一声。“保持沉默是个聪明的做法，但别让他们觉得你是怕说话。还有，别无视分区老大的存在，否则你也会被修理得很惨。你自己要是不争气一点，也一样会被揍。”

尼克点点头，像是懂了的样子，实际上他并没有听懂。他只搞懂了一件事，那就是他实在是搞不明白这些规矩，他根本没法在溺毙之前浮上水面。

“那个男人”把壮实的双腿架在他面前，“这是我第三次进来了。我给你提些忠告。在里面，我们要团结一致。白人和其他白人一起混，我们数量没有他们多，在这儿也没有什么狗屁政治正确，只有适者生存。你得和你的同类团结在一起。”

尼克静静听着，一言不发。

“你就低着头，闭上嘴，别问问题，也别把别人和你说的话说出去。打小报告可是要挨一顿好打的。”“那个男人”把手臂翻转过来，一串蓝色文身遮住他前臂下面的白色，“看见这些了吗?”

“嗯。”尼克不确定那些双闪电和数字 88 的具体意思，但纳粹十字符号的含义他肯定是不会搞错的。

“那个男人”是白人至上主义者。

“你这种年轻的小鱼在这儿需要人保护，不然最后肯定会沦为某个人的玩具。”他点了点手上的十字符号，“这就是你寻求保护的门路。”

尼克从未想过要加入黑帮。他对监狱生活所知甚少，这也加深了他的恐惧感。加入帮派就像一个承诺，一个一旦做出便无法更改的决定。

这份承诺带来的严重后果可能会纠缠他一生。

“其他犯人会有一种对付强奸犯的手段。我？我根本不用担心那个。”

尼克的背脊一下挺得笔直，一股凉意蔓延至全身，“你知道我是谁吗?”

“每个人都会知道你是谁的。监狱里除了说话也没有别的事可做。消息传得很快。”“那个男人”耸耸肩，“像我刚才说的，我不想找你的茬。女人需要认清自己的位置，有些女人似乎要比别人多受点教训才能懂得这一点。但有些兄弟可能就会因为你做的事情想要杀你。另外还有一些人，他们想杀你可能单纯只是为了消遣。永远记住，一旦定了罪，有些人就出不去了，他们也知道。他们可都是亡命之徒，没什么可失去的。”

尼克脱口而出：“那件事不是我做的。”

“当然，这里所有人都是无辜的。我们都是被冤枉的。”“那个男人”咯咯笑了，“要想保命，你可只有一次机会。”他敲敲手臂上的十字。

"你又是因为什么进来的?"尼克问道。既然"那个男人"认为他被控强奸谋杀都不算什么的话，那这人被指控的罪行肯定也很严重。

"杀人罪，当然不用说了，我也是无辜的。"他往后一靠，双臂交叉，"如果我是你的话，我就会把这张被诬陷的牌打出价值来。被猪猡陷害入狱谁都会同情。如果这不奏效……""那个男人"指了指他的文身，"那是因为狱警根本他妈的不在乎。"

门开了，另外两个裸着身子的男人走了进来。其中一个黑人大概二十五岁上下，长得高大结实。整个背部遍布着文身。另一个白人青年大概十九岁，长得瘦瘦高高，像根牙签似的。尼克在房间另一边都能数清楚他脊椎有多少节。黑人男子看见青年穿上大了三倍的裤子冷笑了一声，那孩子看上去都要吓尿了。

尼克想知道他自己眼里是不是也有这种受惊兔子一般的神色，最好没有。他心里暗暗庆幸自己懒怠，没有每天刮胡子的习惯——他这四天长出了一层厚厚的胡渣，让他看起来沧桑了一些——并且侥幸自己高中之后从事了体力劳动，也让他练出了些肌肉。那个骨瘦如柴的孩子看上去就像一个移动的靶子。

像猎物一般。

"那个男人"陷入了沉默。最后，另一扇门打开了。狱警吼出几句命令，押着这四个囚犯穿过走廊，给每一个人发了一张折叠起来的薄床垫和一条磨破的毯子，让他们带进牢房。

尼克学着"那个男人"的样子，把东西扛到肩上。这东西就像分屏一般，至少挡住了他的一半视线，只有一半的分区囚犯能看到他的脸。那个瘦弱的孩子紧抓着床垫护在胸前，好像那是一块盾牌一样，他们一进到分区里面，他的脸色瞬间变得惨白，比白骨的颜色更甚，眼里也闪烁着恐惧。

尼克控制着自己的神色，他希望自己这时看上去面无表情。

他一直以为这个地方应该有一排锁着的牢房，像电视里的监狱一样。但县监狱的D区是一个偌大的水泥房间。囚犯在区内可以自由走动。房间的一头排着几扇大开的门洞。隔间？尼克走过时瞥了一眼。每一个牢房隔间都有两张金属双层床，两床中间由一个三英尺高的水泥板隔开，这个设计显然是四人间。囚犯站在空地上打量着新来的。尼克能感受到他们掠食者一般的审视。

牢房肯定是住满了，主房间的一面墙边上还有一排金属双层床，每一张床上已经备好了寝具，地上也放了几排床垫，房间中央摆着几张金属桌子，边上是固定在地上的长凳。

尼克脑中快速计算了一下，这个房间的设计布局可以容纳四十人，但他数了数这里的囚犯至少也有六十个。红瀑警局拘留牢房的其他囚犯都抱怨过县监狱太过拥挤，但尼克从没想过会有这样的后果。那这是不是意味着晚上大家都不用锁在牢房里了？

所以现在尼克不是需要担心三个室友可能会杀掉自己的问题，而是得把整个分区的囚犯都考虑进去了？他原本还盼着这里会有秩序、纪律，甚至还在考虑幽闭恐惧症的问题，但把六十个囚犯关在一间房里，整天无所事事，那可纯粹是一场混乱不堪的实验。

经过几个牢房门口时，四面传来起伏的评论声，他尽力控制着自己不要害怕畏缩。

“看看那白屁股多紧实啊。”

“我可得尝尝。”

“啧啧啧，鲜肉啊。”

他们是在说他还是那个瘦小的孩子？尼克自私地希望那不是在说他。

另一个毛发旺盛的白人和“那个男人”碰了碰拳头，“那个男人”随即被一票蓄着胡子，带着可怖文身的人群迎了进去。就像维京海盗劫掠之后胜利归来的欢迎仪式。

有人冲过去帮“那个男人”铺好床垫毯子，他们给他分了一张上铺。尼克并不十分了解监狱礼仪，但“那个男人”确实获得了这些人的尊重和敬畏。

尼克看着那位黑人囚犯融入了一群美籍非裔当中。他大概知道了自己的去处。

那孩子像只害怕的猫咪一般打着战。

尼克下意识与他们隔开了一些距离。那孩子已经是砧板上的鱼肉了，尼克对此也无能为力。他也没有闲工夫内疚，光是估测身边的危险和存活的几率已经占据了他全部的注意力，他没什么立场保护其他任何人。这群人就像《蝇王》[①] 里写的那样，不过要厉害百倍。尼克还背着一项强奸罪名，这已经对他造成不利了。

他低头看着地板，这里不像拘留室，水泥看上去还相对干净一些。尼克也不知道还有什么事可做，他把床垫放在地上最尽头的位置，也没人理睬他的动作，他因而觉得自己暂时安全了。

他坐在床垫上，背靠着墙。

那孩子已经被当作弱者孤立了起来。谁知道会发生什么呢，但这一刻，每个人似乎都在注视着尼克。他进来时原本是计划低头降低存在感，与水泥墙融为一体，但这个策略明显是没什么效果了，他需要另作打算。

所有这些罪名的重量顿时沉沉地砸在他的身上，这种感觉对他来

---

① 译者注：《蝇王》是英国小说家，诺贝尔文学奖得主威廉·戈尔丁的小说，讲述一群儿童流落荒岛，最终自相残杀的故事。

说还是头一回。

除非这群囚犯中还有连环杀人犯，否则这个分区里恐怕都没有人比他的罪行更严重了。

怎么会变成这样呢?

他都没机会好好悼念特莎。她的样子浮现在他脑中，悲伤之情压迫着他的鼻腔，他压下这股情绪，转而调动起心中的愤怒。这时候流泪，只会让他们以为他和那个瘦小的孩子是同类。

愤怒与沮丧在尼克内心深处煎熬。他被困在这个地方，而那个杀了特莎的人却仍逍遥法外。到底是谁做的?雅各布吗?要真是那个自大的刺头做的，他一点都不会感到惊奇。

一声流里流气的口哨声让尼克回了神。

这时尼克被指控强奸和谋杀罪，乐观考虑，这些罪行的严重性和暴力性应该能让其他囚犯放过他。但实际看来，如果他们要把尼克胖揍一顿、强奸他，甚至杀了他，尼克也没有什么还手之力。

他们有六十个人，他甚至没有一间上锁的牢房可以躲。

这一刻，每个人的视线都聚集在尼克身上。他想尖叫，想逃走，想去撞开D区大门。

我没做过。

我是无辜的。

“那个男人”的话在他心中回荡：*狱警根本他妈的不在乎。*

他将视线转移到门上，好像那扇门马上会打开，他会被送出去，每个人都在为关错了人而向他道歉。

但事情并不如他所愿。该死，他都没有一个对案子上心的律师。派给他参加提讯的律师就在听证会开始前三秒宣读了针对他提出的控告，并且在法官把保释金设为一百万美金时，也没有提出抗议。他爸根本没有那么多钱。

尼克呆看着人群，竖起耳朵接收着周遭的对话，沉默不语。他在脑海里模拟出一盘象棋，逼着自己放松姿势。

他在反思自己的选择。

装狠。真是个蠢主意。他是个中产阶级的白人孩子，生活在一个安宁的社区环境里，和“狠”这个词简直差了十万八千里。他唯一有过的文身还是一次性的海绵宝宝贴纸文身。他也没想出什么其他办法，只好蹲在原地，管好自己的事。迟早这群狱友会找上门来的，那时尼克需要尽力自保。而现在，他暂且就这样静静地看，静静地等。

但夜晚就要降临。他能撑得到黎明吗？

第十四章

每个穿着这套橙色囚服的人，看起来都有罪。

周五一早，摩根坐在县监狱一间牢房大小的探监室里。她制服的钴蓝在这灰叠灰的一片暗色里是唯一的亮色。她本来昨天下午就想见尼克，但他那时还没办完从红瀑警局转移到县监狱的手续。

对执法部门来说，再没有比文书工作更重要的事情了。

一位狱警押着尼克进了房间，取下他的手铐。尼克揉了揉手腕，滑坐在摩根对面的椅子上。他面无表情，下巴上有一块深色的瘀青。狱警退下的时候，他只呆呆盯着那堵墙。

“从登记那会儿他就没怎么说过话。”狱警说道。

很好。他有把她的话听进去。

“我会在门外等着。”狱警向尼克投去一个警告的眼神。

“我们不会有事的，但还是谢谢你。”摩根等着警卫退到门的另一边。

门一关上，尼克的视线便移到她脸上，“你真的要做我的律师？”

“是的。”

“为什么？”

“因为我了解你。”

他往后靠了靠，“他们都认为我有罪。”他朝大门的方向偏了偏头。

“他们不了解你。我了解。”摩根靠过去撑在桌上，双眼迎上尼克的视线，“我现在问你，并且我只问你一遍。你有没有杀害特莎?”

大多数摩根认识的辩护律师都绝对不会问他们的当事人是否有罪。不仅因为他们不想知道，也因为律师不会允许自己的当事人先做伪证，又在证人席上高呼自己是清白的。辩护律师要在这种道德困境中游刃有余，就要贯彻不问不说的这条政策。

原被告双方都需要有律师愿意支持，否则司法系统也无法运转。摩根在理智上可以接受每个被指控的罪犯也都应该有最优秀的律师为其辩护，但是要她帮犯人脱罪，让这个人无罪释放，继续犯下更多残暴的罪行，她肯定受不了。

面对她的质问，尼克没有退缩，没有坐立不安，视线也没有移开，仍与她的视线胶着在一起，沉着而笃定，没有一丝狡猞的欺骗。“我没有。”

“那我就信你。”

尼克似乎不知该说些什么，“谢谢你。”

“等会儿再谢我吧。现在我要你把上周四晚上发生的事一五一十告诉我。”摩根拿着笔，在纸本上准备记录。

“我在湖畔的派对上见了特莎。”

“那时是几点?”

“大概九点，”尼克说，“反正我们到了之后，她之前的约会对象雅各布·爱默生就过来叫她婊子。我和他说他应该——”尼克停了下来，眼神游移，脸上泛起红来。

“我需要你把每件事都交待清楚，尼克，即使是不光彩的事也一样。”摩根把前臂靠在桌上，“我在地检署工作六年了，你吓不到我的。”

但他说话的时候仍是没看她的眼睛，“我跟他说他应该自个玩蛋去。”

“然后呢?”

“然后他说他不需要，因为他已经睡过特莎了，其他镇上的男人也都睡过她。”尼克深吸了口气，“特莎想拉开我，但我推了雅各布一把，他真是个狂妄自大的混蛋。”

“接着又发生了什么事?”摩根不想把自己的猜测强加到尼克身上。

尼克耸耸肩，“我们也没打很久，就是来回推了几下。特莎挡在了我们中间，雅各布把她推倒在地上，想过来揍我。这就惹到我了。我给了他一拳。他也揍了我一拳。然后另外几个兄弟过来劝架，这事就这么了结了。”尼克摇摇头，“结果我鼻子被打出了血，你知道我看见血会是什么反应，虽然也没很多血，但我还是差点吐了。”

摩根详细记了笔记，“我昨天看了你们打架的视频。这个视频已经传到了网上，新闻里也在播，你知道那天有人拍了视频吗?”

尼克摇摇头。

“我已经申请禁令要求把视频从网上撤下来，以防陪审池受到污染，但恐怕负面影响已经造成了。我也会争取更改审判地，虽然不太可能成功，至少这个请求会记录在案，万一之后他们判定你有罪，这个可以作为上诉的根据。”

尼克的脸瞬间变得苍白，“你认为他们会判我有罪?”

“我会尽力阻止的，但万一将来要上诉，我必须预先准备依据，这是我工作的一部分。”

“好吧。”尼克咬着指甲下的死皮，“是谁拍的视频？”

“现在还不知道，但我会查清楚的。”摩根目前看到的线索仅有两条：一是指控的几项罪名，二就是油管上的视频。实际上最初这次问询她更倾向于无的放矢，因为一旦她开始回顾手上的证据，就很难不带上自己先入为主的观点，将尼克的故事完整客观地记下来。

“既然我已经正式成为了你的律师，我会取得所有警方和检方收集到对你不利的证据副件。”

他点头。

“你们打架之后还发生了什么？”摩根问道。

“我和特莎上了我的车。她帮我把脸擦干净。”他在椅子上换了个坐姿，脸又红了，“然后我们开车到湖的另一边，在车上做了一次。”

“是自愿发生的性行为吗？”

“是。”尼克一下坐直了，愤怒顿时涌了上来，盖过恐惧，让他的眼睛都亮了起来，“当然是自愿的。我知道警察说她被强奸了，我是绝对不可能……”

摩根抬手示意他冷静下来，“好，你和特莎在双方自愿的条件下在你的车里发生了性行为。那是在前座还是后座？”

“后座。”

“你戴了安全套吗？”

“没有。我知道这是个愚蠢的错误。”他沮丧又后悔地绷紧了下巴，“当时我身上没有。”

摩根把笔搁在记事板上，“尼克，我不是你的父母，我是你的律师，你要习惯告诉我私人的事情，反正到了庭审的时候，每个细节都会公布出来的。”

尼克僵硬地点了点头，动作几乎微不可查。

摩根拿起笔，“那时是几点?”

“我记得不是很清楚，大概十点左右吧。”

“之后发生了什么?”摩根画了条时间轴。

“特莎在哭，她也不告诉我为什么。我以为可能是和打架的事还有雅各布说的话有关系。我开车回到空地上，她的车还在那儿。”尼克的眼睛蒙上了一层阴霾，“然后她说要和我分手。”

“她和你发生了性行为，然后和你分手了?”摩根将事情经过又捋了一遍。

“是的，我想和她谈谈，但她就是不说分手的原因。”尼克眼里含着泪水，“最后我离开了。我以为她会开车回家。”他吸了吸鼻子，“那是我最后一次见她。”

“有其他孩子目击你和特莎争执吗?”

他咬下一段指甲，“应该……有吧，我们开车到空地的时候，那儿还有几个人。”

“有没有谁看到你是单独离开的?”

“可能有吧。”

“我需要知道这个人是谁。”

“好吧，我想罗比·巴罗内当时在那儿，费莉希蒂应该也在，还有特莎的一个朋友杰米。”尼克专注地回忆着，表情有些绝望。

“再想想其他人。”摩根写下这些名字，“之后你去哪儿了?”

“我开车在附近转了一圈。我无法相信她竟然会跟我分手。”他的声音因悲伤而微微发颤，“如果警察没给我看照片，我也无法相信她竟然死了。”

摩根脑中飞快闪过特莎带血的尸体。案件提审的时候，她和尼克都要一遍又一遍地重温那些景象。他们会对这些图像免疫吗？她希望不会。

打住。她不能这么想，她要做的事应该是证明他的清白。

“你有没有去吃个汉堡什么的?”她问道，“或是去过哪家便利店?有没有人看见你开车兜风?”

尼克摇头，“没有。我都不记得具体去了哪些地方。”

“你有用手机打过电话吗?”摩根问道，她希望GPS能记录尼克当时的位置。

“我后来想给她发短信，但我手机没电了。”

看来手机GPS也指望不上了。

“你到家是几点?”

“大概午夜。”

“你爸爸看见你进门了吗?”

“没有。他那时已经睡了。他的商店周五一早就得开门。”也就是说尼克一整晚都没有不在场证明。

“这些事情你告诉了警方多少?”

“都说了。当时我没想到要藏着掖着，因为我是无辜的。他们说要我帮忙找杀害特莎的凶手，我就相信他们了。”尼克愤怒地绷起脸来。

大多数市民不知道警察审问疑犯的时候也是会撒谎的。而且这完全合理合法，他们一直以来都是这样做的。

他吸吸鼻子，抹了抹眼下的泪，“我还是无法相信她死了。”

“我知道。我也是。”摩根从记事本里抬起头来，“接下来的安排是这样的：周二前会有一场陪审团预审，公诉人会呈上证据，陪审团会决定这些证据是否足以提起正式诉讼。实际上这也就是走走形式。

我们都不用参会，除非你想出庭作证，不过我不建议在这个阶段提供任何证词。地检官肯定能拿到起诉书的。”

尼克疑惑地皱起了脸。

“公诉人可能会给你一份认罪辩诉协议，但我不认为这会构成什么问题。”如果市长、警察局长，还有地检官真是利用这个案子宣传炒作的话，这份协议肯定就没有任何意义，“我还需要提醒你，一旦定罪，你可能将面临无期徒刑。”

尼克张了张嘴，可什么也没能说出来，于是又把嘴合上。

“我得和你爸爸讨论你的案子，需要你批准。”摩根说道。

“好，当然可以。你有什么办法能把我从这里弄出去吗?”尼克问道。

他眼里的惨淡神色让她心碎不已，“法官设定的保释金是一百万美金，你爸爸需要凑齐百分之十的金额，也就是十万美金才行。”

他的肩膀塌了下来，“他没有那么多钱。”

“我现在也不想让你过多担心钱的事情，但辩护要做得严密充分，肯定也要花很多钱。我可以无偿帮你打官司，但我还需要付专家提供证词的费用，额外的物证检验也需要钱，还要雇调查人员，除此之外还有很多事情。虽然我也很讨厌这个状况，但我们还是要做好选择，打算一下如何用你这笔有限的资金。如果你把这笔钱全部用作保释，那辩护的资金就所剩无几了。”

“这么说我还是得待在监狱里?”尼克陷入了恐慌，声音也尖锐起来。

摩根伸出手覆上他的手背，“我也希望你能不用待在里面。”

“你根本不知道里面是什么情况……”尼克环视一眼这个小房间，恐惧让他的眼睛蒙上一层阴影。

“我不想你接下来的二十五年都在监狱里度过。”摩根握了握他的手指，“我也很同情你的遭遇。”

他颤抖着吸了一口气，用力吸了吸鼻子，抬起头来，“我会没事的，谢谢你做的一切。”

“在此期间，你要格外小心，不要对这儿的任何人说起你的案子，无论是狱友、狱警，还是其他任何人。连自言自语都不行。其他囚犯可能会利用你提供的信息作为自己案子的筹码。”在她做副检察官的时候，摩根就见过有检察官去其他囚犯那里套问信息，“别在电话里说到这个案子，即使是在和我或是和你爸打电话时也不行，电话也可能被监听记录下来。别放弃任何权利，我不在你身边的时候不要和任何调查者说话。检察官没有必要尊重其他执法人员许下的承诺。”

“这一切听起来好像都挺荒唐的。”

“是，确实很荒唐。但我会竭尽全力，尽快把你救出来。”摩根叫来狱警，看着他给尼克戴上手铐，将人带了出去。

她甩去心头的沮丧，整合了一下笔记便离开了房间。从监狱出来之后，摩根又开车去了地检署。

是时候和布赖斯谈谈了。他肯定已经听说了她同意为尼克辩护的事情，但她还欠他一场面对面的解释，这样显得太不礼貌了。地检署所在的市政大楼和县监狱在同一条街上。摩根把车停在来访停车位上，从那辆小货车上走下来。她大步走向入口处，浅口皮鞋踏在人行道上哒哒作响。

“戴恩小姐？”

摩根停下脚步，转过身来。她认得这位慢步跑向她的男人，这是一个地方有线电视频道的记者。他身后还有一位摄影师稍落后几步跟着。她换上一副真诚的面孔。尼克需要一个代言人。

记者停了下来，抻了抻西装翻领，等着摄影师跟上。等镜头打开，绿灯亮起，记者便开始询问："听说你会代表被控奸杀特莎·帕尔默的男人出庭，这是真的吗?"

"我是准备为尼克·扎伯罗斯基辩护。"措辞很重要，摩根谨慎选择了她的说辞。她一直称呼尼克的名字，或称其为当事人。媒体和公诉人会把尼克称作被诉人或被告，每次开口都暗示着他有罪。摩根坚持将尼克形容为扭曲的司法体制之下的受害者，一个受困于险恶环境、无能为力的普通人类。摩根的工作就是让人们看到，现在发生在尼克身上的事，同样可能发生在他们每个人身上。

"你以前做过检察官。不将犯人绳之以法，反而帮他们脱罪，这是一种什么样的感受?"他又把话筒戳回她面前。

媒体为了赚取点击，拟写了许多情绪化的新闻标题，这些已经对尼克造成了极大的伤害。而不幸的是，最先报道新闻的电视台便是赢家，而这输赢与新闻准确与否毫无关系。但摩根也不能批评媒体，她无法承担后果。

"我只能说我的当事人是无辜的，我们正在加紧调查证明这一点，除此之外无可奉告。"她仰起头，真诚又自信地看了一眼摄像镜头。

"那特莎·帕尔默呢?"

摩根的表情柔和下来。泪水涌上眼睛，她也不去掩饰，"特莎的遭遇是个可怕的悲剧。她是个善良聪明的年轻姑娘，她本应该有光明的大好前程。没人应该承受这样的痛苦。"摩根不会回避这些问题，她依然会谴责罪恶，对受害者报以同情，"但这一罪行的可怕本质并不能构成仓促定罪的理由，我们也不应该草率实行逮捕。"

她回答完记者，转头看向摄像机，"我会证明尼克是清白的，同时我也想看到杀害特莎的真凶落网。我的当事人并没有犯下这起骇人的罪行，所以真凶另有其人。”摩根略作停顿，朝摄像机投去一个笃定的眼神，“并且只要尼克还因为司法不公身陷牢狱，真凶就依然逍遥法外。”

她录完最后一句便离开媒体，转身进了大楼。

五分钟后，她在办公桌前见到了地检官，“没有亲自来取消申请，我总觉得亏欠你什么。”

“你能这么想真是谢谢了。”布赖斯伸手指了指桌对面的一张椅子，“实话实说，我也是挺失望的。”

“让你失望我很抱歉。”摩根慢慢在椅子边缘坐下。

但布赖斯平静的外表下酝酿着愤怒。这位地检官不太能理解她的决定，“我真是不敢相信你竟然会为这样一个没什么希望的案子放弃大好的工作机会。尼克·扎伯罗斯基有罪已经是板上钉钉的事了。”

摩根没有做出任何评论。即使说了又有什么意义呢？她现在还没看过证据，这样有话题度的案子，布赖斯是不会提出认罪轻判的要求的。邻家女孩特莎，在自己生活的社区里被残忍虐待杀害。她代表着被毁掉的天真，这起谋杀案牵动着每位父母、兄弟姐妹和邻里的情绪。还有什么事情能比凶恶的匪徒奸杀自家女儿更令人害怕？

没有。

布赖斯把前臂靠在桌上，白色衬衫的双层袖口从外套袖子里露出来。袖扣是圆盘状的纯银与缟玛瑙，低调而经典，“我们来谈谈你当事人认罪的事情吧，这样还能节省各位纳税人的时间和金钱。”

“先不谈这个问题，”摩根说道，“现在我还没收到所有证据，没有看过证据之前，针对这个问题的谈话都是片面的。”

“特莎被捅了九刀，在那之前还被性侵过，精液检验结果和你当事人的 DNA 吻合，被害人拇指指甲刮下的血渍也和你当事人的 DNA

结果一致。以防你怀疑搜查令是否有合理依据，我预先告诉你，这些都记录在宣誓书上。”

布赖斯是怎么这么快拿到DNA检验结果的?

布赖斯继续说道：“在被害人遇害前，有位目击者看见你的当事人和她发生过短暂争执，还有一份视频显示一小时前他和被害人的前男友发生过争斗。在视频里，你的当事人显然是挑起争执的一方。”

尽管对尼克不利的证据铺天盖地而来，摩根也没有慌张。这位检察官会利用每一个事实证明尼克有罪。而摩根的工作则是为这些证据找到另一种解释，发掘其他能够动摇地检官设想的证据和证词。

布赖斯往后一靠，十指交叉放在吸墨纸上，每个毛孔都透露着自信的气息。这个男人非常厉害，“你知道特莎怀孕了吗?”

见鬼。

作为出庭律师的经验控制住了她的表情，尽量没有让情绪表现在脸上，但她确定这人肯定看见了她眼中的震惊。

“你会在验尸报告上看到的，但如果你好奇，我不妨告诉你，孩子的父亲不是你的当事人。”布赖斯看着她的表情。

布赖斯到底动用了多少资源才能这么快拿到DNA检验结果的?为什么在检验结果出来之前没有早拿搜查证去调查扎伯罗斯基家呢?大多法官基于特莎死前和尼克短暂争吵过的目击证词就可以签署搜查许可了。除却合理根据，警方同样也需要在嫌疑人处理掉证据之前尽快取证，这两者的重要性时常是相当的。但布莱斯这事情做得滴水不漏，不留破绽。

摩根的思维重新开始运作，她简单点了点头。以前她和布赖斯一样作为公诉方上庭的时候，也曾受过犯人的威胁骚扰。她早就学会了用一副波澜不惊的表情应对所有事情。

“还是不打算说些什么吗?”布赖斯挑起眉。

“现在我还无话可说。”

“我是这么想的。你的当事人发现特莎出轨,并且怀着其他男人的孩子,还想和他分手。你的当事人出于嫉妒,恼羞成怒,最后强奸了她,然后把她捅死了。”

“这个解释未免太牵强。”

布赖斯身子前倾,“我只能给你的当事人这一条出路,如果他承认犯下一级谋杀罪和强奸罪,我会建议从轻发落,由无假释无期徒刑改判二十五年有期徒刑。”

这里是纽约州,死刑不在选择范围内。

“等我查阅完所有证据之后,肯定会把你的建议传达给我的当事人。”

“那就尽快。”布赖斯坐直了身子,只有桌上攥紧的拳头彰显出他的愤怒,“一旦大陪审团预审开始,这个提议就作废了。”

“谢谢。”摩根站起身,越过桌子把手伸到布赖斯面前。

“这么跟你说吧,律师小姐。”布赖斯短暂握了握她的手,“你是个人才,只可惜葬送了自己的大好前程。”

摩根带着沉重的心情离开了布赖斯的办公室。尽管布赖斯的猜测有些牵强附会,但针对尼克的不利证据却是确凿的。陪审团就喜欢看DNA检验结果。她匆匆穿过走廊,进了电梯。一些证据文件正通过安全邮件寄送过来,几个小时内应该就会发到她的收件箱里。她已经等不及要开始查阅了。她还要决定一些事情,比如她要如何才能雇到不需要预付定金的调查人员呢?

她有一个人选:兰斯。

她心不在焉地驱车回家,满脑子想的都是案子的事。她像进入了自动驾驶模式一样把车停在车道上。家里没人。她看了看表，现在还没到午餐时间。周五早晨家里一般都是空的。吉安娜要去做透析，索菲在上学前班，祖父则去充当索菲的司机了。

摩根拎起手提包，下了小货车，走上屋前的行道。她的手机震了一下，一封邮件发过来了。她从包包口袋里掏出手机，一面打开邮箱应用，一面往家里走。

快到门口的时候她才看见那样东西。手机顿时从指间滑了下去，摔在砖砌的走道上。

不可能。

她的理智拒绝相信眼睛看到的情境，她用力闭上眼，等了一秒再睁开，东西还在那里。

就在压花的青灰色门环底下，一把刀将一只血淋淋的心脏钉在门上。

第十五章

“心脏上插着刀?”兰斯看着摩根递给他的照片，愤怒顿时在心中蔓延。

“象征的意义十分明显。”摩根搓了搓上臂，在折叠椅上坐下。这是兰斯搬到临时办公室的第二把椅子。

在四邻的眼里，摩根为尼克辩护的行为就是在和他们作对。

“这是母牛的心脏。我已经向警察报过案了。”摩根颤抖着将两条长腿叠在一起，“他们拍了照片，提交了一份报告。但我怀疑可能也查不出什么结果。这个社区里除了巴德，没有人是站在尼克这边的。”她一手按住额头，“在什么地方能买到牛心呢?我给本地的杂货铺和肉店都打了电话，一无所获。”

“有给民族超市打过电话吗?州际公路边上有一个亚洲超市，夏普常去那里买红薯叶。我知道他们进的新鲜肉会比一般店家要多些。我还在他们家见过整鸡和猪头。”兰斯把照片递还给她，“你祖父的监视摄像头呢?”

“坏了。”她把照片推进公文包里，“防盗警报公司之前来看过，但他们也修不了，准备周一来换。”

尽管这事很让人烦恼，但兰斯感觉她这时过来，并不是为了和自己讨论有人在她门前钉了只牛心的问题。那么她来这儿是为了什么？

走廊里响起脚步声。

“兰斯？”夏普叫道。

“在这儿。”兰斯应了一句。

夏普出现在门口。兰斯帮他们互相做了介绍。

“你在这儿刚好，”摩根说道，“我真的很需要和你们俩谈谈。”

“既然这样，就进办公室谈吧。我那儿有实在的椅子可以坐。”夏普往回走了几步，抬手指了指走廊对面，“给你冲杯茶怎样？”

“好的，谢谢。”她说道。

夏普把摩根迎进办公室里，“我去去就来。”说完便进了厨房。

兰斯坐在摩根旁边的椅子上。厨房里传来水冲刷的声音和炉子点火的“咯啦”声响。

摩根转脸看向兰斯，“我不想就这样突兀地跟你说这件事，如果你更希望我们俩私下谈……”

兰斯止住她的话，“没事。在夏普面前什么都可以说。”他顿了顿，脑中闪过一个念头，他想和她分享他过去的一些私人秘密，又短暂想了想这究竟意味着什么，“我有没有和你提过我爸的事？”

“我知道他没和你们一起生活，但你从来没解释过。你那时好像不想谈有关他的事。”摩根歪了歪脑袋，“我还以为是他离开了你们。”

所有人都是这么想的，“我爸在我十岁那年失踪了。”

摩根坐直了身子，“失踪？”

“他就是某天晚上出门去买面包牛奶，接着就再没回过家。”

“那真是太可怕了。”摩根一只手按在喉咙上。

兰斯转过脸，避开摩根和她怜悯似的感慨。办公室窗外的风扰动着前草坪上一堆枯叶，叶子卷到半空，跌跌撞撞飞过草地，随风摇摆，身不由己。像极了十岁的兰斯，只能无助看着自己的生活冲出原本的轨道，脱出自己的掌控。尽管他竭力想放下幼时的往事，却还是忍不住想知道父亲究竟是死是活，是遭遇了什么不测，还是真的抛弃了他的家庭？

“警察有找到过他吗？”她问道。

“没有。”兰斯咽了咽唾沫，恢复冷静之后又转过头看向她，“夏普是当年负责这起案子的警探。他追踪了一年，之后局里便让他放弃这个案子。当然，这肯定不是官方说法。按官方说法，警察会把每个案子追查到底，直到水落石出。但现实是，有限的资源只能分配给当下的罪案。”

“那段时间肯定非常煎熬。”

“确实，”兰斯说道，“但那件案子无人问津之后，夏普那几年却还在照看着我和我妈。”

不止是照看。兰斯在想，如果没有夏普，他可能上不了大学，做不了警察，甚至成不了一个有理智、有用的社会人。

“我的意思是，夏普非常了解我。我和他也不只是生意伙伴，在他面前说话不用有所顾忌。”

“你能告诉我，我真的很高兴。”她的眼中透着温暖。

为什么要告诉她？除夏普之外没有多少人知道他的青少年时期过得犹如可怕的梦魇。真相太过痛苦，他不想谈起。孩提时候，他还比较容易让别人以为自己出生单亲家庭，母亲不在身边是因为需要养家糊口，工作繁重。环境限制了他的社交，而且即使是非常亲近的那几个朋友，他也从未和他们说过母亲精神崩溃的事。

他不禁想摩根会怎样看待他妈妈。他当然不会随意告诉约会对象父亲失踪的事。"顺便一说，我母亲也有严重的精神疾病"也不是和他人发展约会关系的最佳开场白。兰斯有过几段尚算认真的感情，但都在见父母的那一步告吹，无一幸免。但要其他人应付他母亲的问题也确实勉为其难。摩根承担的责任已经超出了她的负荷，他怎么能要求她再多承担一些呢?

这就是为什么无论兰斯多么渴望两人能更进一步，但他们却只能做朋友。厨房里传来杯子的磕碰声，几分钟后，夏普端着托盘回到了办公桌前，拿了一杯递给摩根。

她双手接过，像暖手一样捧着，"你或许已经知道了，我接受了尼克·扎伯罗斯基的辩护委托。"

夏普点头，"在新闻上看见你了。"

"实话实说，为尼克辩护不是件容易的事。地检官已经让大众相信尼克有罪了，从我接触到的证据来看，这案子可是个烫手山芋。"

兰斯往前倾了倾身子，"今天有人在摩根家前门上用刀子钉了一颗牛心。"

"真是有范儿啊。"夏普呼出一口气，眼中充满担忧和敬意，"但这也阻止不了你吧。"

"我是不会被吓倒的。"摩根抬起眼来，蓝色的眼睛里闪着自信的火光，"尼克在我祖父家对面住了几年了，他帮我们家修草坪，陪我祖父下象棋，我的女儿们也都很喜欢他。我只是无法相信尼克怀揣着哪种程度的愤怒，竟然会……"她放下茶杯，把这个念头从脑中清出去，"我们邻里间联系都很密切，我也认识特莎。她帮我照顾几个女儿。我不仅想证明尼克没有杀她，还想找出杀害她的真凶。"

"这个任务相当艰巨。"

"是的。我一个人肯定做不到。我需要一位调查人员。"

兰斯咳嗽了一下。她想雇夏普侦探事务所帮忙调查？为什么不直接找他呢？不然她为什么来这儿呢？显然，她不是专程来找他谈的。知晓这个事实，他的心底难道没有隐隐作痛吗？

他尽力想忽视这种感受，他没有权利感到疼痛。摩根还不准备和任何人确立关系，并且只要他还肩负着照料母亲的职责，他也同样没有条件和谁确立关系。

但该死的。

他不能完全抑制自己的情感。如果他和夏普不答应帮忙，她就会去找其他人。嫉妒刺痛着他的脏腑。他不想其他任何人和她一起亲密工作。但接手这个案子就意味着和霍纳作对。兰斯拿到那个新增警探职位的机会将会马上化为泡影，绝对比过热的暖气片里流出来的水蒸发得还要快。

父亲失踪后，他一心只想做警察。他能就这样放弃吗？

“你的当事人有钱吗？”夏普单刀直入问道。

摩根叹了口气，“我就说实话吧，巴德正忙着筹钱，他用房子重新作了二次抵押。”

夏普说道：“你是无偿为他们工作？”

摩根点头。她为了救邻居于水火不惜牺牲整个职业生涯，甚至一分钱都拿不到，“他筹到的所有钱都用于调查和辩护官司。巴德是个好人，他肯定不会欠你工钱的。”

“你真相信这孩子是无辜的？”夏普问道。

“我相信。”她语气中丝毫没有怀疑。

兰斯将手肘撑在腿上，“如果你发现他不是无辜的，又该怎么办呢？”

“他是无辜的。”摩根眼神平静笃定，“除此之外，我知道他根本没有能力杀人，尼克一见血就会吐，我个人亲眼见过，那是一种发自本能的即时反应。”

“所以你觉得他是被陷害的。”兰斯说道。

“霍纳是个混蛋，”夏普插话道，“但我也没发现过他曾有意指控哪个无辜的人。”

“他加快了三项DNA鉴定，六天内就出了结果，”摩根补了一句，“测试很费时的，我敢肯定他是动用了关系。他想尼克有罪。”

夏普点头，“经历过几个月前琼斯案的那场混乱之后，布赖斯·沃尔特斯也需要树立公众形象帮助宣传。”

“我消息是不是太落后了，发生什么事了?”摩根揉了揉额角。

“那时候警察局长和地检官仓促拿到了搜查令，结果因为合理根据不足，在审判时法官宣布搜查令无效。证据被压，导致这个持武器的歹徒逍遥法外。三周后琼斯杀了怀特霍尔镇里一个酒铺的伙计。媒体报道其中的联系之后，市长和地检官的公众支持率都经历了大跳水。”

“这也解释了他们为什么在申请搜查令时显得格外谨慎。”摩根把手放下来，皱眉思考着，“不过既然他们想早点解决这个案子，说不定会犯什么错误。”

“是的，”夏普赞同道，“我不仅会仔细调查每一块石子下面的线索，还会把这些石头炸碎，每一片碎渣都查得清清楚楚。”

夏普的视线如泰瑟枪倒钩一般落在兰斯身上，随后又转回摩根身上，“我们需要谈谈报酬问题，能给我们几分钟吗?”

“当然。”她说道。

兰斯跟着夏普穿过走廊，进了储藏室。

夏普关上门，“这事儿你来决定。如果我们接手她的调查，霍纳肯定要气疯。只要他还是红瀑警局的局长，你在这镇上就不可能重新戴上警徽。”

“我知道。”兰斯双手搓了搓脸。他也不可能从红瀑搬走，他不能离开母亲。

“你认识这个孩子吗？”

“了解不深，只知道一些基本的信息。我也不想怀疑他会杀人，但我们也都知道，人有时确实可以把自己的罪恶隐藏得很好。”兰斯平息下摩根的提议带来的并发症状，专注说起了他了解的案件线索。

夏普挠了挠下巴，“不考虑他是有罪还是无辜，你准备好放弃将来回到警局的机会，替她办事吗？”

“嗯，我想接下这个案子。”兰斯说道。

“为你自己？为了尼克？还是为了摩根？”

“以上都有。我倒是想装高尚来着呢，但一听肯定就知道是假的。”

夏普起身走到文件柜前，“既然你这样决定了，我这里有样东西可能会让你开心一些。我一直在等一个恰当的时机把它交给你。”他解了锁，打开底部的抽屉，抽出厚厚一叠文件，递了过去，“拿去。”

“这是什么？”兰斯把文件侧过来看了眼标签，血液顿时冰冻起来：维克托·克鲁格。

他的父亲。

文件有两英寸厚，比普通纸件更显沉重。毫无疑问，这是其中承载的隐含意义的重量。

“这是我个人为你父亲那桩案子整理的文件档案。”夏普关上抽屉重新上好锁。

“警局的探员不应该私下保留文件档案。”

“话虽这样说，但我们都会留一份。至少那时候我们都是这样。”夏普叹了口气，“我离开警局后肯定很多事都改变了。”

兰斯掂了掂文件的重量，“这么说在局里宣布搁置案件之后，你确实还在继续调查他的案子?”

“我私底下一直没有停止过调查。”似乎夏普就这样默不作声，一直坚持着。

“你从没和我说过。”

“年少时你需要的是普通人的生活，如果你不放下这些，怎么能过上平常生活。”

兰斯母亲的状况就是最好的佐证。

兰斯没有打开文件，“我这两个月每天都待在办公室，你怎么没早点把这个交给我?”

“我不确定你还想不想要，我不想你为二十多年前的事太过劳心伤神。我也担心重新谈起这个案子会对你母亲造成不好的影响。但如果你今后一直在事务所工作，我觉得我也不应该再瞒你了。你应该能自己做抉择。”

兰斯抚过父亲的名字。他想要这份文件吗?一打开这份文件，他便卷进了父亲的案子中。这个案子有可能成为他的黑洞。他还要考虑母亲的问题，她的生活本就岌岌可危，时常摇摆不定，艰难维持着平衡。往事重提可能会对她的生活造成更多不好的影响。

夏普继续说道：“我知道你爸的案子，还有这些年我对你的影响都是支持你前进的动力，但你不进警局也一样可以做探员。他们当初只是因为案子太久，预算不够，就让我停下对你爸那桩案子的调查。我们人手不够。从职务要求上来说，我们需要空出手来解决现行的犯罪。在这个私人事务所里，我自己可以决定什么时候停止调查。现在这事全看你的意思。”

“谢谢你。”兰斯拿着文件拍了拍腿。他有些害怕打开它。

“那你是确定要接下尼克的案子吗？这可是一个重要的决定。你需不需要再好好想想？”

尽管放弃梦想对兰斯来说确实是件痛心的事，他心中却别无选择。他从来都无法拒绝摩根。他曲起指节扣住文件边缘。“案子我接了。”

“你真是爱惨她咯。”

“我们只是朋友。”

“朋友而已嘛，我知道。”

“往好的方面想，”兰斯说道，“我受不了霍纳，我不仅不需要帮他做事，而且接下这个案子就相当于隐晦地给他竖了个中指。”

“这才对嘛。他那么混蛋，我也不懂你怎么会想回去为他办事。我当初选择尽早退休有一部分就是因为他。”夏普拍了下兰斯的肩膀，“去定些家具吧，办公室报销。我他妈真受够了，天天看你这么大块头缩在那张可笑的折叠桌边上。”

奇怪的是，兰斯竟然感到心情轻松了一些。放弃他的警察生涯从某种程度上来说就像解放了自己一样。他大腿上的紧绷感也不那么严重了。

“关于你们只是朋友这个问题，我倒不太确定，”夏普说道，“她看你的眼神也不像在看朋友。她丧偶多久了？”

“大概两年。但我们都知道这没什么关系。”

“就因为被几个自私的婆娘伤过，那也不意味着你找不到一个愿意跟你分担重负的人啊。”

“摩根自己要负担的已经够多了。我们俩要在一起，肯定是一场灾难。”两人合起来的负担肯定会把彼此拖垮，“我会告诉她这案子我们接了。那我们的黄金原则怎么办？尼克他父亲肯定没有定金可以预付给我们。”

“她是你的私人密友，我可以破个例。”夏普伸出一根手指，“但不要告诉别人我不收定金就接了个案子，否则我名誉就毁了。”

“我不会说出去的。”兰斯打开门。

“我总能从你的工资里扣点开销费用出来。”夏普好像只是半玩笑似的说道。

兰斯停在门口，“你可以继续扮你的狠角色，随你喜欢。但我知道，你其实心肠很软。”

夏普笑了，接着又摆上一副严肃面孔，“如果她需要办公室，告诉她可以用这间房。我们会帮她空出房间来。这栋建筑的安保系统也非常好，她的文件放这儿比放在家里安全。而且我怀疑她应该不会想把尸检照片带进卧室，她的三个女儿有可能会看到。”

“说得对，”兰斯说，“我要离她近一些，夏普。她已经挑起了众怒，今天这个噱头只是一个开始。摩根接下这个案子之后，就成了众所周知的熟面孔，成为了众人憎恶的对象。”

“赞同。”夏普眯了眯眼睛，“如果她说对了，那孩子真是无辜的，那就意味着真凶仍在逍遥法外。摩根调查这个案子，我怀疑凶手肯定不会高兴。”

兰斯回到夏普的办公桌前。摩根正刷着手机。

“这案子我们接了。”他说道。

她松了一口气，闭上眼静等了许久才睁开，眼中充满感激，“谢谢你们。”

“你有想好战术计划吗？”他问。

“我还在等地检署的证据文件发过来。一小时前我刚见过布赖斯，所以大概还得等一会儿。但我今早已经见过尼克了。”摩根抽出她的笔记，和他们讲了讲问询中提到的重点。

她列出那天尼克走时有哪些孩子还在湖边，这时夏普插了一句，“你刚说到尼克走时留在湖边的孩子，里面有一个叫杰米的女孩?”

摩根点头，“是的，尼克说她是特莎的朋友。他不知道她姓什么。”

“这个我们可以告诉你，”夏普说，“她叫杰米·刘易斯。你这个重要目击者是我们这边一个走失的少女。你和兰斯应该去找她父母谈谈。”

兰斯从口袋里提出钥匙。既然已经做了决定，他对这个案子的兴趣也激起来了。另外，和摩根一起工作应该会……

很有趣。她起身拎起巨大的手提包，“可能其中会有什么联系。杰米和特莎两人是朋友。一个藏起来了，另一个则被杀了。”

第十六章

摩根无法想象，她的女儿要是失踪两个月会是什么样子。仅是想想已经让她坐立不安。

在一间两室公寓的狭小客厅里，凡妮莎·刘易斯坐在一张格子花呢的情人椅上，眼睛盯着她女儿的照片。她没有化妆，剪短棕色的直发像一顶免烫软帽，“我不敢相信这是上周四晚上照的，既然她还留在红瀑，为什么不愿意回家?”她眨了眨眼，眼角溢出一滴泪来。

“我们会找到她的。”凡妮莎的未婚夫凯文·默多克坐在她边上，从茶几上的纸巾盒里抽出一张纸巾递给她。

玻璃咖啡桌的另一头，摩根和兰斯分别坐在两张老虎椅上。

“杰米离家出走前有什么怪事发生吗?”摩根问道。

凡妮莎点头。她的眼睛和鼻头都泛着红，“凯文向我求婚，我那时很高兴。后来我和杰米说起他会搬进来和我们一起住，她却大发雷霆。杰米一直是个问题儿，喜怒无常，一点就炸，又很叛逆。她有注意力缺乏症。她小时候我会让她吃药，但她不喜欢药物给她带来的感觉，所以等她一长大，我再也没办法强迫她做事的时候，她就把药停了。我一直想知道为什么她这么难对付，但她一到青春期，情况就更糟糕了。我带她去看了新的精神病医生，医生说她还有躁郁症。虽然很难诊断，也算解释了她为什么脾气那么阴晴不定，还有易怒的表现。”

凯文握住她的手，“这不是你的错，你也想不到杰米会做出那样的反应。”

“我是餐厅的夜班经理，”凡妮莎说道，“每周至少五次夜班，一直到凌晨两点才能回家。”她吸了吸鼻子，“我想这应该是件好事。凯文是个会计，在家工作。我知道我工作时杰米会溜出去参加派对，我本来希望晚上有个成年人在家里，可以阻止她再喝酒吸大麻。”她看向她的未婚夫，“凯文提醒过我，杰米可能没有意识到管制她的自由其实是为了她好。”

“我们找到她之前是不会停止调查的。”凯文提起他们交握的手亲了亲她的指关节。

凯文今年五十五岁，长相平平，有些中年发福，发际线也在逐渐后退，但凡妮莎注视他的眼神却充满仰慕，像看着布拉德·皮特一般。

“要是没有凯文的话，我真不知道自己会做出什么事来，他是我的坚实后盾。”她朝他虚弱地笑了笑，“我一直在劝他搬进来，反正他一直都在这儿，但他就是不愿意。”

凯文摇了摇头，“不行，杰米还没回来，我不能搬进来。这样不合适。她会认为她才走两个月你就不在乎了。我们要等她回家，安定下来再说。”

兰斯往前倾了倾身子，“你们在一起多久了?”

凡妮莎微笑道：“两年了。”

“你和杰米相处得怎么样，凯文?”摩根问道。

凯文视线和她相触了一秒，瞬息间又往左偏移开。他挠了挠鼻子，“挺好的。”

回答简单的问题之前犹豫停顿，无法保持眼神接触，摸脸，这些都是说谎的典型肢体语言。那么，凯文是在掩饰什么呢？

摩根盘桓在他与杰米的关系这个话题上，又问他：“你自己有孩子吗？”

他摇摇头，“没有。”

兰斯也注意到摩根的一系列发问，“青少年很难对付的，你有什么照顾孩子的经验吗？”

“呃，没有。”凯文额上挂上了汗珠，低下脑袋摇了摇头，“我已经在尽力照顾杰米了，但有时我觉得自己还是胜任不了这项工作。”

凡妮莎忙插话道：“在我看来，杰米和凯文已经相处得够好了。他们也不争吵，凯文对她也异常耐心——甚至有时比我还要更耐心一些。大多数青少年都很难应付，但照顾杰米则完全是另一个难度等级。总之，她开始似乎并不反对我们交往，直到我告诉她我们要结婚了。”

“杰米和她父亲相处如何？”兰斯问道。

“他们偶尔会通通电话。”凡妮莎皱起眉，“他就是走走形式，杰米知道他不感兴趣，他已经另娶了妻子，马上要有一个孩子了。”

“她心里肯定很难受。”摩根说道。

“她应该习惯。”凡妮莎声音中透着苦涩，“那个人在她八岁的时候就离开了我们。他管不了她。他想要两个孩子、白色的尖桩篱栅[①]，还有一条狗。我们的生活离美国梦太远了，大多时候都是一贫如洗，为给杰米治疗我们花了很多钱，即使不提钱的事，他也确实承受不了

① 译者注：住上有着白色尖桩篱栅的房子是美国梦的典型设想。

这种反复无常的生活。”

“之前杰米有离家出走过吗?”兰斯温和地问道。

凡妮莎点头，用纸巾擦了擦眼睛，“有，但之前都是很容易就找到了，所以我以为她也不是真的想离家出走。她一般都是在我们就她治疗的问题争执过后跑掉。每周要带她去接受治疗简直是天大的麻烦。上次她跑掉的时候，警察是在她一个朋友家的棚子里找到人的。那孩子的家长都不知道杰米在后院睡了两天。她的朋友给她带了食物和衣服，等父母出门工作就让她进屋。”

“杰米有什么爱好吗?”摩根问道，“比如喜欢音乐、购物、运动……”

“她听音乐，但也不玩乐器或其他什么。”凡妮莎盯着手里皱成一团的纸巾，呼吸哽在喉咙里。

“她喜欢漫画，自己也会画一些。”凯文替她把话说完。

摩根全程一直在注意着凯文，只要她不直接问他问题，他似乎就不紧张了。她转脸看向他，“什么类型的画?”

他头上冒出更多汗来，“看起来像是黑暗风格的漫画书。”

兰斯的视线从凯文那边扫到凡妮莎身上，“她放学回家都做些什么?”

“她把自己锁在房间里。”凡妮莎叹了口气，“我已经尽力了。但我也不知道怎样和她交流。”

“她有手机吗?”摩根认识的每个青少年都有手机。

“没有。”凡妮莎摇头。“我必须没收，她之前用手机上聊天室，和陌生人混在一起。在家里，我也有软件限制她上网，她只能登陆软件通过的教育网站。”

兰斯和摩根继续套了一些信息，接着到杰米的卧室查看了一圈。

四周墙面贴满了经典摇滚的海报。

“她的音乐品味不错。”兰斯对着一张滚石乐队的海报点了点头。他打开衣柜，“都是牛仔和汗衫。”

“没有指甲油，也没有化妆品。杰米不是一个很有少女心的女孩子。”摩根坐在杂乱的书桌边上。桌子抽屉里塞满了平常的杂物：钢笔、铅笔、回形针。还有笔记本。摩根打开其中一本，“她确实会自己画漫画。”

兰斯越过她的肩膀看了一眼，“她画得挺好。夏普曾拿她的照片去本地的漫画和美术用品商店问过，但一无所获。”

“看看这些。”摩根凑过去看夹在梳妆台镜框里的照片。

“这些人看上去像视频里的某些孩子。”他拿下一张，“这是特莎。”

那是一张电脑打印纸印出来的特莎和杰米的自拍照。

“是在这儿拍的。”摩根指了指，“这是那张滚石海报。”

他们把照片拿到客厅，给凡妮莎和凯文看了一眼，“你们认识这个女孩吗?”

他们都点了头。

“这是特莎。”凡妮莎又开始哭了，“她去年辅导杰米数学。是学校安排的学习小组，虽然没让她的成绩提高多少，但交了这个朋友对杰米也有好处。杰米真的很喜欢特莎。我不敢相信她竟然出了那样的事。”她抽泣道。

凯文一手搂过她的肩头，将她拉近了一些。

“她上次过来这里是什么时候?”兰斯问道。

凡妮莎打了个嗝，断断续续说道：“去年六月期末考试前，之后就再没见过了。”

两人说了再见后便自行离开，留下凡妮莎仍在凯文的肩头哭泣。

他们穿过停车场时，兰斯从口袋里掏出车钥匙，“你怎么看?”

摩根回头瞥了一眼那幢压抑的砖墙建筑，“我认为凡妮莎·刘易斯的处境确实非常艰难。”

“精神疾病可能会毁了人的一生。”兰斯附和了一句，声音粗哑。

“夏普对两位家长都做了背景调查吗?”摩根问道。

“是的。我不太相信杰米一发现母亲要和凯文结婚之后就马上离家出走了，但夏普也没在凯文和凡妮莎的背景信息里发现什么疑点。她在加利福尼亚的父亲也是一样，底细清白。”

“也许凡妮莎说得对，可能是因为凯文搬进来，杰米的自由会进一步受限，所以她生气了。如果杰米有逆反心理，她的动机可能很简单，可能就是不想自己的生活改变，不想和他人共享自己的空间。毕竟这个公寓挺小的。”

“你说得对，但我还是觉得这个时间点有些问题。”兰斯拉着她绕过一块碎玻璃，“这样我们就确立了特莎和杰米之间的具体关系。”

“可能是巧合，”摩根说道，“红瀑高中也不那么大。”

“确实。但还是值得多调查一下。”

“你知道还有谁需要再调查一下吗?”摩根停在吉普车前，“凯文。”

“你也注意到了？他一直在流汗。”兰斯从口袋里掏出钥匙扣，给车门解了锁。

“是的。我敢发誓他刚才有在说谎。”摩根往副驾座车门那边走，“虽说出太多汗也不算什么证据。”

“我觉得你说得对。”兰斯越过吉普车顶看向她，“凯文是有什么不可告人的秘密。”

第十七章

特莎的相片从电脑屏幕中回望着他。她用手把深色的头发从美丽的脸上拨开，看上去像在对着他微笑。

对着他。

他每次上网都能看见她。她无处不在。这些新闻照片里，没有一张是她浸在血里的。那么多血。

我想你。

他看了看自己的双手。干净的。他闭上双眼。他要如何忘记她？

他深吸了一口气。

屏幕上一位记者正在和摩根·戴恩对话。他调大音量，前天的录音片段中，她声称知道警方抓错了杀害特莎的凶手。

不可能。

当晚树林里只有两个人，其中一个已经死了。她不可能会知道真相的。

但他的笃定之下萦绕着疑窦，他一直害怕有人发现他的计划，揭发他的罪行。但人们只能看到他们想看到的——没有人愿意相信凶手其实就是自己的邻居。

他在大腿上擦了擦手。他是不是露了什么马脚？他回顾了那晚的行动，并没有发现什么错漏。警察已经查到证据，尼克·扎伯罗斯基也被捕了。整个小镇都认为尼克有罪。

尼克·扎伯罗斯基会被判以谋杀罪名。

因为没人会接受其他可能性。如果摩根·戴恩证明尼克是清白的，警察就要继续调查。如果他们挖得足够深，谁知道他们会翻出什么来？无论他有多小心谨慎，总归是有风险的。在审判结束，尼克·扎伯罗斯基入狱之前，他都要夜不成寐了。

他点下播放键，又看了一遍她简短的发言。她眼中燃起的火焰让他不由点了暂停键。她是这样坚定不移。她真的相信尼克是无辜的。

恐惧像静电一般刺痛着他的皮肤。摩根·戴恩会成为一个大麻烦，他能感觉得到。

最要紧的是，不能让她发现真相。

他在浏览器上打开了一个新窗口，开始随机搜索。他需要知道一切关于摩根·戴恩的信息。她的住址、家人、朋友。任何与她亲近的人都可能成为令她掣肘的工具。

他可以将信息化为弹药火力。他会找到她的弱点的。只要在地基上钻足够多的细孔，地基也会坍塌。

摩根·戴恩是他的威胁，他需要阻止她。

第十八章

次日早晨，摩根走进夏普侦探事务所的储藏室。兰斯和夏普正在清理房间，为了给她使用作准备。柜子的门大开着，里边塞满了箱子。房间中央的长桌上还放着几个纸箱。

“索菲的感冒好了吗?”兰斯移动了一个箱子，身上的穿着在她看来像是私人调查制服：工装裤、紧身T恤、外面敞襟罩着一件短袖衬衫，加这件外套可能是为了掩藏裤子后右侧口袋里的枪支。

“好多了。”摩根把装着三杯咖啡和一盒唐恩都乐甜甜圈的外卖托盘放在桌上，“但我怀疑艾娃也感冒了，不用说，下一个就要轮到米娅了。”

“你带了甜甜圈?”兰斯咧嘴一笑。

“还带了几个羊角包和玛芬蛋糕。我不知道你和夏普喜欢哪种。”摩根揭开咖啡杯盖，吸了一口气。她还是喜欢夏天。今早的秋凉简直透心穿骨。照她看来，在这冷空气即将到来的季节，只有南瓜咖啡和她的羊皮靴是唯一令人高兴的事物。

夏普走进房间，“你知道周六也好，平时也好，任何一天我们这里都穿得挺随意的。”

“对我这份工作来说，注意自己的穿着很有必要。”摩根想，处理尼克这个案子时，仪表显得更加重要了。她身后也没有地检署撑腰——考虑到大众的立场都与她相悖——她遇到的障碍将比平常和人合作时更多，“人们判断律师的能力都是看他们的穿着和出行车辆。我开小货车，全身行头只有一套职业西装。”

她把那套衣服看做自己的战甲。

她把唐恩都乐的盒子递给夏普。他回了一个嫌弃的表情。

“我拿一个。”兰斯拿了一个蜜糖甜甜圈，“夏普不喝咖啡，也不吃加工食品。”

“那抱歉了。”摩根选了个波士顿奶油口味的，“我嗜甜如命，真是太罪恶了。”

“糖分和咖啡因都是很容易上瘾的。”夏普用很强的语气高声说道。

“我今早暂且冒一次险吧。”兰斯从托盘上拿起咖啡。

“抱歉，我不会再带坏他了。我发誓。”摩根露齿一笑，从包里抽出手提电脑，“再次感谢你在办公室里腾出位置给我用。”

夏普把最后两个箱子搬进柜子里，“不客气。”

“我家的安保系统和你们这儿的不能比。”摩根说道。

兰斯从过道里抬了几箱补给和复印件搁在桌上，“你今天有什么计划？”

“今天先把证据审一遍。我昨晚就开始了，但还有很多没看完。”摩根的头脑因缺乏睡眠而有些迷糊。

夏普打开箱子，“这里并不多嘛。”

“大部分发现材料都是通过安全邮件发过来的。”她打开手提电脑。

夏普皱眉道："我知道我已经是个老古董了，但我还是更喜欢纸质复印件。"他离开房间，拿了一台打印机进来，放在桌子另一头，"你准备好了的话，随时可以开始。"

摩根开始打印警方报告。

"我喜欢审图片。"夏普两手合在一起搓了搓，像是迫不及待要开始工作，"我可以拼出一块案情图板。"

她抬头看了一眼远处的墙面，两窗之间横着一块巨大的白板，"我会多印几份的，我处理文件也有自己的方式。"

打印机嗡嗡地吐出一页页纸。他们分好报告便开始审阅。

摩根先看了警方报告。及至午餐时分，她已经看完了一大叠材料，脑中盘旋着许多细节。她把尸检报告留在最后，好让她有足够的心理准备应付这些可怕的细节。即使与受害者素不相识，光是目睹那些暴力罪案的残忍程度已令她胆寒。何况这次……

这纯粹是一场噩梦。

她先扫过一遍文本，接着再看照片。其中第一张就让摩根呼吸一窒，那是特莎的尸体躺在香蒲丛中的样子，接下来几张特莎的脸部和伤口特写更加令她不忍直视。摩根闭上眼，想象着自己最后一次见到活生生的特莎是怎样一幅情景，她当时就坐在戴恩家厨房的餐桌边，和孩子们玩着滑坡和梯子的游戏。摩根尚未进食的胃顿时拧了起来。她伸手从包里拿出制酸剂，嚼了两颗吞下。

"我们应该休息一下，吃个午饭。"兰斯这样说着，眼神也一瞬不错地胶着在她身上。

"我出去透透气。"摩根需要的是远离这些照片。她拿了一个羊角面包便走到后门门廊上去了。

一闪而过的白色将她的注意力引到门廊阶下的位置。那里有一只小狗蜷在阴影里，显然是一只小土狗，身上有着白色与棕褐色的斑块，隐约还有点像斗牛犬，只是更瘦一些。有人剪短了它的尾巴，短小肮脏的毛皮下肋骨尤其突出。

“反正我也吃不下。”摩根扯下一片手上的酥油点心投放在门廊上，那只狗悄悄从躲藏的地方走出来，机警地猛冲过来，狼吞虎咽吃掉了食物，像是吃了这顿便不知道下顿在哪儿一样。摩根又多投了几片羊角包，引得那只小动物又靠近了一些。那只狗挪步上前一口口吃掉，最后离她只有几步远，“我没有吃的了。”

狗理解地摇了摇断尾，冲回到阶梯下面。

她身后的门打开了。兰斯走出来站到她身边，“你没事吧?”

“没事。”摩根靠在一根柱子上，“过一会儿就好了。”

兰斯伸手揽住她的肩膀，她靠在他身上，颊边滑下一滴泪水。她将泪水擦去，“我是想到了刚才那几张照片。抱歉。”

“抱歉什么？因为你太有人情味了?”

“因为我太弱了。”她推开他站直身子，“我唯一能为尼克和特莎做的就是揭开这起谋杀案的真相。哭帮不了任何人。”

“你是我见过最坚强的人。”兰斯伸手将她的鬓发理到耳后，指节蹭过她的脸颊，“但这件事——”他指了指屋里，“即使被害者是个陌生人，也实在太难处理了。如果你需要一个可以依靠的人，我就在这里等着。”

她闭上眼，把脸埋进他手心里停了几秒，但一当他走近像要拥抱她时，她便抬起头直起了身子。如果他这时拥抱她，她肯定会情绪崩溃的，她也无法掌控接踵而来的情绪风暴。悲伤就是一洼沼泽，会拖拽着她下沉，直到窒息为止。她已经能感觉到这种熟悉的沉重感，沉重地仿佛要压碎她的胸膛，让她的呼吸变得愈发艰难，好像仅是肺部吸进一口氧气，她就会撕裂开，变得支离破碎。

她不能再回到悲伤之中，既然她已经从这片泥沼底下挣脱出来，她就不会再回去。

“谢谢你，”她说道，“我很感谢你这样帮我，真的。但我真正需要的是回去工作。”

兰斯不置可否地皱起眉来。她视若无睹，转身进门走远。

回到作战室，夏普给了她一杯蔬菜冰沙，她一边看着案情图板，一边强迫自己喝下去。他用磁铁把照片归在不同的标题下边，有“犯罪现场”“嫌疑人”，诸如此类。他还写下了要点，并用箭头表明彼此的联系。白板的顶上则放着特莎的照片。

“用图像显示出来可以帮助你发现它们之间的联系。”她说道。

“就是这样。我们现在知道多少?”夏普拿起马克笔，在白板一侧画了一条时间轴，“尼克和特莎参加了湖畔派对。他们到达的时间点大概是晚上九点。警察已经确认了其他十一个参加派对的孩子都是什么身份。”夏普列出他们的名字，“据我所知，派对结束的时候只有杰米、罗比·巴罗内、费莉希蒂·韦伯和雅各布·爱默生还留在湖边。”

“雅各布是那个前男友?”兰斯问道。

“确切来说不是的，雅各布和特莎也就去年四月约会过几次。”摩根澄清道。

夏普伸了个懒腰。

“我们知不知道是谁拍的视频?”兰斯问道。

“知道。”摩根翻查了几张文件纸，“一个叫布兰登·诺兰的孩子。”

“布兰登有没有说过他为什么不早点上传视频?”夏普问道。

摩根翻阅过几篇警方审讯记录，“有，他周四晚上错过宵禁时间，他父亲罚他禁足，还收走了他的手机，一星期之后才还给他。警方拿到的第一份参加派对的人员名单上并没有布兰登，他并不在特莎的密友圈内。警方是了解到那个视频之后才找他谈了话。他说打架风波过后他就离开了。”

夏普冷哼一声，“那他一拿回手机，想都没想这可能跟特莎的谋杀案有关系，就这样把视频传上网了？”

“是的。”摩根叹了口气。她之前也起诉过很多青少年，知道他们很多人做事不考虑后果，所以并不惊讶，“我们把时间轴画完吧。尼克和雅各布在派对开始后不久发生了肢体冲突。九点三十分，尼克开车带特莎离开。据尼克所说，他们在车后座自愿发生了无保护措施的性行为。他们回到派对现场的时间是晚上十点左右，接着他们吵了一架，尼克说特莎要和他分手。特莎十点四十三分发给费莉希蒂的短信也证实了这一点。派对是在十点至十点半之间散场的，尼克说他是在那儿离开特莎的，她自己有车。”

“有谁能证实这一点吗？”夏普问道。

“有。罗比·巴罗内和费莉希蒂都称他们是在尼克之后离开的。”摩根继续说道，“尼克说他开车兜了会儿风，差不多午夜才回家。他的手机没电了，所以我们没有 GPS 数据。他父亲在他回家时已经睡了。”

“那就连巴德都没法帮他证明了。”兰斯说道。

“是的。”摩根简略地在她自己的时间轴上记下时间点和事件，接着抽出尸检报告，“特莎的死亡时间是周四晚上十点三十分到周五凌晨四点之间，她身中九刀，但验尸官认为她很快就死了，考虑到她的伤势……”摩根看着尸检照片，不由颤抖起来，“最初的几道伤口里有一处扎得很深，刺穿了她的心脏。如果她活着经历完整场暴行，出血量应该会更大一些。”

心脏一旦停止跳动，伤口就不会大量出血了。

摩根翻到尸检报告下一页，“尸检结果也显示瘀伤和擦伤是性侵带来的。从特莎身体里采集到的精液和拇指指甲中刮下的血片与尼克的 DNA 吻合。验尸官也发现尸体有用过避孕套润滑剂的痕迹。地检官推断尼克预谋用避孕套掩饰罪行，但避孕套却破了。”

夏普走到桌前翻了翻文件，“你在询问尼克的时候，他说他和雅各布打架鼻子流血了，是特莎帮他清理干净的，在他给警察的原始供词中有这一段吗，还是他听到特莎指甲里找到血迹才这样解释的?”

摩根找到了警察最初的审讯记录，“真不走运，他在原始供词里并没有提到这个信息。但警察也没问他任何相关的问题引导他说出这个信息。总体而言，尼克的供词还是前后一致的。”

“他们有给他用测谎仪吗?”兰斯问道。

“没有，但我们得把这个考虑进去。”摩根又做了一些笔记，继续陈述情况，“尼克院子里发现的刀具和特莎的伤口相符，但 DNA 报告还没出来。刀上没有指纹。食篮里还有一件沾血的衬衫。”

“用来擦过他鼻血的那件。”兰斯说道。

“这也是我的设想，但 DNA 报告还没出来。”摩根抬起头，“衬衫上的 DNA 应该是尼克的。我猜测刀上的 DNA 是特莎的。地检官不愿意催促这些检查。”

“为什么？他已经把嫌疑人关起来了啊。”夏普说道。

“可能他已经找不到人帮忙了。”兰斯补充道。

摩根沮丧地点点头，“警察在尼克家还有犯罪现场都没找到破掉的安全套，还有带血的裤子或是鞋子。”

兰斯打断她：“这么说尼克把安全套、裤子和鞋子都处理掉了，但是把沾着自己血迹的衬衫放在食篮里，还把凶刀埋在自家棚子后面？这完全解释不通啊。”

“他捅了那女孩九刀，裤子和鞋子上不可能没有沾到血迹，”夏普表示赞同，“刀子肯定是栽赃。”

“意味着有人在有意陷害尼克。”摩根说道。

“对。等法医报告传过来记得查一下，看看尸体下面或是尼克车上有没有精液，”夏普说道，“强奸和谋杀是发生在同一个地点吗?”

摩根坐回椅子上，又翻找了一些文件，“法医报告还没发过来，但我看到记录说尸体附近和底下都有可见血迹。记录还说用黑光在尼克车子的后座发现了少量精液。”

“和尼克的供词相符。”兰斯研究了一下白板上的内容，“但地检官会说尼克可能是先在车上强奸了她，接着把她拖出去杀害的。”

夏普盖上马克笔，双手拿着笔背到身后，在白板前来回走动，“她可能先前从他手里挣脱出来，逃走了。然后他追上了她，再把她捅死。”

摩根揉了揉颈后酸痛的位置，“十点半那会儿，特莎还是一个人在湖边。”

夏普停下脚步，皱了皱眉，“接着发生了什么呢?”

沉默三秒后，兰斯问道：“尼克知道她怀孕了吗?”

“我觉得他不知道。他没提过。”摩根在笔记本上写下问题，方便下次询问尼克，“我问他话的时候还不知道这件事。但地检官的推论是说她是因为怀了其他男人的孩子，所以和尼克分手了。尼克被惹怒了，之后回到派对上袭击了她。”

“这个推论也有道理。”夏普转过身面对白板，“但也不是没有漏洞。”

摩根扫了一眼尸检报告，“验尸官发现特莎的一绺头发被人割了下来，不是用剪刀，而是用刀子。在现场并没有找到这缕头发。”

夏普直起身子，“战利品?”

“或是纪念品，”兰斯说道，“能让我看一眼报告吗?”

摩根挪到一边，让出位置给他看散放在桌上的文件。

兰斯从一叠犯罪现场的照片中抽出一张，“特莎穿着一条丹宁牛仔裙。她被发现时穿戴很完整，裙子也完好地遮住了腿。”兰斯拿起照片，用磁铁固定在案情图板上，“他给她穿好了衣服，或者是让她自己穿的，那都说明凶手不是强奸之后马上实施谋杀的。”

“会不会是凶手对强奸了她感到羞愧了?”摩根问道，“可能这就是他在她额头上写下‘对不起’的原因。”

“可能吧，如果他认为需要道歉的是他自己的话。也有可能是他认为特莎应该为什么事情道歉。”夏普走到兰斯身边，眼睛凝视着那张照片，“从特莎的伤情判断，我看到了凶手的愤怒。”夏普的目光在时间线，照片还有前后矛盾的疑点之间来回流转，“尼克说他没用安全套。”

“对。”摩根说道。

“他家里有没有找到安全套?”兰斯问道。

“没有。”摩根指了指白板，“但强奸特莎的人身上带着安全套和刀具，他是预谋杀人。”

“这么说来，杀害特莎的人虽然非常愤怒，但还是做了袭击的计划，”夏普紧绷着声音说道，“至少在谋杀前不久就计划好了。可能的动机是什么呢? 嫉妒，占有欲……”

“要是我得不到她，其他人也别想得到?”兰斯回到桌前，“我们有没有特莎的电话记录?”

“有，”摩根说道，“帕尔默家很快给了警方他们的手机账户。作为一个青少年来说，特莎用手机的频率不算高，大部分短信往来的对象都是费莉希蒂和尼克。我回顾了案子发生前三周的短信内容，发现她在抱怨祖父母太荒唐了，一点都不理解她，还想让她和雅各布在一起。她把他描述成一个讨厌的混蛋。她没有提自己怀孕的事，然而在案发当晚，就在她给费莉希蒂发信息之后，她给雅各布·爱默生家里的座机打了一通电话，时长是二十九秒。”

“现在谁还用座机？”夏普问道。

“我都没有座机。”兰斯补了一句。

“在雅各布的询问记录里，他说他只和特莎出去约会过几次。他父母和特莎的祖父母硬要撮合两人，但他说他们俩‘不来电’。”摩根用手比了个空气引号，“雅各布家里晚上不准他用手机。一到夜里手机就要关机留在厨房。特莎知道规矩，所以打了座机电话。雅各布的父亲接了电话，让她第二天早上再打过来。”

夏普揉了揉后颈，“那特莎和杰米之间的联系呢？”他把杰米的照片也贴在白板上，画了条线把它和特莎的照片连在一起。

兰斯把一张凯文·默多克的照片也挂在板子上，“我需要更多有关杰米这个准继父的背景信息。”

“那个出汗异常多的人？”夏普问道。

“兰斯说得对，”摩根赞同道，“凯文在我们问话的时候实在太紧张了，一直夸张地冒汗，也无法与人保持眼神接触，而且不停地摸自己的脸。他认识特莎，而且他在掩饰什么东西，我想知道那是什么。”

“警方有采集过其他孩子的DNA吗？”夏普问道，“虽然法医报告还没发过来，但验尸官在她的尸体和衣服上找到了一些毛发，颜色和长度都不同。这些都还没做过测试呢。”

摩根摇摇头，“没有。他们似乎从一开始就只关注尼克。但她也有可能是拥抱朋友的时候黏上的头发。”

“但这些头发可以和胎儿的DNA进行比对，”夏普说道，“我们也可以怀疑这个不明身份的孩子父亲就是这起奸杀案的嫌疑人。安全套可以防止DNA通过精液进入被害人体内，但强奸一个女人的时候很难不留下任何生理证据。毋庸置疑，法医肯定会发现其他DNA来源。困难在于如何确定哪个是凶手的，哪个又是通过正常行为活动进入体内的。”

兰斯站起身揉了揉大腿。虽然他说枪伤已经好了，但明显仍是深受其扰，“那我们的推论是什么？”

摩根把马克笔放在白板下方的架子上，“特莎一个人在湖边。我们知道她这时对祖父母很失望。她给费莉希蒂发了短消息，把和尼克分手的事情告诉了她。然后她给雅各布家打了一通电话，但家里没让他听电话。接着发生了什么呢？肯定是有人回到了湖边，袭击了她。他带了安全套和刀过来，他知道她在这儿，所以计划好要杀了她。”

“但这人是谁呢？”兰斯问道。

“我要去拷一份去年的高中年鉴，”摩根说道，“那样我们就能看到去年特莎和谁在一起了。”

“尸检结果说她大概怀孕八周，所以是七月怀上的，”兰斯指出这个细节，“不是在上学的时候。”

摩根点头，“是的，但我不觉得特莎会和不认识的男孩上床。”

夏普忽然一指逐渐增长的目击者和嫌疑人名单，“我们要尽可能收集他们每个人的资料。兰斯，这个找你妈来做怎样？”

兰斯手一抖摔了铅笔，“我妈？”

他母亲？摩根的好奇心被勾起来了。兰斯只告诉了她父亲失踪的事，此外也没有怎么提起过自己的家庭和过去。

夏普点头，“她在网络检索信息方面是专家，我们需要她帮忙。”他指了指白板，“你要是没注意到这点，我可以提醒你，这个案子就是一团乱麻。除了尼克之外，我们现在最大的嫌疑人是一个十七岁的男孩，他还有一个律师老爸。”

“我妈从没帮我们办过案子。她可能不想参与这些事。”兰斯抗议道。

“你又没问过她。”夏普一个眼刀将兰斯钉住，“她可能很高兴自己能派上用场呢，这对她来说也是好事。”

兰斯一副不置可否的样子。

“你想我来问她吗?”夏普问道。

“算了，反正我明天也要去看她。”但兰斯看上去并不认同这个想法，“她的意思我可说不准。”

“懂。”夏普点头。

“我们需要和罗比·巴罗内、费莉希蒂·韦伯，还有和雅各布·爱默生面谈一下。我敢肯定和雅各布谈的时候，爱默生先生一定会在场。”摩根扔下她的文件，走到白板边，开始写下一串问题。

特莎孩子的父亲是谁?

周四晚上的派对，谁没有不在场证明?

“我还想再去一趟犯罪现场。白天侦查那个地方可能会给人完全不一样的感觉。”摩根不由瑟缩了一下，她想起自己在一片漆黑的树林里，透过手电残酷的冷光看见特莎的尸体，女孩浑身是血。

还有写在她额上的字：

对不起。

第十九章

兰斯和摩根一同朝着吉普车的方向走去，午后阳光温暖了他的背脊。

“你确定不介意吗？”兰斯问道，“我可以先把名单送给我妈，回头再来找你。”

他给夏普添麻烦了，但他老板说得对，他母亲要知道能帮上忙，可能真的会很兴奋。她也没什么消遣活动，成天度日如年。但她能应付得了谋杀案里的这些东西吗？兰斯带过来的只是一长串名字和地址，没有照片也没有犯罪细节。但他的母亲还是很脆弱的。谁知道什么会刺激到她呢？

兰斯不能否认，他确实对摩根要去见母亲的事情感到尴尬。他预感与她分享秘密的时刻就要到来了，她一旦知道，便覆水难收。但摩根是他的朋友，不是恋人，她是他见过最善解人意、最大方的女性。她不会对别人品头论足。她愿意接纳一个曾经的瘾君子，还让这个人融入自己的家庭，成为其中的一员。她还照顾着脾气古怪的祖父。她能理解照顾这些她无条件爱着的人究竟意味着什么。兰斯过去经历过很多挫折，他也认识到不是所有人都愿意做出牺牲。

“这是什么话。你帮了我祖父那么多忙，我怎么可能介意？我当然不介意，”摩根坐进副驾座，“能见你母亲我很开心。”

兰斯坐进驾驶座，“我还是先给你打个预防针吧，记得我和你说过我爸失踪那回事吗?”

“记得。”她系好安全带。

他把车从路边开走。说到母亲的事情，他看着马路会比较好开口一些。他不想看见摩根想象他童年的时候脸上露出那种震惊和怜悯的表情。

在改变主意之前，兰斯开门见山说起了他的故事：“他失踪一年后，我妈开始出现焦虑和抑郁的症状。可能更早就有了，但我那时只是个孩子，直到她的病开始影响到我的生活我才发现。一开始，她的症状只是有些古怪，并不那么可怕。轻度强迫症，情绪低落，都是这一类的表现。我以为她只是难过而已。该死的，我也很难过啊。我想念父亲，母亲也在渐渐退出我的生活，我感觉我在渐渐失去她。”

摩根没有说话，但他能感觉到她在注视着自己。

他继续说道：“接下来的几年，我妈出门的次数越来越少，我十三还是十五岁的时候，她大概一周才出去一次，如果不是为了养我，她大概愿意爬进一个洞里饿死。她不能工作，去杂货店的路也越走越长。”

回忆如潮水涌来，将他淹没。他曾经害怕她会一死了之，留下他孤零零一个。

“她没有朋友吗?”摩根问道。她的声音沉重中带着感同身受的情绪，而不是怜悯。

兰斯在角落停了下车，接着左转进了主街，“她的症状是过了几年才发展成现在这个样子的，这是个渐进的过程，开始只是让她和朋友们一点点疏远，等到她确实病得厉害，其他人能注意到的时候，她已经将所有人都排除在社交圈外了。除了我，她没有真正意义上的家人。夏普是唯一还坚持和她交流的人。”

“他似乎真的很关心你。”

兰斯顺着主街开到城市边缘，转头驶上一条乡村公路。几英里过去，两边的房屋逐渐被田野森林取代，“他那时还是个警探，尽管我父亲的案子已经石沉大海，他还是一直照看着我们。你也可以看到，我们没有住在城里，骑着自行车去哪儿都远得要命。”

“是夏普开车送我去参加冰球训练，他教我开车。他推着我妈去看精神病医生。很多次为了逃避我妈的焦虑症状，我都会到夏普家过夜。”

伤口一旦揭开，兰斯的回忆便化为了针扎似的羞耻感。夏普查看他们家的冰箱，发现里面空无一物。兰斯的母亲蓬头垢面，怒目圆睁，一面数着空瓶子、没穿破的鞋子，还有一沓沓杂志，一面将它们排摆整齐。夏普带着兰斯出门吃汉堡，让他在客房借宿，让他可以暂时从母亲犯病的压力下解脱出来。从兰斯十六岁拿到驾照的那天开始，照顾他母亲的重任就正式压在了他的身上。

兰斯在路边农产品店门口的临时车道停下车，“我马上回来，需要给你带什么过来吗?”

“不用，谢谢。”

兰斯拿了个现烤苹果派回到了吉普车上，这是他母亲最喜欢的食物。摩根接过那个白色盒子，放在大腿上。

“我以前不知道，”在他重新启动车子上路之后，摩根说道，“我之前总好奇，既然红瀑没有警察的职位空缺，你为什么还待在这里，你本来几年前就可以去另一个地方警局申请职位，然后升职加薪。”

“我妈需要人照顾，我走不开。”兰斯转弯绕过一个邮箱，狭窄的车道通往见证他成长的小屋。爸爸失踪之后，母亲也不愿搬家。她留着这栋三室的房子和这五英亩的地，好像就能留住最后一点和丈夫的联系似的。

就像她还依然期盼着他能回家。

他在房子门口停了车，转头看向摩根。她似乎并不为他的故事而感到困扰。

“我有什么言语或行为会刺激到她吗？”摩根问道。她总是这样为他人着想，从不考虑自己。

“不会。”兰斯说道，“但如果她表现得冷淡或紧张，你也不要觉得她是有意冒犯。她不喜欢陌生人上门拜访，她唯一不抵触的人就是我和夏普。”

“好的。”

兰斯下了吉普车。有那么几秒钟，他曾经想过让摩根等在外面，但那是在骗人。母亲的治疗师想让他尽量像对待常人一样对待她。带一个同事回家再正常不过了。

摩根拿着派和兰斯一同走到前门廊。

“我有没有提过她有囤积癖？”他一边提醒一边敲门。没人答应，于是他拿出钥匙自己带着摩根进了门。

“妈？”两人走进客厅时兰斯喊了一声。

他打量着门边的一摞运输箱。还不算太糟。七双鞋。他昨天上午才来看过，这些应该是下午送过来的。除了新搬来的箱子，客厅还算干净整洁。

他妈妈之前是计算机科学教授，几年前转为线上授课，还零散接些网页设计、网站安全和维护的活儿，除了要付清贷款，她也没什么支出，剩下的工资便供她沉浸在疯狂的网购之中。兰斯一直密切关注着她的信用卡，但要完全控制她也是不可能的，他要是注销了一张卡，她会再申请十张。

他想起家中曾经摆满成堆的东西，他们几乎很难从一间房走到另一间房去。抗抑郁药、每周的集体治疗，还有兰斯的决心，这三样是让詹妮弗·克鲁格生活得卫生、安全并且相对正常的关键。

摩根漫步走进客厅，她观察到客厅里悬挂着许多玻璃箱，里面装满了顶针和勺子。几个橱柜的抽屉里也全是同样的东西，“勺子和顶针？”

“它们体积小，不易燃。”兰斯说道。他的母亲需要收藏一些自己的宝物。

“兰斯，是你吗？我在办公室里。”他母亲的声音从卧室那一侧传来。

屋内一条过道的尽头是厨房，另一条走廊则通向三间卧室。

摩根先拿着派绕路进了厨房，兰斯则穿过走廊往发出声音的卧房走去。这间房从他母亲开始在家工作之后便被改成了办公室。

他的母亲坐在办公桌后，驼着背在键盘上打字。她L形的桌面一侧装着有三面显示器的电脑。一台笔记本也开着，放在另一侧。一只猫卧在笔记本电脑边，另一只沐浴在一片泻进房间的阳光中，在桌后的地板上胡闹。

他走进房间，隔着桌子靠过去，吻了吻母亲的脸。她露出一个微笑。

就外表来说，他母亲看起来很平常。她身材瘦削得让人心疼，头发白了也懒得染黑，脸上深深的沟壑让她更显苍老，看上去似乎不止六十岁。她强迫症的一大特点就是很依赖日常的规划流程，她的治疗师根据她的病情设计了一套每日的卫生程序。她现在一过早上七点便会清醒过来，还一定要冲澡，并且一定要在早上九点整洗衣服。最终这个上了年纪的女人似乎是振作起来了，只是活得太过严谨精确，连军队教官都会嫉妒。

但她灰蓝色的眼中始终笼罩着挥之不去的忧虑阴霾，这份忧虑出卖了她真实的心情。无论吃多少药，经历多少治疗，都无法把她变回原来的样子。

眨眼间，他母亲的表情便由无奈转为恐惧，“谁在走廊里?”

摩根走到门口，她一身海军蓝色的西装，配上白衬衫和高跟鞋，看上去非常有律政气质，也很漂亮。她肯定是把派和大手提包留在了厨房里。

兰斯伸手示意她进门，“妈，这是摩根·戴恩。”

“克鲁格夫人，幸会。”

母亲打量着摩根，整整一分钟没有说话，兰斯已经准备要应对母亲惊恐发作的情况了。正当他要进厨房拿抗焦虑药的时候，最离奇的事情发生了。

母亲笑了。

她起身，从桌子后面绕过来，朝摩根伸出手，“别客气，叫我詹妮弗就好。”

搞什么鬼?

他母亲上次愿意接触陌生人是什么时候?

“我给你煮杯咖啡?”他母亲带着摩根往厨房走去。两只猫绕着她们的脚踝来来去去地跑。

兰斯灵魂出窍一般跟在后面。他母亲朝那张橡木圆桌做了个手势，这张桌子自房子建成以来就在，为灰色的乙烯基塑料地板增添了典雅的气质。他不记得除了自己、母亲和夏普之外，上一次有外人坐在桌边是什么时候。就连每月来访一次的社工都会让母亲的焦虑发作。

但他母亲现在却在柜台前煮着咖啡，就像她每天都要招待客人一样熟练。她指了指一个高处的柜子，“兰斯，拿些碟子下来。”

“好。”他照着她吩咐的做了，心里既怀疑，谨慎中却也有些释怀。

“我能帮上什么忙吗?”摩根问道。

他母亲摆摆手拒绝了，“不用，不用，你是客人。”

接下来的二十分钟里，兰斯云山雾罩般地和另外两人吃着派，喝着咖啡，就像寻常人家一样。母亲吃完了一整片苹果派，他好几年没见她一顿吃这么多了，她脸上还带着他许久未见的真诚笑容。

这女人是谁，她对他妈妈做了什么?

“妈，我们需要你帮个忙。”兰斯把他们的脏盘子都收起来，放进洗碗机里。母亲会在晚上七点整启动这台电器，不管里面有没有东西。

“什么忙?”母亲问道。

“摩根是个辩护律师，我和夏普正在协助她调查。我们人手不够，可能需要人帮忙查一下背景信息。”

“你们想我帮忙?”她愈加兴奋起来。

“是的。”他说。

“我当然愿意。”她站起身，手慌张地覆在喉咙上，急忙赶回办公室。

兰斯匆匆跟在后面。她是吓坏了吗?他到底都做了些什么?“我不想给你任何压力。”

但他母亲很快又坐回桌子后面。她刚才是不是对着键盘压了压指关节?“你带了名单过来吗?”

“带了。”兰斯顿时愣住。

所幸摩根还保持着一贯的理智聪慧，在他背后说了句：“我去拿。”

母亲抬头看了他一眼，眼睛湿润。兰斯开始有些恐惧，瞬息后便意识到母亲眼里闪烁的是感激的情绪。

夏普说得对。

他的母亲很高兴自己能帮上忙。

“这么说来你同意了?”兰斯问道。

她点头，“我很高兴你能找我帮忙。”她的视线在办公室里逡巡一周，“秋季刚刚开学，我也没什么事打发多余的工作时间。”她的目光落在他身上，“我最愿意做的事，就是帮助你和夏普。我知道对你们俩来说，我一直是个糟糕的负担。”

“你不是负担。”兰斯绕过桌子。双手轻轻搭上她的肩膀，弯下身亲吻她的脸颊。

她转过身，抬头对他微笑，低声说道：“她很可爱。”

她动了动眉毛，他一下惊得说不出话来，接着胸腔中爆发出无法抑制的大笑来。

这也是第一次他见母亲表现出幽默感。

“我们是同事。”

她眼中闪过一丝微光，显然不相信他的话，“当然啦。”

摩根带着一份文件进了办公室，递给兰斯的母亲。她打开文件，翻看起来。

“你没问题吧?”兰斯问道。

"没事，没事。我今天下午就用来办这个了。"母亲的注意力完全落在文件上。

"你觉得需要多久呢?"摩根问道。

"这取决于我找到的资料。"兰斯的母亲又翻了几页，"我不敢确定能不能做完，但周一晚上应该能找到一些信息。"

"那我们就把这个交给你了。"兰斯直起身来，"我晚点再打过来。如果在这之前找到任何值得注意的信息，你就打给我?"

"我会的。"他妈妈抬头看着他，"你会再带摩根回来吗?"

"可能吧，"兰斯回道，"她在忙这个案子。"

母亲的笑容逐渐消失。

"我很愿意再回来看看。"摩根站在门口说道。

母亲又展开笑脸，扯了扯兰斯的袖子，"再多带点派过来。"

"好，明天见。"

周日母亲有集体治疗。他需要帮她采购食物和其他一些物品，还要修剪草坪。

他在厨房停留了一会儿，查看母亲的药盒，保证她吃了所有该吃的药。摩根耐心等着。他到客厅里搬起那几只鞋盒，堆高的盒子顿时挡住了他的视线。

"我来帮你。"摩根拿下顶上的那只盒子。

他们走了出去。

"真是意外。"两人出来后，兰斯关上门，上好门锁，"她对陌生人一般都不太好。"

"你妈妈很亲切。"

"她一定是喜欢你。"兰斯怀疑他母亲对他和摩根的关系有所误解。

“我很高兴。”

兰斯把箱子堆在吉普车后面，“这是惯例了。她白天还挺正常的，晚上就开始上网买各种东西。东西一到，我隔天就要带回去，能退则退，剩下的就捐了。她也想收敛一点，但就是忍不住。”

“你说她有囤积癖的时候，我还想象你们家堆满了东西呢。”

“这地方原来是被堵得严严实实的，在我毕业回家的时候更是达到了一个峰值。那个学期我每周都要回家，但最后几周我忙着准备期末考和论文，脱不开身，所以一个月都没回来，之后回家我都进不了家门。除了后门，她把所有的出口都堵死了。我一不在，她的症状就又会加重。她成天都在担心，我每天都要回家看看。我住院那段时间，即使夏普每天过来跟她汇报我的情况，我还是得每天早上和她视频证明我还没死。”

“你大学毕业回家之后又发生了什么？”摩根问道。

“我和夏普把她送进了一家住院机构。”兰斯还记得当时他看见母亲那副模样时，心中是怎样的震惊——没有洗澡，穿着脏衣服，指甲咬得参差不齐，手指上的死皮也撕得血淋淋。他不知道她怎么还能在电话里装出一副若无其事样子，“他们用药物让她恢复正常，心情也逐渐恢复平衡。她不在的那段时间，我和夏普把家里清空了。”为这个他们还租了一个大型垃圾箱，“现在我不得不定下严格的规矩。她要想买新东西，就要先清掉同等大小的东西。养两只猫已经是极限了，但她可以随意收藏勺子和顶针。我知道听起来很奇怪，但这个系统机制已经运作了好几年了。”

兰斯关上后备箱门。他们坐回车上，兰斯启动引擎。正当他要抓上变速杆时，摩根忽然伸手覆上他的手背。

“我喜欢你妈妈。”她微笑着，“没有谁是完美的。”

“不过有些人离完美的标准更远一些。但无论如何，还是谢谢你。”

“她很和善。她还活着，显然她也很爱你。”摩根捏了捏他的手，“说到底，这才是真正重要的事。”

“我知道。”兰斯的关注点落在“活着”这个词上。摩根父母双亡，丈夫也不在了。

“我父亲被杀后，母亲便逃离了过往的回忆。她带着我们从这座城市搬了出去，我们不想离开朋友，也不想离开当时的生活圈，但她那时已经全无理智可言了。伊恩在城里上大学，所以他留下来了。我和妹妹就没得选了。”摩根停下来吸了口气，“我母亲一直没从父亲的死讯中缓过来。几年之后，她突发了一次心脏病，非常严重。我一直以为她会死于心卒。感谢上帝，还有祖父照顾我们。”

“抱歉。”兰斯转而覆上她的手，与她十指交握。他们俩青少年时期只有过短暂而肤浅的交往，那时摩根的母亲还活着，尽管兰斯只见过她一两次。分手之后，他和摩根就再没联系过。

她转过头看着窗外，眼中闪着泪光，“你妈妈病了，别那样责怪她，即使最强大的人也无法抵御悲伤。”

第二十章

监狱，第三天。

尼克驼着背站在早餐托盘前。虽然他的胃因饥饿而隐隐刺痛着，他还是乖乖等着，让资历老一些的囚犯先拿走餐盘。就像高中的时候一样，你选择坐在什么位置吃饭能说明很多问题。

一开始，他以为每一个囚犯都一定要选择加入帮派，但似乎D区只有大概三分之一的人真的是帮派成员。“那个男人”的消息也不是那么准确。如果他们的文身没错，那么应该代表的是雅利安人兄弟会、血帮还有墨西哥黑手党，但这些帮派也会给彼此活动空间，就像达成了某种谨慎的停战协议。

有摄像头和狱警在全天候监视着，大概他们都一致认为在这儿打来打去没有什么意义。

另外四十多个囚犯也有各自较小的社交群，一小部分人会聚在一起读圣经，在早餐前还要进行祷告。还有一个学习小组，这点尼克倒是没想到。一个很受欢迎的古怪小伙则会免费给人提供法律建议，其他囚犯似乎因此而尊重他，甚至感谢他。

目前尼克还是独来独往。在还没到万不得已，不得不和其他人打交道之前，他要尽量观察其他人的行为。至今为止，大部分人还只是不动声色地打量他。

他已经知道了第一次进来的人都叫“鱼”。

他拿起一个托盘，在祈祷小组那桌末端的空位上坐下。他低头吃饭，只能尝到他托盘上的那一点燕麦粥、煮过头的鸡蛋和牛奶。食物分量都很小，以至于东西吃完后，他依然没有饱腹感。其他犯人则会交换食物，而且他们肯定还有地方可以买到食物，因为有个年纪大一些的男人正在用微波炉加热拉面——又是一个让尼克惊奇的地方。

尼克没有想到这里会有这么……自由。

对于县监狱来说，这是一个奇怪的词，但尽管这些人都被关着，可他们在这间房里却可以随意走动，没有人被锁在小牢房里。似乎只要你遵守这里的规矩——无论是明面上的还是私底下的——就不会有人来动你，这就是这里的生存法则。

但其他犯人审视尼克的眼神告诉他，他没有那么幸运。

他吃得很快，四面空阔的环境让他觉得很不安全。他把餐盘放到回收车上，又缩回他摆在地上的床垫上。背靠着水泥墙让他感觉更安心。

几个没有组织的犯人坐在空桌边上。有一个人正擦着桌子，另一个人在拖地。还有两个在玩国际象棋，一小群人围在后面观赛。尼克很想过去看看自己能不能上场下一盘，但他只是远远望着。他太惹人注目了。有一种他无法言喻的压力正在房间里慢慢累积，每次他和其他犯人对视的时候，这种压力就似乎又膨胀了一些。

这些高墙让他绝望，食物也让他绝望。在恐惧之上，一种纯粹的绝望感像钢铁浇筑的毯子压在他身上。早晨过了一半，一个身材敦实，一只手臂文满彩色文身的白人男子走了过来。他找了离尼克最近的一张钢制长凳坐下，转过脸面对着尼克。他是被派过来问话的?

“这么说，你就是那个禽兽?”

“禽兽?”尼克疑惑不解地问道。

“你强奸了一个女孩，是吗?”那个男人一面问他，一面不赞同地眯了眯眼。

“没有。”这还是第一次尼克有意和人保持长时间的眼神接触。愤怒让他的眼神和声音都无比坚定，“我没做过。”

那人想了想尼克的回答，“有什么隐情吗?”

尼克感受到了试探的意味，“我的女朋友被人奸杀了，警方和检方把罪名扣在我头上。我只想从这儿出去，找到真正的凶手，还她一个公道。”

“这里有一半的人都说自己是冤枉的，我凭什么相信你?”

尼克耸耸肩，一阵疲惫感忽然袭来，席卷了他的全身。他一直不敢闭上眼。该死，他甚至害怕一眨眼，就会有人要来杀他。但缺乏食物和睡眠确实让他感到愈发疲倦。他不知道这样高度警觉的状态还能保持多久，“如果你不想相信我，无论我做什么都无济于事。”

“这倒是实话。”那个犯人点点头，“我叫矮子。”

好吧。

“我叫尼克。”搞什么鬼? 尼克也不知道该做些什么，只好伸出手。

矮子稍稍犹豫片刻便握住他的手摇了摇。

自我介绍是什么意思呢? 这是试探他吗?

这实在令人百思不得其解。他感觉自己像被扔进了一个真人秀节目，却没人来告诉他游戏规则。

接下来几个小时内，又有三个囚犯过来和尼克做了自我介绍，接着问了他案件的隐情。他们这是在核对口供吗？尼克尽量简短诚实地作了说明，他希望这能安全过关。

别的他也做不了什么，一切都得靠戴恩小姐。

尼克起身去上厕所。经过一个牢房时，一只手抓住了他的衣领，将他提到一个黑暗的空间里。他单脚落地，肩膀重重磕上水泥，一个身影跳到他身上，拳头砸在他脸上，疼痛在他的鼻腔和嘴上炸开，尼克尝到了血的味道。挨揍的时候，他把手臂护在头上挡住踢打，肾上腺素在血流中冲撞，刺激着他的心脏，让他心中顿生一股恐慌的狂暴。

问题在他脑中炸开。狱警会看见吗？牢房里有摄像头吗？尼克还从没进隔间看过。

他们会杀了他吗？

尼克竭力抵挡着暴雨一般的拳头，从前臂的缝隙中眯眼望去，一个男人正在揍他，而其他人只是站在门口看着，似乎是在望风。

一拳又顶上他的肋骨，他无法同时保护头部和躯干，原始的本能给了他一股力量，如果不反击，他肯定会死的。尽管人生已经是一摊烂泥，他也不能就这样放弃。

尼克蜷起一边肩膀挡住脸，一只手猛地出击，拳头狠狠撞上攻击者的身体。

那人站起身来，冲着尼克的肋骨踢了一脚，疼痛几乎将他劈成两半。他咳嗽着捂住腰，第二脚要落下来时，他伸手抓住那人的脚踝拽了一下，不料攻击他的人却压在他的背上。尼克勉强从地上爬起来，胸膛剧烈起伏，肺部叫嚣着对空气的渴望。

他脸上的血滴落在囚服上。他想追上那个攻击者，而后又停下了脚步。他看见矮子——还有另外那三个更高大的犯人都站在门口。他们把矮子拉起来，然后四人一同盯着尼克。

搞什么？

这些人凑在一起他肯定打不过。

他的胸膛仍是起伏不定。他擦了擦脸静等着。漫长的几分钟过去，那群人之中终于有一个给他丢了块毛巾过去，“趁着狱警还没到，擦干净点。”

尼克点头，擦了擦脸。那四个男人站到一边让他出去。

两个狱警破门而入，一个看着尼克的脸，“出什么事了？”

打小报告可是要挨一顿好打的。

这是在试探他吗？

“就是摔了一跤。”尼克说道。

“不是有人打你？”他们一边发问，一边环视着房间。

“没有。”尼克说着谎，“那些人只是把我拉起来了。”

狱警皱了皱眉，显然他们在牢房的小隔间里没有监控，只有主房间有，这里的犯人都知道。

这么蠢的安排到底是那个混蛋想出来的？

“你确定？”狱警又问。

“嗯。”尼克擦了擦鼻子。

狱警皱了皱眉，不置可否，“你需要去一趟医务室吗？”

尼克摇头，脑中汹涌而来一阵眩晕感，“我很好。”

狱警警告性地看了一圈房里的人，矮子不在他的视线范围中。尼克不知道自己的膝盖是不是在流血。他跛行到厕所先方便了一下，接着坐回到自己的床垫上，背脊也重新靠上墙。他蜷在床垫上，疼痛与寒冷占据着每一处感官。

他在等。

他可能要在这个鬼地方待上一年甚至以上的时间。一想到下半生都有可能在这个水泥盒子里度过，他顿时有了自暴自弃的念头。

或是自杀?

今天他挨了一顿揍。他不知道为什么。

也不知道明天等着他的还有什么。

第二十一章

他举起双筒望远镜，看着站在红湖边上的三个女孩。他猜测这些女孩应该十六岁上下。湖水如镜面反射着阳光，一个女孩给她的朋友递了什么东西。大麻烟卷?

他调整了一下望远镜的焦点，将女孩的脸放大。

是的。她们正传着一根大麻烟。

他的视线往下转移，贴身的瑜伽裤勾勒出紧致的臀部。他舔了舔唇，一只手伸到胯下，隔着裤子的布料摩擦着，最后终于抵挡不住心中的冲动，将裤链拉了下来。

但这还不够。

他失望地将裤链拉上。

毫无疑问。他需要找个人替代特莎。

他本想着回到她死的地方能够提醒自己所有行为都是有后果的，这样可以帮他更好地控制自己，同时也提醒自己在这件棘手的事情过去之前，他可不能再惹麻烦了。但他没有想到这些女孩会穿着紧身裤出现。

他想一个人待在湖边，静静反省。该死的，他想控制住自己。

假如是和其他家庭还有狗一同待在这片沙滩上，他也能接受。但漂亮女孩不一样，她们勾起了关于特莎的回忆。不仅是与她的死有关的那部分，还有他和她做过的事。

他对她做过的事。

女孩们抽完了大麻烟卷便转身离开湖边。他举着望远镜，眼神一路跟随，看着她们朝着停车场里的一辆车走去。左边那个女孩有着长长的金发和湛蓝的眼睛，身材高挑丰满。她和特莎截然不同。

金发女郎溜进驾驶座。她们开车离开了这里。记下车牌后，他放下手中的望远镜。要找她们的名字能有多难呢?

他知道他现在需要等。现在出动还为时过早。但实际来说，他又能控制自己多久呢?

他来到湖边本是想控制住自己的欲念，但到头来，这欲望反而愈演愈烈了。

第二十二章

坐在吉普车副驾座上，摩根眨了眨眼，落下几滴泪来。这一周以来，悲伤一直累积在她的心头。

兰斯依然握着她的手。这个手势既让人感到安慰，又使人惧怕，她摒去心中想把手抽回来的念头，又遏制住了想攀过去靠在他大腿上的冲动。

她想要得到一些安慰，这并不是什么值得惊奇的事。她放弃了工作，遭受着邻里的白眼。她度过了两年停滞不前的生活，好不容易要迈出一步，仅仅一周之内她就把整个职业生涯变成了一场火车事故。

兰斯似乎也想要陪在她身边。高中时候，他在情感上一直与她保持着距离，她也没有给他压力想要推进两人的关系。他们那时还年轻，她也有自己的家庭问题。但成年后的兰斯让她更加难以抗拒。与他相处的时间越长，他越能够坦白与她交心。

她也就越发喜欢他。

他把母亲的福祉放在自己的追求之前，为了照顾母亲做出这么大的牺牲，并且不求回报，从无怨言。他还愿意帮助摩根解决尼克的案子，她知道就算巴德付不起酬劳，他也一样会帮忙。

他是个值得依靠的人。一个值得她依靠的男人。

但现在时机不对。她把手从他手中抽出来，心中冲撞着一股愧疚之情。她需要集中精力解救尼克，为他做好辩护。等一切结束，再谈她自己的私人问题。回到几个月前，她甚至没有想过还会被其他男人吸引。但她必须承认——她确实被吸引了。

她转过头打量着兰斯的侧脸，视线从他的脸庞滑到结实的胸膛和手臂，她确实很喜欢眼中所见的形象，她内心中的那部分少女心也确实在为此怦然跳动。

他向她投去一个询问的眼神，“怎么了?”

“没事。”她把头转回去，脸上有些发热。

“雅各布的父亲有回电话吗?”兰斯问道。

“我看看。他是个律师，要想虚张声势让我们等一等也很正常。”摩根掏出手机，“要是我，就会这么做，律师之间总会有这么一些小战术，但他知道我们会拿到传票的，所以最后还是会好好配合我们。”

“真是麻烦。”

“这是法律制度的问题。”摩根打开电子邮箱，“真没想到，雅各布的父亲竟然已经回了邮件。他想见面谈。”

“在哪儿?”

“我打给他问问。”摩根刚打过去，那头便接了起来。对话只持续了一分钟。摩根挂断电话，放下手机，“他说我们可以现在就顺道去他家。”

“他可能不是个喜欢玩战术的。”

摩根摇摇头，“他是个律师，肯定是在玩什么把戏。但我还不知道是什么，这让人有些不安。”

“真悲哀，我们的法律制度就是一场把戏。”兰斯说道。

“难道不是吗?”摩根说道，“我职业生涯的大部分时间都在揣测对手到底有什么叵测居心。”

“不会厌吗?”

“会啊，比你想象的厌得还快。”摩根附和道。

“那你为什么还要做这份工作呢?”

“现在我做这份工作是为了尼克，”摩根说道，“我内心的直觉确定他是无辜的。这种情况在我之前的职业生涯中从未有过，过去我总坚信我起诉的那些人都是有罪的，但这次却完全不同。”

“所以说我们一定要查到这个案子水落石出为止。我们接下来去哪儿?”兰斯在一个十字路口停下车，摩根给了他爱默生家的地址。

“这在你家附近啊，你认识爱默生吗?”

“不认识。我祖父和爱默生家和帕尔默家只是稍有来往，并不太熟。祖父他也不是很热衷于交际。”而且从摩根搬回到红瀑以来，她也在尽量避免和人交际。

“他对雅各布·爱默生有什么意见吗?”兰斯问道。

“祖父对什么事都有意见，”摩根说道，“但他可能更多接触的是父母辈，不太和这些青少年孩子交流。祖父他认识特莎和尼克，纯粹是因为他们俩经常来我们家。”

兰斯的车开到了爱默生家所在的那条街上，与此同时，一辆宝马也停在了外面的车道上。一位年轻的金发男子从车上走下来，进了屋子。

“看起来像雅各布。”摩根说道。

“我还想他在哪儿呢。”兰斯在爱默生家门前的街边停好吉普车，“我们怎么谈?”

她理了理手提包，也理了理心中的思绪，“我来问问题，做笔记，你就负责观察他们俩，注意他们的面部表情，肢体动作，就和凯文·默多克那时一样。他们肯定会对事实有所保留。”

他们沿着车道走到门口，按下门铃。一位穿着灰色制服的女仆让他们进了门。整栋屋子建在高地上，由雪松和玻璃筑成，从屋内还能欣赏到绝美的河景。摩根原本觉得祖父家的景色已经算顶好了，但与之相比却黯然失色。女仆领着他们到了屋后的露台，爱默生先生和他的儿子正坐在圆桌边上。

十七岁的雅各布有着一头金发，看上去非常矫健。此时坐在他父亲身边，全无在斗殴视频里显示出来的那股傲慢。他穿着一身蓝色的马球衫，深色无洞牛仔裤，脚上是一双船鞋。四十八岁的菲利普·爱默生穿着宽松的灰色长裤和一件白上衫，看上去就像刚刚从高尔夫球场上走下来，他剪短的金发中夹杂着白色。兰斯和摩根刚从屋里走出来，两人便站起身来。女仆退到一旁，方便他们互相握手介绍。

“要不要来杯冰茶?”爱默生先生问道。

“好的，谢谢您。”摩根欣然接受，她希望这种礼貌友好的氛围能延续到接下来的合作中。

女仆退回房中，摩根和兰斯在桌边坐下。一分钟后，女仆端了两只玻璃杯回来，分别放在两人面前。

“首先，非常感谢您的合作。”摩根说道。

爱默生先生脸上闪过一丝冷笑，“我们都知道，你可以传讯我的儿子。既然大家都能文明解决眼下的局面，那便不用再装了，这不过就是一项法律要求。我儿子已经把知道的事都告诉了警方，你们肯定也看过他的口供，他会按法律要求回答你们的一切问题，但法律要求之外的那些就无可奉告了。”

“感谢您能这样坦白。”摩根回了他一句，接着打开提包，抽出一本笔记本，里面草草记录了一连串的问题。她想让问询能够自然进行，但会在某些关键点上拿雅各布今天的回答与原始口供作对比。

爱默生先生晒黑的手臂靠在桌边，“我也很清楚这是非法调查，你们会抓住任何可能说明你当事人有罪的疑点。我可不会让我儿子做尼克的替罪羊。所以你的问题也要注意分寸。”

摩根点头。合作到此为止了。她之前在奢望些什么呢？如果她证明尼克无罪，那罪犯肯定另有其人。爱默生先生非常清楚，他儿子作为特莎的前男友，一定会成为警方名单上的头号嫌疑人。

“雅各布，”她开始发问，“上周四你参加了湖畔派对吧？”

“是的，女士。”雅各布交叠着双手放在腿上。

“你什么时候到的？”她问道。

“我也记不清了，没特意看时间。”他措辞十分谨慎。

“能不能尽量给出一个大概时间？”她问道。

“快九点吧。”雅各布回道。

“你是第一个到的吗？”

他摇摇头，“不是。”

“当时有谁已经到了？”

“我不记得了。”他一直与她对视着，眼神没有游移，但嘴唇微扯了一下，眼中闪过一丝微芒，感觉像是……在嘲讽。

就像他在撒谎一样。

并且他很擅长撒谎。

她继续问道：“尼克和特莎是什么时候到的？”

“我没看表，说不出具体时间。”

摩根试着给了他一个限定：“在你之前还是之后到的？”

“之后。”他说道。

摩根记下笔记。她放下笔，全神贯注盯着他，“能不能告诉我你和尼克之间发生了什么?”

“尼克和特莎到了湖边，我向特莎问好，她也回了我一句。尼克就跳出来跟我说离她远一点，然后推了我一把。我也推了他一把，我们俩都给了对方几拳，但很快就结束了。尼克和特莎离开之后，我在那里又待了一个小时左右，然后就回家了。”雅各布没经思考便背出了这段话，像早就记好了台词一样。

“你们之中有人受伤吗?”她问道。

雅各布轻摇了摇头，“反正我没有。”

“那尼克呢?”

“当时很黑，我看不清。”雅各布说道。

摩根换了一种策略，试着挑起他的情绪反应，“你觉得你和特莎打招呼的时候为什么尼克会生气呢?”

爱默生先生插话道：“我儿子怎么可能知道另一个男孩心里在想什么。”

“你说得对，抱歉，我只是想搞清楚发生了什么事。”摩根点头，“雅各布，你在派对上喝酒了吗?”

雅各布的视线下滑到桌子上。是真的感到羞愧还是在假装?“我喝了几杯啤酒。”

“你是否觉得自己的判断因此受到了影响?”摩根问道。

爱默生先生靠上前，“戴恩小姐，麻烦具体一点，你说受到影响究竟是什么意思?”

“你和尼克打架是不是因为你喝醉了?”摩根问道。

“我和尼克打架是因为他先对我动手。”雅各布带着怒气，声音也尖锐起来。终于有反应了。

"你只是和特莎说了'你好'吗?"摩根逼问道。

这时爱默生先生又插了一句:"他已经说过了。"

雅各布迅速换了个表情，方才父亲的打断给了他时间平复脸上的懊恼神色。

摩根继续问她单子上的问题:"特莎和尼克接下来做了什么?"

"他们走了。"雅各布的声音又恢复了之前的平静单调。

"是开车还是步行?"她问道。

他连眼皮都没眨一下便答道:"开车。"

"车是尼克的还是特莎的?"

"尼克的。"雅各布明明声称对特莎毫无兴趣，却时刻关注着她的一举一动。

"说说那晚后来你是怎么过的?"摩根放下笔盯着他。

"我在派对上又待了一会儿，然后就回家了。"雅各布嘴很严，她问一句才答一句，绝不多说。

"你当晚有再见到尼克和特莎吗?"

"有，他们后来又回到派对上了，"雅各布回道，"他俩吵了一架。"

"尼克是在特莎之前离开的吗?"

"我不知道。没注意。"雅各布又退回了防守阵地。

摩根假装查看笔记，"说说你和特莎交往的事情吧。"

雅各布耸耸肩，"我们根本没交往，就是去年春天出去约了几次会，但是不来电。我和她也认识几年了，关系更像兄妹。"

爱默生的笑容有些伤感，"我夫人和特莎的祖母觉得他们俩挺登对的。"

"所以过去几个月你和特莎相处的时间不长是吗?"摩根说明道。

雅各布耸肩，“不长吧。”

摩根合上笔记本，“我的问题暂时就是这些，雅各布，你还有什么要告诉我的吗?”

他摇摇头。

“那谢谢你们今天下午特意抽时间见我们。”摩根站起来同两人握手，爱默生和雅各布也起身回礼，兰斯也站起身来。

女仆领着他们出了门。等回到车上摩根方才开口：“怎样?”

兰斯启动吉普车离开路边，“我不相信那个孩子，我从他身上看不到真诚。他的回答和警方审讯记录对得上吗?”

“这是雅各布接受警方审讯的记录。”她清了清嗓子，读了出来，“尼克和特莎到了湖边，我向特莎问好，她也回了我一句。尼克就跳出来跟我说离她远一点，然后推了我一把。我也推了他一把，我们俩给了对方几拳，但很快就结束了。尼克和特莎离开之后，我在那里又待了一个小时左右，然后就回家了。”

“他今天好像就是这么说的。”

“就是一模一样的口供，一字不差。”

“那又怎样呢？他父亲是律师，肯定教过他要怎么说。”

“你说得对，我早该想到的。”摩根把笔记本塞进包里，“你手机上还有打架的视频吗?”

“有。”他把手机递过去，给她报了解锁密码。

“我询问尼克的时候，他说之所以出手打雅各布，是因为雅各布在特莎来劝架的时候把她推倒了。”摩根调出视频点了播放，她看见那一幕确实和尼克描述的一样，“雅各布在自己的供词里巧妙地忽略了这一段。”

“他的记忆还真有选择性。”

“你也注意到了这点?”

“嗯。”兰斯的指尖在方向盘上敲了敲，“他记得所有指向尼克有罪的细节。”

“在供词中省略信息和说谎不同。爱默生先生给雅各布提供了不在场证明，电话记录也可以支撑这一点，所以我都懒得再问。我们还是有机会的，但还没找到动机。”

“嫉妒?”兰斯建议道。

“我们还没证据能证明雅各布想得到特莎。”

“那接下来我们要去哪儿?”兰斯问道。

她查了查手机短信，“费莉希蒂那儿还没有消息。”由于已经与费莉希蒂有过接触，摩根之前直接给女孩打过一通电话。她翻了翻笔记，“那罗比·巴罗内就是下一个走访对象了。”

兰斯皱眉，“巴罗内家总给我一种心惊肉跳的不安感，可能我应该一个人过去，或者带上夏普。”

“也许是我应该一个人过去，巴罗内夫人可能更愿意和女性谈话呢。”

“不行。”

摩根的注意力从笔记移到兰斯的侧脸上，“你说什么?”

兰斯靠边停了车，“对不起，我不是想命令你。”

“希望你不是，”摩根冷淡地说道，“你知道我在犯罪调查方面经验丰富吧? 我是挺谨慎小心的，但我也从不懈怠工作。”

兰斯扭过身子面对着她，“我已经到那儿和罗比·巴罗内谈过一次了，那地方给我一种不好的感觉。”

“哪种不好的感觉?”

“好像罗比和巴罗内夫人都怕先生会在我离开前回家一样。”

“也许他们是怕他。”她说道。

“也怕他发现他们在和我谈话。”

摩根思考了这几个选项，“如果她是因为自己的丈夫是个醋坛子才这样紧张的话，那换个女人上门拜访可能会减少摩擦。”摩根在心里回顾了一遍警方的审讯报告。他们在保龄球馆简短地问询过罗比，霍纳没有把他带到局里进行更正式的审讯。显然，警方不认为能从罗比那里得到什么特别重要的信息，足以影响他们现有的口供。

“我们一起去。”兰斯重新开车上路，“你能给夏普发个短信吗？如果我们回不来的话，他至少知道到哪儿去找我们的尸体。”

第二十三章

兰斯开车朝巴罗内家的方向驶去。他还是不想把摩根带过去，但他需要拴住心里这只保护过度的护卫犬。她已经做了六年检查官了，知道应该怎么办事，巴罗内家也不是她走访过的第一家不太友好的证人家庭。

“关于巴罗内家的背景信息我们知道多少？”他问道。

摩根从她的大包里取出一份文件，翻过几页，开始读道：“我给你总结一下，巴罗内一家都没有犯罪记录，罗比，也就是罗伯特·威廉·巴罗内，在六个孩子里排行第二，四个月前刚满十六岁，在生日那天拿到的驾照。他有一个姐姐，四个妹妹，长姐十八岁，最小的妹妹八岁。”

“十年生了六个孩子？”

“我的孩子们还只差两岁呢。”摩根说道。

“但你没有六个孩子啊。”兰斯指出。

“我们谈过想再要一个的。”

“是吗？”他为什么会感到惊讶？她还只有三十三岁，显然也是喜欢孩子的。细想一下，他也是喜欢孩子的，这个事实更是让他恐惧万分。

摩根又翻了一页，“艾薇·梅丽莎·巴罗内，三十六岁，无工作记录。这就有意思了，艾薇没有纽约州的驾照。”

“是因为身体原因吗?”兰斯和她说话时没注意到她身体上有任何明显的损伤。

“她生了六个孩子，身体肯定不会太弱。怀孕分娩对体弱的人来说太勉强了。”摩根的手指扫过纸页，“她去的地方也不多。出生证明、社保登记、结婚证，还有六个孩子的出生证，她身上就这些信息，名下也没有车辆和地产。”

“她没有工作，不开车，又住在离城区很远的地方，巴罗内夫人一定不怎么出门。”

“大女儿已经十八岁了，她也没有驾照。”

“罗比有，”兰斯说道，“虽然他才十六岁。”

“是，而且只有罗比上了红瀑高中，另外五个女儿都是家庭授课。”摩根皱了皱眉，鼻梁上方挤出一道褶皱，一副陷入深思的表情。

“现在家庭授课越来越普遍了。”

“确实。但在这种情况下，感觉更像德韦恩不喜欢让家里的女人和外界接触。”

兰斯赞同她的观点，他脑中想象了一下这个家庭，顿时有些反感。

摩根继续说道：“德韦恩·大卫·巴罗内今年五十岁，他在马克建筑公司工作了二十五年，列出来的职位是监理。房子完全归在他的名下，有线电视和账单也全写的是他的名字。没有贷款。他将这块地充作一个农场经营，产出能化为少量的收入，所有税金都是当期缴付。”

“也就是说德韦恩·巴罗内没什么不对劲的地方咯?”

“没有。”摩根瞥了他一眼，“至少从我们掌握的信息来看是这样。另外，巴罗内家没有人名下有信用卡。”

“那真是反常，”兰斯说道，“巴罗内夫人当时可紧张坏了，要求我在她丈夫回来前赶紧离开。”

“可能是家庭暴力?”摩根建议道。

兰斯点头，“我印象中记得当时她很害怕。”

“没有家庭纠纷、逮捕或是禁令的记录。”摩根说道，“但没人报案并不意味着没有犯罪行为，很多家暴受害者都不敢报警。”

兰斯驶入车道。罗比的丰田车就停在屋子边上。一辆福特烈马越野车停在谷仓投下的阴影里，虽然饱经风霜，依然保养得极好。车篷是敞开的，一个男人弯腰查看着引擎。德牧犬像子弹一样冲了出来，那个人一下站直了身子，从车边退开几步。

不会是罗比的父亲吧。

兰斯估计他有六英尺六英寸高，两百四十磅重，德韦恩中间的名字不应该叫大卫，应该叫“巨石”[①]。他从车边退开几步，姿势放松却又充满防备，十足的军队做派。

“德韦恩的记录里有说过他在军队服役过吗?”兰斯沿着碎石路上的车辙行驶着。

摩根查了查，“没有。”

兰斯把吉普停在那辆烈马边上，走下车来。

“您好。”他说道。

“有什么事吗?”德韦恩一手拿着扭矩扳手，灰色的连体工作服上

---

① 译者注：德韦恩大约高 198 厘米，重 108 公斤。身材魁梧的美国动作明星“巨石（The Rock）强森”名字也叫德韦恩（Dwayne）。

沾着几点油渍，剃成光头的脑门上闪着汗光。他把扳手放进脚边的工具箱里，从衣服后口袋里掏出一块帕子擦了擦手。除却身上在流汗之外，巴罗内先生表现得颇为淡定。

“确实有事。”兰斯从口袋里抽出一张名片。摩根做了自我介绍。

“我是尼克·扎伯罗斯基的代理人。”她说道。

德韦恩和他们一一握手，“你们找我什么事?”

“我有些事想问问您的儿子罗比。”摩根说道。

德韦恩的眼睛怀疑地眯了起来，“为什么?”

“我在逐个走访所有周四晚参加过湖畔派对的孩子。”摩根微笑道。

“他已经和警方说过了。”德韦恩把重心移到脚跟，两条粗壮的手臂交叉在胸前。

“是。”她点点头，“我们知道，但我需要询问每一位涉案人员，证明尼克是清白的。”

“警方似乎认为他有罪。”德韦恩说道。

德韦恩说起“警方”这个词时，兰斯好像听见了一丝不信任?

摩根点头，“他们搞错了。”

兰斯开始用计，“就算可能抓错了人，他们似乎也不怎么在意。”

德韦恩没有回应他这句话，只是近乎微不可查地点了点头，面上闪过一丝恼怒。

“罗比在吗?”摩根的视线飘移到房子那边。

“他在。我猜要是今天我不让你们和他谈的话，你们会申请传票吧?”又一个关于德韦恩·巴罗内的有趣事实——他似乎对法律事务略知一二。

“是，我也没其他选择。我的工作就是尽力为尼克做好辩护工作。”摩根没有提起，如果罗比今天有什么与此案相关的供词，她依然可能会传他上庭作证。

“我去叫他，你们在这儿等着。”德韦恩用显然是命令的口吻要求他们，接着昂首阔步走进屋里。

“我猜他是不会请我们进去坐了。”兰斯说道。他还真想看一眼他们的家庭状态，有机会到他们家里到处逛逛。

“显然不会。”摩根赞同道。

两分钟后，德韦恩拖着罗比回来了。看罗比这副低着头耸着肩的样子，两人大概能够总结出父子俩关系。德韦恩站在男孩身边，一只巨大的手沉沉压在男孩肩头，让他看上去矮了一截。这样做的本意可能是为了安慰他，但罗比似乎被吓到了。

“罗比你好。”摩根介绍了自己和兰斯，“我是尼克的代理人。”

“我知道你是谁。”罗比嘟囔了一声。

“注意礼貌。”德韦恩收紧了手指，罗比的脸上闪过一丝畏缩，须臾又恢复平静。

“我需要问你几个问题。”摩根说道。

罗比抬起头看她，眼中全无骄傲自大的气焰，只有挫败和羞耻的神色，“好的，女士。”

“你什么时候到派对上的?”她从一些常规的事实开始，为接下来的问题热热身。罗比的回答和其他人的口供都对上了。

“说说雅各布和尼克之间发生了什么吧。”摩根歪了歪脑袋。要不是德韦恩在这儿吓他儿子，凭她温柔的声音和举止早就能劝罗比开口了。

但德韦恩在这儿，铁砧一般大小的手掌一直提醒着罗比他之前的嘱咐。

“我不知道。”罗比的眼神飘到他左脚的球鞋上。

他知道的可多了。

“你看过视频，对吗?”摩根提示他。她很聪明，没有告诉德韦恩给兰斯看那个视频的人就是罗比。

“嗯，”罗比承认了，“雅各布和尼克打了一架。”说到雅各布时，他的声音骤然尖锐起来。

“但你不知道这场争执的原因是吗?”摩根问道。

“不知道。”罗比摇头，有意回避了眼神接触，“我离得不是很近，听不见。”

说谎。

罗比的裤子应该要着火了[①]。

“那场争执之后你有再见到尼克和特莎吗?”摩根问道。

德韦恩的手指动了动，尽管动作幅度很小，但兰斯还是注意到了男孩稍稍畏缩了一下。

“没有。”罗比紧绷着下巴，眼睛因泪水而湿润起来。

摩根又试着问了几个问题，但罗比拒不承认他知道任何其他信息，例如什么时候谁离开了派对，还有特莎生前谁是最后一个看见她的人。

“其他我没什么好说的了。”男孩抬起头来。有那么几秒，他的视线中燃烧着愤怒。

“谢谢你，罗比。非常感谢你的努力配合。”摩根对男孩露出一个善解人意的微笑。

罗比轻点了一下头表示感谢。

---

① 译者注：出自英国童谣的其中一句“说谎说谎，裤衩烧光（liar liar，pants in fire）”，常为儿童戏言讽刺说谎的人，形容谎话滔天。

木门甩在木质门框的声音如枪响一般聒噪。所有人都转头朝房子的方向看去。两个苗条的红发女孩扛着篮子往晾衣绳的方向走去。她们都穿着过膝的棉质长裙，毫无样式可言，和那天兰斯过来拜访时她们母亲穿的那件款式一样。

“回屋去。”德韦恩冲她们吼道。

她们停顿了半秒，睁大了眼睛，接着便转身疾奔进屋。那个年纪稍小的女孩篮子里还有几件湿衣服落在了地上。

摩根冲德韦恩皱了皱眉，接着很快勾起唇角，强迫自己露出一个不太自然的微笑，“非常感谢您的合作，巴罗内先生。”

德韦恩点头，眼神十分锐利。

回吉普车的路上，兰斯感觉德韦恩的视线一直紧盯着他的背影。

他坐进驾驶座，关上车门，启动引擎，“那些女孩多大了?”

“一个十二岁左右，一个十四岁左右。”摩根系上了安全带，“她们很怕德韦恩。”

“我觉得这个家里每个人都怕他。”兰斯转动方向盘，把车开上主干道，离开了农场。他的手指紧抓着方向盘。罗比不是个守规矩的孩子，但他父亲也不该那样对他。

“不过是我们来访的时候女孩们跑出来了，他为什么反应那么大?”摩根问道。

“不知道，但我觉得我们应该查一查原因。”

“父子间几乎看不到什么亲情。”摩根转过头去，透过后窗瞥了眼那座农舍。“我们见到的那些孩子很像她们的母亲，那么弱小纤细……”她的声音渐渐低下去。

“德韦恩看起来却像一个退休的摔跤明星。”兰斯打断了她的思考，“德韦恩肯定对儿子挺失望的。他只生了一个儿子，却是个九十八磅[1]、手无缚鸡之力的小子。”

“德韦恩是个霸道的人。”摩根说。

“他多大来着?”兰斯问道。

“五十。”

“而艾薇只有三十六?”

“是的。”

“他们结婚时女方多大?”

“噢，肯定很年轻。”摩根划了划她的手机屏幕，“他们结婚时她才十七岁，德韦恩那时三十一岁。”摩根抬起头来。

“你十七岁时对三十一岁的男人是什么看法?”兰斯问道。

“我十七岁时觉得二十五岁以上的男人都很恶心。”摩根说道。

兰斯在停车标志前右转，“艾薇不止婚结得很早，还在一年之内怀了孩子。”

“我不知道应该怎么考虑这个问题。”摩根用指尖点了点下唇，“也不知道这和特莎的死有什么关联。我想知道特莎认不认识德韦恩。”

“我和巴罗内夫人谈话的时候，她说特莎和她最大的女儿同岁。”

“不知道特莎有没有去过那间农场。”

兰斯说道：“我看德韦恩不像是会同意同学聚会的那种人，但我觉得如果活动是在那间农场里进行的话，他肯定会同意的。”

“是的。”摩根皱眉，“那两个女孩显然很害怕，这点是让我有些反感，但我还是不清楚这和特莎的谋杀案能有什么关联。”

“我也不知道。我会让我妈再深入调查一下巴罗内家。罗比刚才

---

① 译者注：约89斤。

说起雅各布的名字，忽然咬牙切齿的，你怎么看?”

“他不喜欢雅各布，这是肯定的。”摩根说道。

兰斯失望地伸手抹了一把脸，“你知道吗，要是没人撒谎，这整个调查过程就轻松多了。”

第二十四章

兰斯驾车离开巴罗内农场，摩根放下她的手机，这时已是下午四点。这一天时间都去哪儿了？他们进展如此缓慢。她需要重新部署，回到起点，重新审视这场罪案。

“在天黑前我们再去一趟犯罪现场吧，”她说，“你带相机了吗？”

“在手套箱里面。”兰斯抬起手臂。

摩根把相机拿了出来。尽管警察已经拍过凶案现场的照片了，但他们看这个案子的角度完全不同，之前在奥尔巴尼县地检官手下处理谋杀案的时候，她也每次都会去犯罪现场看看，让自己有身临其境的感受。照片和图表不足以在视觉上还原出凶案的发生过程。她好几次都发现凶手会记错一些凶案的细节，从而供出虚假的信息。

兰斯驱车上路，在下一个路口左转。

摩根在他开车去湖边的路上回顾了一遍有关案发现场的笔记。车子驶上了他们发现特莎尸体那晚经过的泥泞小道，停在距离空地稍远的地方。

刚一下车，摩根的胃顿时拧了起来。枯叶在脚下的脆响，松枝和湖水的气味，微风扰动头顶树枝的簌簌轻响，每一处感官都让她回想起发现特莎尸体那晚的记忆。

她在那天夜里亲眼见过女孩的尸体，只是黑暗掩藏了许多细节。而警方和尸检照片则放大了特莎尸体上的每一点血斑、每一块泥土的污渍、每一道或深或浅的伤口和擦痕。现在摩根在记忆中又加上了那些新细节。

摩根忽然浑身一颤，感觉有一道视线落在她的背心。是她的想象吗？她环视周遭的森林，树林茂密幽深，即使是在傍晚日光的普照下，这片林子还是阴翳重重。

“你还好吧？”兰斯走到她身边。

“嗯。”摩根摇摇头，甩去恐惧的念头，“等等。”她打开手提包，拿出一双备用平底鞋换上，接着把高跟鞋留在了吉普车上。

“你包里什么都有吗？”兰斯按下车钥匙上的按钮，车门“哔”的一声锁上。

“有备无患。”摩根几步跟上他。

强烈的被监视感再一次席卷而来，她颈后的汗毛都竖了起来，直觉本能尖叫着寻求她的注意。她停下脚步仔细审视那片树林。

“你确定没事吗？”兰斯问道。

她压低声音说道：“我觉得这儿还有别人。”

“这地方也让我觉得有点毛骨悚然。”他顺着她的视线看过去。

“可能因为我们知道这儿发生过什么，所以才会紧张。”她往前走着，“可能是我太神经质了。我十岁的时候，我们全家曾经去过卡茨基尔露营旅行。我发现了几只小鹿，于是跟着离开了营地，等回过神来已经迷路了，他们直到早上才找到我。”

“你一个人在树林里待了一晚？”

“是的。”摩根往空地上走去，“之后我对树林和黑暗就再没有过什么好感了。”

“发现特莎尸体之后你肯定更加不可能有所改观了。”

他们走上土坡，在空地的边缘停下。日光照耀下，这本来是个美丽的地方，但摩根却无暇欣赏阳光洒在红铜色叶片上的景致，她的眼睛只是紧盯着那几片阴影。

空地上干净平旷，除了篝火坑里还有烧焦的木炭外，别无他物。法医小队把垃圾都作为证物收集走了。

兰斯走近了些，他的身体也紧绷着，摩根知道他也同样感觉到了。虽然她不想承认，但确实是因为他在这儿，她才能坚持着走到空地上来。

“我从空地这儿开始，然后我们一路察看到发现尸体的地方。”兰斯开始照相。

摩根从包里拿出笔记本开始速记，她研究了一下这块空地还有周围的森林，“那时她的车停在那儿。”

那辆雅阁现在正停在警局的扣押车库里。他们还在副驾座上发现了特莎的手提包。

她在草稿上又加了几点细节，“尼克说他走的时候，特莎还坐在自己的车里。”

摩根走到那辆本田车之前停靠的位置。她脑中浮现出特莎生前最后的几个时刻，一阵恐惧从她的腹中滑过，留下冰冷空荡的感觉，“她正坐在自己的车上哭着。她给费莉希蒂发短信，告诉这位挚友她和尼克分手了，接着给爱默生家打了电话，想和雅各布谈谈。”

“但爱默生先生接了电话。”兰斯放下相机。

“他是这么说的。如果不是呢？如果是雅各布接的呢？”

“如果特莎告诉雅各布她怀孕了呢？”兰斯说道，“然后他开车回到了空地上。”

“警方没有取雅各布的DNA样本，他们一开始就锁定了尼克。警方传讯雅各布的时候，还不知道尼克不是特莎肚子里孩子的父亲。他们认为那个人就是尼克。他们都没意识到要找的是两个不同的男人。加上雅各布的父亲是个律师，他也不会允许他们这样做，他知道取DNA意味着什么，肯定会要求他们出示许可的。”

“强制雅各布进行DNA测试的可能性大吗？”兰斯问道。

“在没有任何新证据的情况下吗？希望非常渺茫。爱默生先生肯定会反对的。另外，雅各布和特莎上一次约会还是五个月前，她怀孕才八周，根本毫无依据。”

“我看过雅各布和尼克打架的场面，”兰斯说道，“雅各布看见特莎和尼克在一起，非常生气。他俩夏天那会儿说不定在一起了一小段时间呢？”

摩根不愿意想象特莎和尼克在一起的时候还会出轨雅各布，但兰斯的推断确实有可能。她不能因为自己和特莎或尼克交好而影响调查。特莎确实背着尼克出轨了，只是对象是谁呢？

“仅仅凭我们的预感，法院是不会下达指令的。我们需要掌握证据，证明雅各布和特莎……”摩根往回推了下时间，“在七月中到七月末有过接触。”

“或是能证明她七月在和其他人约会的证据。”兰斯问道。

她在手机里做了个笔记，“我需要审一遍特莎整个夏天的通讯记录。”

警方只关注了她生前近几个星期的活动。即使在得知她怀孕之后，霍纳也仍然没怎么追究孩子的父亲是谁。

兰斯看着那片湖泊皱了皱眉，“既然其他人都走了，只有特莎一个人在车上，她为什么要下来呢?”

“我能想到几个原因。”摩根转了一圈，环视森林，“她在生祖父母的气，不想回家，所以想到处走走，散散心。”

“或者有人来了。”

“这个人她认识。如果像我们猜测的，雅各布是孩子的父亲，爱默生先生谎称自己接了电话，实际她是和雅各布说了话，那这个过来的人可能就是雅各布。”摩根肯定不会在黑暗中独自下车，但她毕竟不是一个怀孕受惊的青少年。

“不过是搞大了她的肚子而已，他真的有必要杀了她吗?他们家那么有钱，这又不是1950年。”

“从某种角度来说，社会压力并没有太多改善，不像你想象的那样宽容。特莎当时肯定很绝望，她高中都还没毕业。她的祖父母也都是很守旧的人，一旦背上少女妈妈的污名，她肯定会被其他人排挤。”摩根回想她上高中时那些怀孕的女孩们，全部都辍学离校，因为无法忍受受人排挤的生活。

“这么早，她完全可以做人工流产，或者把孩子寄养给别人。”兰斯说道。

“确实。不过她刚知道怀孕时肯定吓坏了。”摩根想到特莎当时独自在个人危机中煎熬，不由感到心痛。她的祖母太过老派，根本不能成为她倾诉秘密的对象。

“有没有可能是她威胁了孩子的父亲?”兰斯说道。

“如果亲子鉴定证明雅各布是孩子父亲，这会怎样影响他申请法学院的计划呢?”

“似乎也不足以构成杀她的动机吧，”兰斯说道，“法律上来说，雅各布顶多需要在经济上支持她。没人能强迫他养孩子，他家里完全可以出得起这笔钱。”

“这是你我达成重大决定时会用的方式，但我们在谈的是两个青少年。特莎显然是会做冒险行为的人。”

“比如不安全性行为，”兰斯说道，“除了尼克之外，她至少还和另一个人发生了关系。”

“正是。另外他们都承认喝了啤酒。雅各布说他喝了几杯，事实可能不止。”摩根补了一句。

“即使那样，我们也不能确定特莎是因为怀孕才被杀的，我们也没有证据证明她和别人说过这事。”兰斯朝着空地另一头又拍了几张照片，“警方一直对媒体隐瞒这个消息，没人说起过，爱默生一家也对此只字不提。”

“如果她告诉孩子的父亲这个消息，那个人因此杀了她，那么他肯定不会愿意承认知情。”摩根穿过空地，走到兽道口，“她下了车，他们发生了争吵，特莎逃走了，那个男人在后面穷追不舍。”

特莎那晚是怎样的心情？独自在一片黑暗之中。

兰斯又抓拍了几张本田车之前停过的位置，接着跟上摩根走过那条小径，来到湖边。被践踏过的香蒲丛和现场封条的碎片散在特莎尸体被发现的地方。

除了孱弱肮脏的黄色封条之外，湖畔只有几只泰迪熊、便签笔记和花束摆出的小型纪念仪式，提示着一位年轻女性曾在这里惨遭杀害。

摩根望着特莎之前陈尸的那片茂密芦苇丛，忽然感到一阵凉意侵袭而来。沐浴在充满安全感的日光之下，身旁还有兰斯的陪伴，可她却几乎抑制不住想窜逃的冲动，“这里的泥土太湿了，留不下脚印。任何印记都会马上被填平。”

“警方在岸边也没发现任何脚印。土壤里含了太多沙子，而且空地上的轮胎印和脚印太多了。”

“警方也无从得知这些人是在派对前还是派对结束之后过来的。”

“她为什么要往这个方向跑?”摩根往湖边走去。她经过芦苇丛中豁开的那条路，走向特莎尸体被发现的地方，泥土吸附着她的鞋底，“另一边通往公共停车场、瞭望台，那边还有几张野餐桌。”

兰斯跟着她，“晚上那个时候，那边应该没人能帮她。她吓坏了，所以开始盲目地逃亡。”

但特莎几乎没有逃出空地。摩根凝视着湖面，她身体里每一处组织都清楚知道，就在沼泽的这个位置，一个年轻的女孩被残忍地杀害了。特莎的血从身体里流出来，渗进泥土里。她那时醒着吗？她知道自己会死吗？

独自在黑暗中死去。

两人沉默了几分钟。一阵微风拂过芦苇荡，苇草沉重的脑袋在风中摇曳。

“啪嚓”，树枝断裂的声响让两人都惊跳起来。兰斯转身寻找声音的源头，伸出结实的手臂搂住摩根，将她护到自己身后。

“是什么?”摩根靠在他身后四处窥看，颈后汗毛竖立，她轻声问，“是鹿吗?”

“我觉得不是。”兰斯的视线扫过树丛，他和摩根往后退回小径，“这儿还有其他人。”

第二十五章

兰斯下意识伸手去摸裤袋中的克罗格手枪。

声响是从树林更深处传来的。

“我们回吉普车上。”他领着摩根走上回空地的小路，身体始终挡在她和声音的源头中间。

刚下车时他就应该听从自己的直觉，但他那时以为他们是被现场本身吓住了。

该死，可能现在也是这种情况。

摩根指向那个临时的悼念场地，“看起来很多其他人都来过这里。可能只是来凭吊的人，或是想满足好奇的人。”

“你说得对，肯定是这样。”兰斯说道。这个人会是杰米·刘易斯吗？她也去了派对，也没人知道她是怎么去的。有没有可能她就在这儿，藏在树林里？

“我们应该报警吗？”摩根在走回空地的路上忽然问道。两人走出草丛，转身往他们停吉普车的泥草地那边走去。

“之后怎么说呢？我们在树林里听到树枝断掉的声音？”兰斯让摩根走在前面，回头瞥了一眼。他看不到任何人，但该死，他能感觉到有人在背后盯着他。

“话是没错，”摩根说道，“但我们需要知道是谁在犯罪现场附近徘徊。”

“你说得对。”他带着她往吉普车那边走，“我们先让在这儿的人以为我们走了，可能他们就会现身。”

他们回到吉普车上，兰斯把车掉了个头开回主干道上。车轮滚过人行道，兰斯朝着湖岸边公共游憩场所驶去。他在砂砾停车场上停下车，眼前是小型沙滩和湖泊。沙滩的一侧是瞭望台和狭窄的码头，一直延伸到水边；另一侧的树荫下散着几张野餐桌。他从控制台里拿出望远镜。

“我们要偷偷接近躲在这里的人吗?”她问道。

“是的。”他把望远镜递给摩根，“首先，我们先盯着树林里的情况，看看我们一走是不是能把藏在这里的人引出来。”

他们一边观察一边等待。兰斯用相机巡视着树林，摩根拿着望远镜。十五分钟后，除了一只松鼠，再没有体型更大的东西移动过。兰斯放下相机，“我一个人影都没看见，可能这里就是没有人吧。我们有那么神经质吗?”

“反正我是可能的。”摩根打开车门，手里仍举着望远镜，“我们从这边再看一眼空地。”

他们下了车，走到沙滩上，经过野餐桌和瞭望台。人造沙滩宽一百英尺，沙滩末端的湖岸线又是一片泥土地，芦苇和香蒲丛逐渐延伸进森林之中。

“是那条路。”摩根伸手一指，低声说道。

一条崎岖的行道通向林中，两人穿过森林去往空地。一路上，兰斯用锐利的目光警惕观察着，但并没有看见任何人。

"比我记忆中要近得多。"摩根在空地边缘停下脚步。

"青少年不会选在公共场所聚会，泥泞的小道和树林里的公园更安全一些，警察需要费尽心思才能找到他们。"

"有些事从未变过，"他们转身时摩根忽然说了一句，她站在沙滩上，又举起望远镜，扫视了一眼湖岸线，指了指对岸的树林，"你有没有看见一个黑色的东西在闪?"

兰斯顺着她指的位置看过去，也发现树林里还有另一条路，"看到了。"

"我们怎么过去那里?"

"湖周围肯定到处都是兽道。"

摩根往前走了几步，"警方只关注空地和周边的林地，我没看见任何关于湖对岸的陈述或照片。"

"也没什么理由调查那边，尸体位置已经确定，也就锁定了现场。"

"而且他们马上就确定了一名嫌疑人。"摩根补了一句。

他们在河岸边发现一条曲折的小道。二十分钟后，他们便站在了河对岸，双眼紧盯着一个临时的营地。这个黑色的双人帐篷搭在几株松树之间，石头围起一个小圈，中间盛满了灰烬，一缕细烟从中间飘升上来，像是个才烧过火的坑陷。兰斯看了看帐篷里头，有一只睡袋，制冷装置，还有一个装电池的台灯，里面布置得颇为舒适。睡袋旁边的角落堆着一小把铲子，一只背包，还有一个箱子。

"有人在这儿宿营，"摩根说道，"你能看到背包里有什么吗?"

兰斯轻轻把背包的盖面掀起来。他看见包里有一条牛仔裤，几条汗衫还有一件冬天的大衣，"都是衣服。"

"女式的还是男式的?"

“难说。”兰斯移了移包，看看里面还有什么东西。衣服看起来很大，但杰米·刘易斯长得也很高，而且他见她在大部分照片里都穿得很宽松随意，“还有火柴和尼龙绳。”

“让我看看，可能我能认出牌子。”摩根凑过去看那个背包。

树林里忽然传来一声枪响，兰斯扑过去将摩根带倒在地，用身体护住她。他的心急促跳动着，脉搏在耳中回响，像摇滚演唱会上贝斯的低音一般掩去一切其他声响。

“有人朝我们开枪了吗?”她在他身下问道，声音里充满不可置信的意味。“有没有可能是爆竹炸响了?”

“是枪声。”兰斯从不会把枪声和其他声响混淆。他抽出手枪，巡视着狭小的营地，但没有看见可以回击的目标。一个帐篷提供不了太多掩护，他注意到一棵倒下的树，“你能匍匐前进吗?”

“可以。”

兰斯把她推向那棵覆满苔藓的木头，“到后面去。”

半腐朽的木头虽然也不够隐蔽，但躲在后面总比完全暴露在外面要好。摩根把裙子卷到大腿边，用标准的军队爬行姿势迂回前进。

手动栓式来复枪喀啦声响起，犹如警报一般，让兰斯的后颈也寒毛耸立。又一枪“砰”的一声打进他左侧十英尺的树上。摩根加快了动作，兰斯一边跟上，一边用更为高大的身躯替她挡住子弹的来源。显然比起自己，他更担心她的安危。不到两分钟之后，他将她护在木头和自己的身体中间，把手机从口袋里抽出来，拨了911，报警说有人开枪。

他挂断电话，低声对摩根耳语道：“警方至少还要十分钟才能到现场，之后还要到树林里来寻找我们。”

“谁知道他们来了之后这个枪手又会怎么办呢?”摩根抬起头，离开地面一寸左右，“我们应该转移。”

要是枪手决定绕一圈从后面攻过来，他们就只能坐以待毙了。落叶被践踏出啪嚓的声响，声音越来越大，好像枪手正在逼近。

“走。”兰斯把她往前一推。

摩根往前爬着。两人到了橡树边上的安全地带，在粗壮的树干后面站起身来。又一颗子弹嗖的一声打进边上的一棵树，树皮的碎屑飘飞在空气里。

“他知道我们的行动，”摩根说道，她把背靠在树干上，“他为什么不攻击我们?”

“要么他射得不准，要么就是他不想攻击我们。”兰斯打赌，应该是后者。这人每一枪的距离似乎都是一样的。

“为什么要对我们开枪?”兰斯大声喊道。

“离我的营地远点!”一个男声吼道。

“我们只是想和你谈谈。”兰斯一边回应，一边想确认枪手的位置。

喀啦喀啦。又一颗子弹击中边上那棵树，与上一枪的位置几乎相同。这个枪手射击的位置非常精确。

他是想赶走他们还是阻止他们?

“你们是贼!”那男人吼道，“你们是来抢我的财宝的。”

财宝?

“我来试试，”摩根张口清了清嗓子，大声道，“如果你现在停止射击，我们马上就会离开，我们是无意中发现了你的帐篷，对你并没有恶意。”

“让我一个人静静吧。”那人的声音从愤怒转为忧伤。

摩根皱了皱眉，“我们能理解，抱歉打扰你了。”

一种怪异的沉默持续了几秒，接着传来心碎的啜泣声。

“我们没有武器，也不想拿你的东西。”摩根说道。她的声音镇静而不乏同情。

但那位枪手的叫喊却起伏不定：“她死了。她死了。死了，死了，死了。”

兰斯和摩根对视了一秒，眼中都是一副“啊哦，难办了”的神色。这位持枪的露营者之前还保有一点理智，现在已经渐渐失控了。

“继续说，”兰斯小声道，“你转移他的注意力，我试着绕到他后面去。”

摩根点头，提高声音问道：“谁死了?”

“那个女孩，那么美，那么年轻。现在谁都帮不了她了。”那人的声音因愤怒而拔高。

“你看见了是谁杀了她吗?”摩根问道。

“那么多血。”啜泣声戛然而止，那人的声音骤然变得单调，令人不安。“到处都是。”

兰斯放轻脚步，避开碎石，每一步都落在坚实的泥土地上，他溜到一棵树后面，接着又转移到另一棵，小心翼翼地一步步在树林中穿梭。

“我想和你谈谈，”摩根说道，“可以吗?”

“不，不谈!”那个枪手咆哮道，“让我一个人静静吧，我想一个人待着，我一个人待着就不会伤到任何人。”

兰斯绕着树干缓慢移动着，他第一次得以窥见枪手的样子。那是一个穿着沙漠迷彩服的男人，背靠着树坐着。腿上放着一把手动栓式来复猎枪。他脸上还有几道泥土伪装，一双眼被泥土衬得发白，透出疯狂的神色。眼圈乌青深重，看上去就像一具尸体。泥土之下的颧骨在枯瘦的脸上显出鲜明的轮廓。

他伸手一抹脸，脸上混杂着困惑与绝望的表情，令人心碎。泪水如溪流一般从眼中涓涓流到下巴。

“抱歉，”摩根喊道，“如果你保证不开枪，我们现在就离开，不会再来打扰你。”

“走！”他尖叫着，开始用头撞着背后的树干。

汽笛的轻微鸣响透过空气传了过来。糟了！他们为什么不能低调点过来？摩根本来应该可以说服这个男人的。现在这肯定没有可能了。

汽笛声骤然停止，但为时已晚。枪手眼中闪着恐惧的光。他跳起身来，慌张地摸索着，来复枪掉在地上。他爬过去捡枪。兰斯趁着这半秒机会举枪扑了过去，制住男人的腹部。两人四肢交缠着倒在地上打滚。兰斯一脚将来复枪踢走。

尽管兰斯想到了这人会赤手空拳和他对打，在枪手转换到肉搏模式的时候他还是不免震惊。枪手的动作如教科书般标准，下意识地一翻身便将兰斯甩了下去。兰斯仰面摔倒，一只前臂随即抵上他的喉咙将他按在地上。

兰斯呼呼喘着气，眼冒金星。他双手抓住枪手的前臂，猛然跃起破坏了那人的平衡，绊住他的脚又翻身压在了他肩上，两人的位置瞬间颠倒。

枪手看上去营养不良，颤颤巍巍，一旦最初的肾上腺素降下去，马上力气就减下来了，他也只能在兰斯身下踢蹬挣扎，眼里染上绝望的光，睁大的瞳孔里闪着恐慌和迷惑。男人显然是有某种精神疾病。

但精神不正常也意味着危险。虽然兰斯同情他，他还是需要限制这个人的行动，这样才能保证摩根的安全。

“别动!”摩根大叫,“否则我就开枪了。”

兰斯停下了动作,枪手也一样放弃了挣扎。

在距离两人不到十尺的地方,摩根自如地举着来复枪,瞄准着枪手,“别轻举妄动,我枪法很准的。”

兰斯把枪手翻过身来,把两条手臂扭到他腰后,单膝压制住他,“你有看到什么可以绑住他的东西吗?”

“你控制住他了吗?”

“控制住了。”

“这里。”摩根弯下腰,在枪手的背包中搜寻一番,提出一条尼龙绳。

兰斯将枪手的双手绑在一起在腕上系紧,再把他转过来,拖着他坐下。他激动地开始前后挣扎,拒绝和两人眼神接触,只是紧盯着自己的靴子。

汽笛的嘟嘟声更响了。车门开关的声响随之传了过来。

“这儿,”兰斯喊道,“已经控制住情况了。”

灌木丛里传出人经过的沙沙声。卡尔·雷普顿和另一个穿制服的人从树林里冲了出来,手上都握着武器。兰斯没认出第二位警员。是新来的吗?

“女士,请放下来复枪。你们俩都双手交叉放在脑后。”二号警员举起手枪对着摩根命令道。

她听话照做,卡尔取走了她手上的武器。

“跪下!”二号警员冲兰斯吼道。

“我认识他们,”卡尔说道,“这事儿你别管了。”他转身面对兰斯,“发生什么事了?”

兰斯向他解释起来,手上依然钳制着地上已经相当柔弱的男人,

“他一直说着奇怪的话，有个女孩死了，还有血什么的。这个小营地是他的。”

“把他带到车后座吧。”卡尔指指他的同伴。

“他需要洗个澡。”二号警员给枪手戴上手铐，把他从地上拉起来的时候脸皱了一下。

他制住男人让卡尔搜身。卡尔把迷彩男的口袋都搜了一遍，把翻出的一把折叠刀，一些零钱，还有钱包全丢在地上。他打开钱包扫了一眼，“他的名字叫迪恩·沃斯。”卡尔转身面对那个男人，“迪恩？要不要交代一下为什么向这些人开枪？”

“那女孩死了，都是我的错。”迪恩盯着他的靴子，“他们会过来抓我。”

“谁会过来抓你？”卡尔温和地问道。

迪恩抬起头来，因恐惧而睁大的双眼扫过他们，“你们不能把我关起来！他们会找到我的！他们会杀了我的！我得跑，我得藏起来。”

“没事。我们不会让任何人把你带走。”卡尔说道。

但迪恩不相信。他扭过身想挣脱那名警员的钳制，卡尔抓住他对面的那只手臂，迪恩一下怒了，但他双手被束缚着，身体状况也很虚弱，无法激烈反抗。卡尔和二号警员稳稳地钳住他，直到他停止挣扎，颤颤巍巍地安静站着，看起来孱弱又可怜。

“把他带走吧。”卡尔和第二位警员带着迪恩回到大路上。几分钟后，卡尔又转了回来，“他在去监狱的路上了，不过我估计等会儿他们会把他送到精神病院去。根本不用专家来看也知道他精神不稳定。”

“那个生面孔是谁？”兰斯问道。

“新手。”卡尔点点头，“第三天上班。他很有工作热情。刚才是他鸣笛了，抱歉。”

“我还记得之前那些日子，”兰斯说道，“开始我们都这样充满热情。”

兰斯和摩根给卡尔录了口供，特别强调了迪恩突然说出女孩死了和血的那部分。

摩根把泥土和枯叶从裙摆上拂去，她的衬衫上也沾了泥土和汗渍，脸色苍白，声音微颤，腿上交错着划痕。

卡尔点头，“我会打给法医队，让他们来营地检查一遍。布洛迪也在路上了，他想和你们两个谈一谈。”

“谢谢。”她说道。

摩根和兰斯退到一边，让卡尔保存现场。摩根自己也拍了一些照片，她不是不相信警方，只是……他们如此确定已经抓到了真凶，她想确保不会“落下”新的证据。

布洛迪在法医车之前赶到。他草草看过一遍营地，接着便与摩根和兰斯谈起话来。兰斯又简明扼要地复述了一遍事情经过。

布洛迪“啪”的一下关上他的笔记本，“有其他问题我会通知你们的。”

“迪恩·沃斯显然和帕尔默那起谋杀案有关。”摩根说道。

布洛迪心不在焉地略点了头，“我马上会试着审讯迪恩，但从你们和卡尔所说的来看，他的精神很可能不太稳定，无法给出理性的口供。这样的话，我们还是要等精神评估结果出来，再看看法医小队那边有什么发现。”

“我们能走了吗？”兰斯问道。

“可以。”布洛迪说道。

“如果发现任何与帕尔默案子有关联的事情，你会联系我们的，对吧？”兰斯问道。

“我会把你的要求传达给霍纳局长的。”布洛迪皱了皱眉，转身离开。

该死，这是什么意思？

卡尔在用犯罪现场封条把营地隔开，然后领着兰斯和摩根到封条外边。

这就是你改变阵营的后果。兰斯不再是他们中的一员了。而既然他已经加入了摩根的队伍，他很有可能已经被永久排除出这个圈子了。

但如果他当时拒绝了她的请求，她就会独自过来察看现场，可能就会丧命。

摩根和兰斯走回沙滩上。夕阳徘徊在树顶，在湖面上洒下一片金色的斜晖。兰斯拿出手机看了一眼时间。六点半，“还有半小时太阳就要落山了。今天的工作应该差不多了吧。你可以在办公室清理一下再回家。”他看着她腿上的擦伤说道。

“好主意。”她掸着小腿上那道泥痕。

“你还好吧？”他问摩根。

“嗯。我刚才只是不太能信任红瀑警局。”

“霍纳局长是个麻烦精没错，但布洛迪是个好警察。你可以信任他。”

“希望如此。”她从裙子上拔出一根松针。

“我会打给我妈，让她把迪恩也加进背景调查的清单里。她肯定能挖出很多这个人的信息。”

摩根说道：“从迪恩那些胡言乱语来看，我相信要么是他杀了特莎，要么他肯定看到了凶手。”

第二十六章

兰斯把吉普车开到夏普事务所门前，停在了摩根那辆小货车后边，她马上下了车，绕到小货车边，从后备箱拿出一个健身袋，腿上的擦伤还在隐隐作痛。夕阳已经落下，黄昏降临在宁静的街道上。两人经过散步道，走上前门台阶，进了那栋双层公寓。

兰斯打开前门，“没想到你还会去健身房。”

“两个月前才开始的。我买了两周试用会员，去过两次，之后这个健身包就一直放在那儿了。”摩根跟着他进了办公室。

“夏普肯定出去了。”兰斯把门关好上了锁。

“很明显，你们经常出外勤。”摩根扫了一眼他身上层层结实的肌肉。

他耸耸肩，“我的理疗训练强度很大。”

“训练有帮你恢复吗?”

“嗯。对于释放内啡肽和减压也有好处。”

“这也是我买试用会员的初衷。”摩根总是借口孩子占据太多时间，但实际上只是没有动力锻炼。

或是做其他任何事情。

兰斯将她带回厨房，从橱柜里拿出急救箱，“坐下。”

“我可以自己处理伤口。”她抗议道。

“好。”他把箱子放在桌上，走到冰箱前取出冰水，拿了一瓶放在她面前，接着退到这个狭小房间的另一侧，靠在橱柜上看着她。

摩根坐了下来，弯下腰察看自己的膝盖。腿部的擦伤伤口上还有结块的血与泥。她把杀菌药喷在一块纱布上，开始擦拭伤口。泥土比血液还要多。她小腿外侧稍浅的几道划痕已经开始结痂，但脚踝上还有一道较深的擦伤渗着血，泛着鲜红的颜色。她轻拍那道伤口，表情因刺痛而瑟缩。纱布勾住了什么东西，有几个稍大的碎屑扎进了她的皮肤，肯定是兰斯把她推到那根木头后面时扎上的，当然，她并不是在抱怨。他可是用身体替她挡住了一个无差别伤人的枪手。

那时她还保持着镇定，可现在安全之后，她脑中重忆起这场事件，双手却不由颤抖起来。她屈了屈指节让双手重归稳定，甩去脑中的记忆，专注清理脚踝的伤口。每次独自在家时，她都很容易脆弱崩溃。她想看得更清楚一些，但要把脚踝提近一些，她就得把自己的裙子拉到大腿上。

一想到要这样做……

她的视线跳转到兰斯身上。那人正依靠着柜台，结实的手臂交叉搭在更为结实的胸肌前。他不是那种会融入背景的男人。他的身材——和性格——占据了太多空间，以至于同处一室的时候，她的目光总是被他吸引。

他和约翰是那么不同。她的丈夫有着高瘦的身材和深色头发，性格平易近人。而兰斯则有着一头金发，身材结实，肌肉丰满，性格认真热情。

非常热情。

她眨了眨眼，移开了视线。

她到底出什么问题了？肯定是枪击事件留下的后遗症，以致她现在心乱如麻。

“箱子里有镊子吗?”她问道。

她想在回家前清理干净泥血，不要吓着了她的几个女儿，她们不需要知道她曾经身处险境。

“我看看。”他放下自己那瓶水，走到厨房那一头去。

不过他并没有到药箱里翻找，而是坐在了她边上，把她的腿架在自己的大腿上，让她侧坐在椅子上。

“啊。”她惊叫出声。他的腿比她的要粗两圈，还比她结实十倍。

“我帮你取出来可能更方便一些。”兰斯从药箱里拿出镊子，弯下腰查看她的腿。

“我行的，我自己能取出来。”她声音中有一丝颤抖，让这番自信的话语显得有些心虚。

他抬起头，两人目光相撞，胶着了漫长的一秒。复杂的情绪让他眼中的蓝色更显深沉：愤怒，担忧。

热切。

她颤抖了一下。

“让我帮帮你，好吗?”兰斯的手指包裹住她小腿敏感的肌肤，“今天遇上的那场枪击案让我有些后怕。”

“好。”摩根坐了回去，拿起瓶子咽了一口冰水，“谢谢你所做的一切。”

镊子在她脚踝上晃来晃去，“不用谢。”兰斯钳出一片碎屑。

“我是认真的。只要想到今天发生的事，我就由衷感谢你。”还有原本可能会发生的事。她眼中含泪，眼眶微热，“女儿们只有我这一个依靠了。”

兰斯握住她脚上的手也紧了紧，“我知道，我也一直想着这件事。”

这个男人已经失去了整个职业生涯，还因为枪伤疗养了整整十个月，竟然还在担心自己和孩子们。摩根胸中涌起一阵暖意。

“如果那时我是独自一人，我不知道自己会怎么做。”摩根喉头一哽。

“你不会是一个人，你肯定会另雇一个调查员。”

“陌生人怎么会愿意用身体护着我。你却这样做了。谢谢你。”

“不用谢。”他清了清嗓子，又钳住一片木屑，轻柔地将它拔出来，“你当时在那儿表现得很镇定。”

他又拔了一片出来，摩根尽力想忽视那双大手握在脚踝敏感肌肤上的热度……这种热度似乎在她的腹部一点一滴累积起来。

“还有一片，”他说道，“这片挺大的，抓紧了。”

她抱着自己，让他把最后一片拔出来，“啊！”

兰斯把纱布片垫在她脚下，接住落下的水珠，接着在她脚踝上倒了一些杀菌药。

尖锐的刺痛让摩根缩了一下，“好痛。”

兰斯低头吹了吹那道伤口，动作似乎延续了很长时间。

真的十分漫长。

最后他直起身来，“我给你贴上一个创可贴吧。”

他在创口上喷了一些消炎药膏，又贴上了两片巨大的邦迪。他转身面对她又靠近了一些，直到他的脸离她只有几英寸的距离。天啊，他的味道真好闻。汗水和泥土的微弱气息交叠着朴素的皂角味道。这种混合的气味，如果用在她身上只会教人觉得恶心，可形容到他身上，却极大地增加了他的男性魅力，让她的女性本能眩晕不已。倒不是她的女性本能还需要什么刺激。从她的荷尔蒙水平来看，他的吸引力已经到达了英雄的段位。

他的指腹轻摩过她的脚踝。上次有男人触碰自己裸露的肌肤是什么时候的事？已经是几年以前了。太久了没有这样的接触，以至于感官知觉都焕然一新。

她几乎要坐到他腿上去了，但他似乎一点也不急着挪开。而且说实话，她心中有很大一部分渴望着爬进他的怀里。

“我现在该走了。”她说道。

“噢，好的。”兰斯放开她的脚踝。

她把腿从他的腿上抬起来，站起身，“再次感谢你。”

下午的肾上腺素已经褪去许久，取而代之的是一种精疲力竭的感觉。她现在感到疲劳又孤独，并且她已经厌烦了孤独，这种状况下和兰斯靠得这么近可能会导致危险的后果。如果她不马上离开，可能会让自己尴尬，因为她满脑子都在想着亲吻他的画面。

事实上，亲吻并不是她脑内幻想的全部。

兰斯把用过的纱布丢进垃圾桶，“下次你不上法庭的时候可以考虑穿长裤，至少在森林里跋涉的时候应该这样穿。当然，不是因为我不喜欢看你的腿……”

“真的吗？”她这是在调情吗？她居然还记得怎么调情？肯定像踩着脚踏车一样，和他在一起时，一切都那么自然。

他挑起一边眉毛，“真的。”

哎呀。

但她太胆怯了，最后也不敢将那个亲吻付诸实践。

现在不行。

“我去换衣服。”她溜出厨房，进了洗手间，换上瑜伽裤、T 恤和球鞋。

她出来时兰斯微微一笑。

“怎么了?”

“没什么，你看起来很可爱。”

“可爱?”摩根身高五英尺九英寸[①]，“我初中就比整个年级的男生还高了，从那之后就再没人用可爱形容过我。”

他走近了几步，笑得更开了，“和我相比你就算娇小了。”

他几乎比她高了一个头，身子也是她的两倍宽。

“这倒是事实。你看起来像在用房子练举重一样。”

“可能真是呢。”他弯了弯手臂，收缩着自己的肱二头肌。

她的女性本能愉悦地回应着“嗯——”。

也差不多该走了。

“再次谢谢你今天所做的一切。”她退回办公室里，收好一些文件。她还没看完地检署发来的所有信息。她打定主意在周一之前一定要把每一页上的每一个字都看完。

他跟随她过来，站在门口，“我已经说过了，不用谢。你明天有什么计划?”

“明天我一整天都会和女儿在一起，在她们起床前和睡觉之后我还有一些时间工作。”她必须在工作与家庭之间划一道界限。自己做老板的好处在于：她可以在家里找合适的时候工作；而坏处在于，她没有工钱。

他点头，“反正我也得带我妈去集体治疗，要忙一早上。”

---

① 译者注：约 175 厘米。

“那就周一见吧。”她赞同道，“如果你妈妈发现任何有意思的情况，你会通知我吧？”

兰斯露齿一笑，“我会打给你的。”

她把文件塞进包里，将包带绕过脑袋挎在肩上。走出办公室时，她的胯部和他在狭窄的走道上轻轻擦过。他伸手抓住她，视线落到她唇上。

他是要吻她吗？

尽管不久前她还想过对他做同样的事，但这个想法还是让她伤痕累累的心警惕地颤抖了一下。除却两人无可否认的身体吸引之外，她真的喜欢这个男人。他的勇气、善良，还有幽默感，他一切的一切都是如此吸引她。

但今晚，特莎的死与尼克的未来都肩负在她身上，还有她对兰斯的情感——加上所有这些创造出的脆弱情绪——已经超过了她能承受的范围。

他低下头时，摩根伸手抵在他胸膛中间，阻住了他的动作，“现在这样太过了。”她希望自己的解释能更有说服力，但她无法组织语言，“我们周一再谈？”

她刚问出这个问题，两人间的氛围顿时由旖旎转为尴尬。

他很快点了头，后退一步。有一瞬间，他看上去像是想说些什么，但他只是沉默跟随着她出门，看着她上了那辆小货车，直到她关上门才退到一边。

摩根利用回家的这段车程疏解了压力。等她走进家门的时候，女儿们正在浴缸里泡着澡。

祖父在摇椅里坐着，他把报纸放下来皱了皱眉，“你怎么了？头发上怎么有一片树叶？”

她坐在沙发边上复述了一遍今天的经历。即使对险情遮遮掩掩也是无济于事，反正祖父也会和斯特拉确认的。

“感谢上苍，幸好兰斯在那儿。”

“是的。”她也这样认为。

“我心里还是感觉不舒服。”祖父说道。

“我也是。做律师平时也没这么危险，今天真是怪了。”摩根不想让今天的痛苦经历侵扰她和家人相处的时间。现在，她把这事儿暂时放到一边。她听见水溅出来的声音，还有小女孩的一声尖叫，分贝高到只有狗才能听见，“我去和吉安娜一起帮她们洗澡。”

“她很擅长应付她们，你知道的。”

“我知道。她搬进来之后其实走运的是我们才对。”摩根把印着条条泥痕的套装扔进洗衣篮。她踏进浴室时，艾娃和米娅都站在垫子上，身上裹着浴巾，吉安娜正帮着索菲从浴缸里爬出来。摩根抱了抱两个大女儿，准备好迎接索菲的问好。

如她所料，这孩子赤裸着身子，直接湿漉漉地跳进她怀里。她把脸埋进摩根的肩窝，沾湿了 T 恤，“妈咪，我好想你。”

摩根用浴巾将她裹住，把她放在地上，“我也想你，和我说说你今天都做了什么？”

“曾祖父给我买了一支闪光笔。”索菲开始说道。

米娅过来争夺她的注意力，“我把小瞌睡扮成了公主的样子。”

艾娃犹豫着没说话，在另外两个小女儿叽叽喳喳的时候她一向都很安静。摩根伸手摸了摸艾娃的额头。她的鼻子红红的，皮肤也有些过热，肯定是传染了索菲的感冒。

吉安娜坐在浴缸边上，把塑料玩具扔进吸在防溅板上的篮网里。

“谢谢帮忙，吉安娜。卫生工作我来做。”摩根说道。

“我已经做好了，”吉安娜说道，“你负责孩子们的故事时间好吗？她们今天可想你了。”

一阵前所未有的愧疚感又重重袭上摩根肋骨之间的位置，她从化妆柜里拿出索菲的睡衣，“我们来穿上睡衣。想在我床上看部电影吗？”

这晚她们不顾规矩，在床上吃着饼干，还熬过了睡觉的点，但这正是摩根和三个女儿需要的。在和饼干依偎在一起看了九十分钟迪士尼的《冰雪奇缘》之后，三个孩子里只有艾娃还醒着。摩根把索菲和米娅抱到她们各自的床上。她感觉大女儿有点不对劲，于是没有着急把她带回去。

摩根坐在床边，把她的头发从略带忧伤的脸上拂开，“怎么了，宝贝？”

艾娃拧着她的小人鱼睡裙裙摆，“什么叫强奸犯啊？”

噢，不是吧。

她、祖父还有吉安娜都很谨慎，孩子们在的时候他们都会关掉那些新闻，只可惜要她的孩子们与世隔绝是不可能的。

“这个词你是从哪儿听来的？”摩根问道。

“曼蒂・平克顿说他妈妈讲尼克是强奸犯，他还杀了特莎，而且你们还想帮他从监狱里被放出来。”艾娃一口气说出这番话，语气十分焦急。

“强奸犯是会伤害别人的人，”摩根简单解释道，“但我不相信尼克会伤害他人。”

“那为什么他会进监狱呢？”艾娃棕色的大眼睛充满疑问与恐惧。

“我觉得是警方搞错了。”

“如果不是呢？”艾娃这话也呼应了摩根自己内心的恐惧。

有没有可能尼克真的有罪？只是因为一时怒火攻心杀了特莎？

艾娃又抓了一把她的睡衣，“如果尼克是个坏人，他们把他放出来了怎么办？他就住在对街，而且总是来我们家。他可能会伤害我们。”

摩根考虑着要不要安抚艾娃说尼克是无辜的。此时，对于这个案子，她自己心里也是疑惑多于答案。最后，她还是会选择真相。

“我会弄清事情真相的，好吗？我不会想让危险人物从监狱里被放出来的。”她在女儿头顶落下一吻，“我向你保证，我会保护你。”

艾娃点点头，吸了吸鼻子，“我想念特莎，她真的死了吗？”

“嗯。”摩根心中一痛。

“这么说我们再也见不到她了。”艾娃说道。

“是的，我很抱歉。”摩根展开双臂将孩子拥入怀中。虽然摩根跟米娅和索菲也说过特莎的死讯，但她们俩之后却都没提起过特莎，显然艾娃的内心在挣扎着。她对约翰的记忆也更为清晰，对死亡这个概念的理解也更为透彻。

“我今晚能和你一起睡吗？”

“可以。”

摩根刷好牙爬上床。

艾娃从床头柜上取下约翰的照片，盯着它看，“我想爸爸。他要是在这儿就能保护我们了，我就不会这么害怕。”

“我也想他，但你和我还有曾祖父在一起，一样很安全。”摩根往后靠在枕头上。

“有时候我会忘记他长什么样子。”艾娃小心翼翼把相框放回床头柜上。

“我们有很多张照片。”摩根把女儿拉近一些。艾娃依偎进她怀里，她深吸了一口气，护发喷雾和泡泡糖味的肥皂香气涌入鼻腔。到底是谁在安慰谁呢?

艾娃很快进入了梦乡，但摩根却久久没有睡意。她没想到六岁的孩子已经能讨论强奸和谋杀的案子了。但她早应该想到。大人们讨论禁忌话题时，孩子是听得最清楚的。

但一想到幼小的孩子会听到那些残暴的罪行，她的心情又不由悲伤起来。她的女儿应该安安心心上床睡觉。她们不该需要担心街对面会潜伏着罪犯。

摩根盯着天花板，艾娃的话还在她脑中回响。

有没有可能尼克确实有罪呢?这会对她的女儿们造成什么影响?最后她们都会发现母亲迎进家门的这个男人是个杀人犯。

而更为恐怖的是，假如尼克是无辜的。那么杀害特莎的另有其人。这也就意味着，红瀑镇里就住着一个凶手。并且这个凶手仍在逍遥法外。

第二十七章

“你周日过得怎么样?”兰斯一边走进作战室一边问摩根。经过双方的协商同意，前一天，兰斯、夏普和摩根三人都在处理自己的个人事务、阅读文件，顺便也让兰斯的母亲先完成调查研究。

兰斯那天带他母亲去做了治疗，帮她修了草坪，买了东西，检查了她的账单，帮她把这周的药装进药盒。

“很平淡。我带女儿们去了公园，看完了所有警方的审讯记录。”摩根站在桌子后面，把包和不锈钢旅行杯放在桌上，外套搭在椅子背上，慢慢坐到椅子上，跷起二郎腿。她海军休闲裤的裤脚向上滑动，露出闪亮的黑色高跟。她眼下的乌青暴露出她白天陪伴孩子、晚上还熬夜工作到很晚的事实，“你昨天做了什么?”

“一样。”兰斯办完妈妈那边的事情后，也一直在读文件，看到眼睛都火烧一般得疼。

摩根看起来有些心不在焉。

“你还好吧?”兰斯问道。

“艾娃在学校遇上一些事，有个小女孩对她说她妈妈想把一个强奸犯放出来。”摩根手肘撑在桌上，托着腮说道。

兰斯从门口走过来，“认真的吗？竟然会有父母和六岁孩子谈强奸犯的事情？”

“孩子可能就是无意间听到父母在谈论。”

“孩子在旁边的时候说话就应该小心一点。”

她叹了口气，“就我来看，六岁谈论强奸和凶案还太早了。我接这个案子的时候，虽然也知道大家会议论，但总以为社区里还是有人支持尼克的，看来事实似乎并非如此。”

“媒体也没帮什么忙，报道显然都是一边倒。”

“米娅和索菲还不懂死亡就意味着终结，艾娃已经开始有些概念了。”摩根直起身，像是想摆脱此时低落的心情，“不管怎样，她昨天确实特别需要我的关注。”

“抱歉，”兰斯犹豫着，他想做她的知己，但周六那次他又逼得太狠了，让她有些退缩。他不想让她退得更远了，“孩子们已经经历过父亲的死亡了，她们不需要再承受这些。”

摩根耸耸肩，“只有艾娃问起他的事。索菲基本上不认识她父亲，她最后一次见他还是在襁褓里呢。约翰死前六个月都派遣在外，那时米娅才两岁半，就是艾娃的记忆也相当有限。他大部分时间都在外工作，所以即使日常生活中没有他的参与，孩子们也早就习以为常。”

愧疚感狠狠扎进他的脏腑。无论他与摩根发生什么事，都必须由摩根主导。否则他要如何确定他没有利用摩根的脆弱趁虚而入呢？“那个，摩根。周六的事，”他压低了声音，“如果我表现得太强硬了的话，我向你道歉。我并不想增加你的负担。我知道你有这个案子，还要照顾女儿，已经够你受的了。如果我有任何出格的行为——”

她起身走近，伸手搭上他的前臂，止住他的话，“你没有。我才是该道歉的那个。我知道我一直在给你混乱的信号。实际是我被你吸引了，但我不知道什么时候……或者说我根本不知道能不能做好准备开始这段关系，我不知道我想要什么。我很抱歉，在这个案子结束前……”

“可能我们还是就这样一直做朋友比较好。我喜欢你。我也不想毁了我们之前的情谊。”他虽这样说着，脑中却紧扣着那句“我被你吸引了”。

她微笑道：“我也喜欢你。”

噢，要命。这样想根本没用。

“你无法催促，也无法预料悲痛情绪的产生。”他说道，“但你应该考虑去治疗一下。”

摩根皱眉，“我试过，感觉不是很好。”

“我妈妈也是试过好几个治疗师才找到合适的。你们的性格和行事风格都要相合才行。我可以给你留一个电话。”

“我会考虑的。”她捏了捏他的手臂，“谢谢理解。”

他才是那个不知道自己到底他妈的要什么的人。不，他其实知道。他想要她，只是无法拥有她罢了。

就像现在，他喜欢她把手搭在他手臂上的感觉，他也想触碰她，想把她拉入怀中，想亲吻她到不省人事。他们共事越久，他就越想与她亲近。案子结束之后，他应该先避开一阵子，等理好心中的思绪再和她接触。

“昨天有遇上什么有趣的事吗？”他问道。

“有。我发现在一份警方报告里埋着一个很有意思的信息。”摩根回到椅子上，从手提包里拿出一叠文件，“帕尔默夫妇告诉大家特莎的父母在她十二岁就死了，事实并非全然如此。她的母亲是死于车祸。但父亲却活下来了，他被认定为车祸责任人，罪名为情节严重的车祸杀人罪，刑期二十三年，现在仍在州监狱服刑。”

“二十三年?”兰斯吹了个口哨表示惊叹。

“判得挺重是吧?”摩根伸出一根手指在桌上敲了敲，“特莎死后，霍纳局长曾私下问询过她的祖父母，但并没有迫使他们说出细节。只是在背景信息里默默提了一句，未强调过这一事实。特莎的父亲入狱已经六年。当时那个案子是个连环撞车案，他血液里的酒精含量严重超出法律规定范围，加上他之前酒驾已经被吊销了驾照。那场车祸死了三个人，他又有多重罪名。肯定还有加重情节的因素，但他不是一个冷血杀手。而且他现在还在监狱里，霍纳也没必要抓着不放。”

“那为什么帕尔默夫妇要撒谎呢?”兰斯问道。

“我认为他们是不想让大家知道儿子在坐牢吧，”摩根说道，“特莎那时已经挺大了，能够理解其中的细节，她一直以来装作父亲已经死了，不知道是怎样一种滋味。”她摇摇头，“虽然说实话，我还不清楚这和特莎的案子有什么关联，帕尔默夫妇可能和邻里说了谎，但对警方却诚实交代了一切。而且这也是很久之前的事了。”

前门“砰”的一声打开，夏普的呼喊声顺着走廊传来：“有人在家吗?”

“我们回来了。”兰斯叫道。

夏普一边走进房间，一边拉下连帽衫的拉链。他手里端着纸板托盘，上面放着三个杯子，“一人一杯绿茶。”

兰斯拿走一杯。夏普递给摩根一杯。

她微笑着举起自己的杯子，“谢谢，不过我自己带了喝的。”

“那东西喝多了要命。”夏普皱眉。

“但至少我走的时候还会是清醒的。”她说道。

夏普眨眨眼，“我还是会让你转变过来的。”

摩根双手捧着马克杯，“我有三个不到七岁的孩子呢。等我死了，你再从我僵冷的手里把咖啡撬走吧。”

他大笑出声，“昨天你们谁有什么发现吗?”

摩根把特莎父亲的信息又复述了一遍。

“一开始我就不喜欢他们处理案子的方法。”夏普转身面向案情图板，“昨晚我在酒吧待了一晚。弟兄们在那儿议论八卦，像一群老娘们儿一样。”

就兰斯的经验来看，夏普那群已经退休或即将退休的警察弟兄比任何女人都要八卦。他们中很多人都离了婚，孤单寂寞。在局里工作的人，婚姻都很难维持二十五年以上，有些警员和任务搭档的关系比和家里的配偶更亲密。

“同意。我还是更指望布洛迪那边的消息。”兰斯拉过一张椅子，坐在摩根对面。

夏普坐在他边上，“现在我知道布洛迪已经没在跟这个案子了。”

“为什么?”兰斯问道。

“因为霍纳就像一条充满占有欲的狗守着这个案子，他不会让布洛迪做事的。”夏普的目光一闪，“他和地检官束缚住了布洛迪的手脚。”

“这也解释了周六为什么布洛迪突然说出那番话，”兰斯说道，“听上去他和我们一样，也是一筹莫展。”

“肯定是这样，”夏普赞同道，“今天我们有什么安排?”

摩根喝光她的咖啡，“费莉希蒂一放学回家，我会马上找她谈谈。”

“兰斯呢?”夏普问道。

“我还在等我妈来电，她会给我迪恩·沃斯的背景资料，还有巴罗内家和凯文·默多克更深入的调查资料。”他的手机嗡嗡响起，“正说着呢，她就打过来了。”他接起电话，“喂，妈。我能开免提吗？摩根和夏普也在旁边。”

“好。”她说道。

兰斯打开免提，把手机放在桌上，“好了，我们都在听。”

“我会邮件传给你整体报告，但我还是想给你讲下重点部分，”他母亲开始说道：“就从迪恩·沃斯说起。沃斯先生是个退伍军人，大学毕业后在军队服役八年，三次被派往伊拉克，已婚但没有子嗣。他受过两次伤。四年前，也就是三十岁时，他光荣退役。他拿了教师资格证，在红瀑高中找了个历史老师的工作。去年年中辞职。”

“我猜猜，”夏普说道，“是因为和学生有不正当关系？”

“你怎么知道？”母亲问道。

“因为数据就是这样显示的。”夏普用一种揶揄的声音回道。

兰斯的母亲继续说道：“没有起诉的记录，所以我只能费点心思找到这其中的细节。那个女孩叫艾丽·萨默斯，但她拒不承认此事。显然也没有找到什么实际证据，只有另一个学生金米·布莱克的口头证明说看见过两人接吻，但沃斯还是辞职了。”

“金米·布莱克、艾丽·萨默斯、杰米和特莎之间有什么联系吗？”摩根问道。

“这我不知道。”兰斯的母亲说道。

“即使指控全是捏造的，一旦出了这种事，他的教学生涯也无法继续了。”摩根摇头，“沃斯有没有教过特莎他们班，我们知道吗？”

“私人查看学生记录是违法行为，”他母亲回道，“但我确实发现沃斯曾教授二三年级的美国历史和世界文化。所以你说的非常有可能。”

“把这个加到给帕尔默夫妇准备的问题里。”摩根做了个记号，“我希望他们能直接跟我谈，不用我再去传唤他们提供证词。我不想让自己看上去像个怪兽一样可怕。我先去问费莉希蒂，她可能知道去年特莎的老师都有谁。”

“她也可能知道更多关于沃斯的信息。”兰斯点头，“孩子们无所不知。”

兰斯的母亲给了他们迪恩·沃斯已知最近的一个地址，“他从去年五月才搬到那儿，两周前他的妻子提交了离婚申请。”

有没有可能是这件事把他逼疯了？

“今天我会去沃斯家看看，和周围邻居聊一聊，”兰斯说道，“妈，你还找到什么了吗？”

“你之前想要找更多关于巴罗内家的信息。”她清了清嗓子，“这需求多费点工夫，但我认为德韦恩·巴罗内应该和一个叫 WSA 的组织有关系。”

“噢，要命。”夏普站起身，在房间里来回走动着。

“WSA 是个什么组织？”摩根从文件里抬起头。

“白人生存联盟，”兰斯说道。现在他是真的不想摩根再接近巴罗内家那块地方了，“那是一个本地的白人至上组织，一个准民兵组织。这个组织也在准备迎接末日审判的到来。”

夏普揉了揉他的光头，“几个月前，红瀑警方搜查了其中一个成员房子后面的谷仓，里面装满了制作炸药的原材料、还设置了炸弹陷阱。幸好爆炸时没有人死亡。”

“克鲁格夫人？”摩根靠近话筒，“你知道德韦恩·巴罗内在组织里的地位吗？”

“叫我詹妮弗就好。话说回来，这个我并不知道，”母亲说道，

“我从深网查到暗网，但有关 WSA 的信息并不多。他们的行动一直掩人耳目。”

这也解释了为什么关于这家的信息如此之少。深网包括搜索引擎里找不到的网页资料，其中大部分网页存在的原因都十分平常：数据库，需要注册的网页论坛，或者需要付费才能进入的网站。线上的银行账户网站需要登录，还有特定密码，这就是其中一个典型例子。但暗网比这些还更深一层，暗网上的网站会用加密工具隐藏身份伪造位置，有些网站甚至会用几层加密来隐藏 IP 地址。

兰斯站起身走到窗边，一谈到这个在本地发展壮大的民兵组织，他就不由急躁起来，“最大的麻烦就在于 WSA 对组织的名册十分保密。他们资源非常分散，所以一旦有一个成员出事，其他组织成员还是可以保持匿名。”

“先不说 WSA。”摩根用钢笔敲敲笔记本，“我们还有什么理由可以怀疑罗比杀害了特莎？原因呢？”

“爱意没有得到回应？”夏普建议道，“如果不是罗比呢？如果是德韦恩杀了特莎呢？WSA 不止是一个白人至上的组织，他们还信奉重男轻女的思想，认为女性就应该光着脚待在家怀孩子。”

“这也解释了德韦恩对待他老婆和女儿的方式，但我们还是不知道德韦恩和特莎有什么关联。我们需要知道特莎有没有在巴罗内家待过。”

“妈，你能继续调查吗？”兰斯问道。

“当然。”她听起来很开心。

“别让自己陷入危险。”兰斯担心 WSA 会追踪到她的搜索记录。

“我知道怎么隐藏记录。”她轻笑道，“你不用担心我。”

但他肯定会担心。毕竟 WSA 不是好惹的。

“还有一件事，”兰斯对着电话说道，“你有没有发现什么关于杰米·刘易斯一家以及她母亲那个未婚夫的信息?”

“没有，”他母亲说道，“刘易斯一家和凯文·默多克并没有什么异常的地方。具体细节我会尽快给你，今天晚些时候或是明天早晨。我还在等一个消息。”

“那晚些再说，爱你，妈妈。”

“我也爱你。”她挂断了电话。

兰斯拿起电话，“本来我还指望凯文的资料里会有什么污点呢。”

“我也是。”摩根在她那份文件上做好记录，“我猜他可能就是容易紧张的那种人，或是身体有什么状况才出汗那么厉害。”

兰斯摇摇头，“凯文全身上下的肢体语言都在叫嚣着‘谎话连篇’。”

“我知道。等你妈妈的报告出来我们再去找一趟凯文。”她写完这个段落，“你今天是想先去拜访巴罗内一家还是迪恩·沃斯家?”

“我想我还是先开车去巴罗内家吧。”希望德韦恩出去工作了。自从兰斯第一次涉足那片土地，那家人就在全方位警惕着他。他最不愿意做的事就是让WSA注意到摩根，“然后我们就可以去迪恩·沃斯的公寓，趴在窗子上偷看两眼，和邻居谈一谈。他已经被安全送进精神病院了，似乎正是拜访的好时候。”

她站起身，伸了伸懒腰，拿上她的外套，“我准备好了。”

“再见咯！夏普。”兰斯往门口走去。

“你们两个崽子小心点。”夏普挥挥手把两人送走，“我早上会忙杰米·刘易斯的案子。我准备给她最好的朋友托尼打个电话，逼问他几句，你们要是需要我就通知一声。”

“会的。”兰斯跟着摩根出了门。秋意一夜之间侵袭了红瀑镇。空气一时变得凉爽，落叶满堆在水沟里。

他们坐上吉普车。

摩根把大手提包放在脚边，“我明早预约了去探监尼克。我需要向他汇报一下调查的最新情况，顺便去看看他过得怎样。也许他会对我们现在获得的这些线索有什么看法，特别是特莎怀孕这件事。我需要确认一下尼克是否真的不知道孩子的事。”

他们开车离开商业区。路上他们经过了红湖，清凉的晨风使湖面的雾霭升腾起来。雾气漂浮在沙滩上，如烟雾般腾绕在香蒲丛间。车经过这里时，他和摩根顿时安静下来，但眼前的画面还是提醒着兰斯这个案子的严重性。一个年轻女孩被人侵犯之后惨遭杀害，而凶手仍在逍遥法外。如果他们没有找到残害特莎的凶手，一个无辜的人就要在牢狱中度过下半生了。

而一个杀手却能在外继续行凶。

直到车子到达巴罗内家，他和摩根都没有再说话。兰斯把吉普车停在路肩上，视线紧盯着那座农场。

“你看见的和我看见的一样吗?”他问道。

不可能吧。

搞什么鬼?

第二十八章

兰斯眨了眨眼，但眼前的场景并没有任何变化。农场看起来已经荒废了。

摩根降下车窗，探出头去，“太安静了吧。”

他在信箱处转了个弯，把车开上车道。房子边上并没有停其他车。鸡舍和猪棚都空了，草场上也没了放养的奶牛，谷仓边停着的拖货车和校车都不见了。

他们从车上下来。兰斯先一步到了前门。谁知道德韦恩・巴罗内这个 WSA 的偏执狂会留下什么惊喜？他站在门口一侧，拉着摩根站在自己身后，接着敲了敲门。招呼他们的只有诡异的寂静。

兰斯走到窗边窥伺着屋内的情况，“家具还在，但其他东西都拿走了。”

原本摆着电视和其他电器的地方空荡荡的，只有墙洞里露出一截电线。兰斯退回去，走下台阶，走到离房子有些距离的地方，扫视了一眼屋顶轮廓，“天线不见了。”

他朝谷仓走去，心里已经为接下来会看见的东西打好了预防针。

“真是怪了。”摩根跟上他的脚步。

他们小心翼翼注意着脚下，连着检查了几栋外屋。靠近每栋建筑的时候，兰斯都会仔细检查好每一扇门再打开。但什么也没发生。什么都没有。

整间农场都很诡异，寂静，且空荡。

他们回到车边，转过脸盯着空空如也的建筑。

“有什么想法吗?”兰斯问道。

“没有人会给家养的猪放假，”摩根说道，“德韦恩喜欢避人耳目的生活，我们来问那些问题可能让他觉得不自在了。”

“我们又没有指控德韦恩和他儿子。”

摩根的目光飘回到那栋屋子，“可能他们中的某人做了一件非常糟糕的事，他害怕我们发现。”

“比如谋杀。你认为罗比和德韦恩，哪个更有可能犯案?”

“罗比好像身形太小了，并不比特莎壮很多。”摩根说道。

“但那男孩心中积着极大的愤怒，”兰斯指出，“怒火能使一个人强大，超越他表面所能拥有的力量。”

“是的。”摩根说道。

“特莎也不知道如何保护自己，她还只是个孩子。”兰斯一想起这个年轻女孩在最后时刻遭受了怎样的暴行，承受了怎样的痛苦与恐惧，便觉心如刀割。

摩根朝后门走去，“但德韦恩肯定不费吹灰之力就可以制服特莎。”

兰斯跟上她，“单手都可以。”

摩根停下脚步，摇摇头，“想这些还太早了，我们还没确定特莎有没有到过农场呢。”

“她在教堂认识了巴罗内家的大女儿。她不用到这家来也可以见到德韦恩。”

“家里的人都很怕德韦恩，他们有没有可能知道他是凶手?”

“等等。”兰斯小跑回吉普车上，从仪表盘下的伫物箱里拿出两双乙烯基手套和一个小黑箱，接着回到后门边和摩根会合。

“这是什么?”

“没什么。”他打开黑箱，选了两条细长的金属工具。

摩根绕过他，伸手转了下门把。门打开了，“没上锁。”

兰斯看了一眼敞开的门，把开锁器放回箱子里， “我感觉很不妙。”

非常不妙。

他站到一边，伸手碰了碰，门便吱呀一声向内晃开。什么事也没发生。他从门敞开的间隙中走了进去，偌大的农舍厨房空空荡荡，连一点灰尘都没留下。摩根戴上手套，绕过中央的岛台，拉开一个抽屉，又打开橱柜，“所有东西都带走了。”

兰斯检查了冰箱，“空的。”

他们在楼下转了一圈，之后又上了楼梯到二楼查看。摩根打开衣柜，“他们怎么这么快就收拾好搬出去了?”

“我在想德韦恩会怎么处理这栋房子。”兰斯先一步下楼出门，转身环视周遭的环境，并没有看到其他房屋，只有田野、草地和森林，“好像我们也没法问邻居这家去哪儿了，但也许我们可以找到他们去哪个教堂。”

“可以一试。”

他们回到吉普车边，摩根坐上副驾座。

兰斯坐进驾驶座，“现在该怎么做?”

“报警?”

“报告什么呢？搬家又不犯法。”兰斯启动引擎，把车调了个头，“也许夏普会有主意。”他拨通了老板的电话，开了免提。

兰斯和他说了巴罗内一家人间蒸发的事。

“我会打几个电话问问，你妈妈也许能找到追踪他们的办法。即使他们想销声匿迹，在当今这个时代也是不可能的，有那么多电子设备在呢。说到底他们总要停车加油或者交税吧。有什么情况再和我联系。”

兰斯说了“多谢”便挂断了电话，他又打了母亲的电话，和她说明了情况。

“我看看能不能黑到什么资料。”她说。

“小心点。别做什么违法的事。”或是能让 WSA 知道她在调查什么。

但她并没有做出保证，只是含糊回了句“我会打给你的”，便挂断了电话。

兰斯按下手机的挂断键，开车上路，往镇上驶去，“希望这次去沃斯的公寓不会一无所获。”

迪恩·沃斯住在一栋离商业区不远的老旧住宅区里。兰斯在一栋屋子门口的路旁停下车。这栋老式维多利亚建筑被分成了几个公寓。

摩根研究了一下屋子的几扇门，“我看见了 1 到 4 单元，迪恩住 5 单元。”

“我们绕到后面看看。”

他们下了车，在路边的行道上站了一会儿。

“很安静啊。”摩根把手遮在眼睛上，挡了挡早午的阳光。

兰斯看了看表。十一点整，“这是个居民区。这时候大家应该都在上学工作。”

他们走上车道，这条道路绕过屋旁，一直延伸到后院一间独立的车库里，车库一侧的木质阶梯通往一扇白门，门上标着“5”。

“找到了。”兰斯往楼梯口走去。

“有什么事吗?”一个女人的声音喊道。

摩根和兰斯转过身。一个穿着牛仔裤和红色棒球帽的中年妇女站在那栋维多利亚式建筑背后的露台上。

“是的，麻烦您了。”摩根穿过后院，“我是摩根·戴恩，这是兰斯·克鲁格。我们在找沃斯先生。”

“我是香农·格林。”女人点点头。“你们什么身份?”

“我们是私家侦探。”兰斯递给她一张名片。

她伸长手臂把它拿远，头往后倾斜着，仔细看了一分钟，“我最近都没见过沃斯先生。你们要问我的话，我觉得他是个疯鬼。我希望他搬走，他不止一次吓得我心惊肉跳。”

“怎么说?”兰斯问道。

“他夜里总偷偷摸摸猫在房子周围，神经兮兮的，像要成为忍者一样。他似乎无时无刻不在监视我们。”她指了指身后的房子，“我住在最下面一层，几周前有天大半夜里，他窝在我卧室窗上想从百叶窗往里偷看，被我逮个正着。为了防止他看到，我特地出门买了遮光布窗帘。”

“你抱怨过吗?”

“我给房东打过电话。”她翻了个白眼，“他才懒得理我们呢。我把情况向警察反映过，他们过来找他谈话，他却说自己只是路过，我的百叶窗开着又不是他的错。他们简直把我气炸了，我想养一条狗，一条大狗。但他要是搬走，那就用不着了。”

“您还记得上次见沃斯先生是什么时候吗?”摩根问道。

“记得不是很清楚，大概一周前吧。”香农耸耸肩。

兰斯回头看了看沃斯的公寓，“您知道车库里放着什么吗?”

“不知道。”香农摇头，“反正沃斯把它和那个单元一起租下来了。”

“他有伴儿吗?”兰斯问道。

香农双手垂在身侧说道：“就我所见，没有。”

“谢谢帮忙。”摩根说道。

这位邻居转身走回自己的公寓里。

她关上门后，兰斯转头看向那间车库。他真的很想看看沃斯的私人空间，“门边有个窗户，我们也许可以从那儿看一眼屋里的情况。”

尽管兰斯知道沃斯已经被关起来了，他还是觉得像被人监视着一般。这个地方也让他觉得毛骨悚然。他巡视一遍建筑两侧，注意到车库稍远一头的门顶和屋檐底之间嵌着一个摄像头。周围的邻居看不见兰斯撬锁，这倒很合适。他从地上捡起一根细树枝，挂在摄像头上，正好让枯叶挡住镜头。

“我都没看见那个。”摩根说道。

“看见什么?”兰斯又检查了一遍建筑其他角落，并未发现其他摄像头。

高高的篱墙挡住了街上人的视线。兰斯从口袋里掏出撬锁工具，要撬开固定式插销是有些麻烦，但他知道要怎么弄。

“撬锁入室?”摩根从背后越过他的肩膀看了一眼。

“就进去看看，又不动他的东西。”兰斯从口袋里拿出手套，递给摩根一双，“在巴罗内家我们也这样做了，你好像并没有意见。”

“那时他们明显已经把东西都搬空了。而且门没锁，实际意义上我们只是入室了而已。”她小声说道，“而且那里也没有吵吵嚷嚷的邻居。”

“你可以在车里等。”兰斯心里清楚得很，她不会的，“要是找到什么线索，我们就溜出去找警察。”他把门推开，踏上混凝土板。虽然九月早晨的天气温暖怡人，车库里却潮湿而阴冷。兰斯站在门口踌躇了一会儿，眼前层叠的运输箱子占据了一半的空间。

摩根侧着身子走到那堆东西前，“箱子都是空的，大多都是来自大型零售连锁店。”她移动了一个箱子，“沃尔玛、亚马逊、家得宝……沃斯先生还真是网购达人。”

“但他买了些什么呢？”

车库里还有另外两样东西，摩托车和一个卧式冰箱。兰斯走过去打开冰箱，里面装满了缠着厚厚几层塑料包装的包裹。

“里面是什么东西？”摩根站在他身边往冰箱里看。

“我不是很想知道，但我想我们应该看看。”兰斯拿起一个冰冻的包裹，提起边上的塑料边角，一层层揭开。包裹里的塑料泡沫和肉让他松了口气。“你是不知道，我看到这些汉堡排有多高兴。”

“是吗？”她拿起另一个拆开，“这里是五磅鸡腿。”

兰斯合上盖子，继续检查其他地方。

那辆摩托车上装着与车同等体积的挂包，座位后头有两个储物箱，兰斯打开一个，空的。第二个里面装着快餐和防风装备。

“兰斯。”摩根盯着天花板。

他顺着她的视线往上看。一个矩形物件嵌在天花板里，边上还有一个稍小一些的矩形，“下拉爬梯？”

这只可能通往一个地方：沃斯的公寓。

“没有绳子。”摩根说道。

纠正一下：楼梯是从上面的公寓通下来的。

“我觉得这个设计只是用来逃跑的。”

"现在怎么做?"摩根说道。

"我真的想进去看看他的公寓。"

"你不能撬他前门的锁，邻居会看到。"

兰斯弯腰，双手十指交叉握在一起，"你上去看看能不能够到板子的边缘。我顶着你。"

摩根站到他手上，他把她举起来。他直起身，她靠在他身上保持平衡。这个高度正好看见她的大腿，兰斯马上闭上眼，心里默默想着："这种时候似乎这样做比较好。"

"我摸到了。"摩根把部分重心转移到楼梯上，平台沉了沉，阶梯顿时放了下来。

兰斯把她放在地上，试了试阶梯，接着爬了上去。他从开口伸头进去，四面是一片昏暗的空间。衣柜?他直接爬了进去。眼睛适应黑暗之后，他找到了门，打开之后便到了卧室，或至少是称为卧室的那个房间。

应该放床的地方放着一个还未卷起的睡袋。一个临时办公桌上摆着显示器，上面显示着后门摄像头拍到的画面，还有另一个画面像是从前门玄关里面拍到的。钉子悬挂着厚厚的毯子遮住窗户。

"沃斯先生可不只是有点偏执啊。"兰斯转过身，"我去。"

沃斯在墙上写了字。每一寸白色的墙板都被他用诡异的大学数学公式、无意义的词组、手绘的地图和乱写的几列东西涂满。

兰斯轻吹了个口哨，"看起来那位邻居的诊断是对的，沃斯确实是疯了。"

"沃斯是个军人。"摩根沿着周边走动，分了几个部分把墙面照了下来。"他把补给收起来，囤在后门，有一个逃跑计划，还包括一辆补给充足的秘密车辆。"

“那他在树林里他妈的是做什么呢?”

“也许是偏执过度了。”

“这可不止是偏执妄想了。”兰斯扫视过那些画和笔记。

“精神崩溃?”

“有点像这一类的吧。我觉得常理解释不通沃斯的行为。”

“有个摄像头对准前门,”兰斯说道,“别被拍到了。”

他们在公寓的其他地方也查看了一番,只有一个狭小的起居室和小厨房,里面摆着一张轻便牌桌加四张椅子,这就是全部的家具了。角落里堆满了一叠一叠的书。兰斯在桌上找到一沓装箱单,他翻过一遍,大部分沃斯买的东西都是家庭监视器材、防腐食品还有露营装备。

“他的账单找到了,”摩根的声音从厨房传来,“他刷爆了信用卡。几年没付过水电费账单了,房租也没交。如果不是进了监狱,他应该马上要无家可归了。”

“你有看见笔记本电脑吗?”兰斯问道。沃斯肯定要用电脑才能网购。

“没有。我在想是不是在营地里。”摩根继续搜索着厨房,“这里积了点灰尘,但也不过就一两周时间积累起来的样子。其他地方都相对干净。”

“这么说他在疯之前一直过得整洁,”兰斯说道,“你知道我还看出什么了吗?这儿根本没有警察来过的痕迹。”

“他们可能还没来得及搜查公寓,毕竟他们需要先拿到搜查证。而且沃斯还在拘留,所以我觉得他们也没什么理由着急。”

兰斯走到角落里翻看那些书的书名。沃斯的阅读品位也挺神经兮兮的。有阴谋和间谍的恐怖小说、军队回忆录,还有一堆关于如何生存、如何应对末日、如何防追踪的指导手册。兰斯想了想那些信用卡账单，大概沃斯还没来得及读销声匿迹的指南吧。

一大叠书正翻到一半，兰斯的视线忽然停在一本形状奇特，海军蓝皮套封装的精装本上。封面上一行烫金字：红瀑高中。上面写着去年的日期。

“你找到什么了?”摩根从背后越过他的肩膀看了一眼，“一本年鉴?”

兰斯把这个本子从书堆里抽出来，翻了几页。沃斯非常细心地在自己的照片上做了标记，记上了“发表”的笔记。

摩根指了指一张照片，上面有一大群穿运动服的孩子。几个大人站在队伍侧面，“沃斯是田径副教练?”

“特莎在田径队吗?”

“不在。”

兰斯翻到标记过的另一页，“他还主持电玩社的工作。特莎也不在这个社团。”他又翻到下一个记了“发表”的页码，“找着了。”

这张照片上的标签是“年鉴委员会”。二十个孩子聚成一群，沃斯站在一边。

摩根皱了皱眉，伸手指向人群中间一个苗条的女孩，眼中闪着湿润的泪水，“这是特莎。”

“这么说沃斯认识她。”

“是的。”

“你有没有看见那个指控他行为不端的女孩?”摩根查了查笔记，“金米·布莱克，或是那个金米说他亲过的女孩，艾丽·萨默斯。”

“她们都不在年鉴委员会里。”兰斯翻到年鉴个人大头照的部分，“这是金米·布莱克。”他又翻了几页，“这是艾丽·萨默斯。”

兰斯把重要页面都照下来，接着把书放回原位，“我们自己拷一份，再彻底察看一遍，看能不能找出金米、艾丽、杰米和特莎之间的关联。”

“你还需要看其他什么东西吗?”摩根一边问他，目光一边巡视着房间。

“橱柜里放着什么?”

“普通的厨具。我连抽屉底下都查过了。”

“没有暗箱?”

“我反正都没找到。”她说。

兰斯闪进公寓里唯一的卫生间，一个 4×8 英尺的空间，里面有一个立柱式盥洗池和狭小的淋浴间，还有一个马桶。他打开盥洗池上方的药橱，架子上有几个洁净无灰的圆点，说明有几个药瓶不见了。

“沃斯有在吃什么处方药吗?”摩根在门口问道。

“即使没有，他也应该吃药。”

“既然已经确定他认识特莎，我们可以申请调取他的病历。”

“这也算有些进展。”兰斯关灯走出洗手间。他们走回卧室的衣柜边，一路确认着公寓里的陈设与他们来之前一样，并无更改。

他们通过沃斯的逃生舱口出来，兰斯把梯子再叠回去，再慢慢把平台按回天花板上。那东西啪一下就弹回了原位。兰斯将外门轻推开一寸，确认侧院里空旷无人之后，两人才溜出来，绕到车库前门。兰斯抬头看了一眼，注意到前门上贴了一张便条。

“等一下。”兰斯走上台阶，“是一个包裹派送通知。我猜是信用卡公司还没放弃他。”

兰斯转身走上楼梯。嘭！一声脆响。

楼梯颤了颤。他脚下闪过一簇亮光，他伸手想抓住护栏，但已经太迟！木头已经裂开，楼梯整个塌了下去。

第二十九章

楼梯在摩根眼前垮塌，兰斯在一团烟尘中摔在了地上。她的心一下沉到了胃里。

“兰斯!”她冲上前去。

整个木质结构已经支离破碎，兰斯倒在碎木中。几秒之后，那一小团烟雾便被微风驱散。沃斯是设了一个小型爆炸陷阱吗?

摩根爬过这堆木头。兰斯躺在地上，身上还压着几块板子，一动不动。她心中忐忑不已。他不能有事。一定不能。

她蹲伏在他面前，心中充斥着恐惧，双手满是湿冷的汗，腹内也是一片冰冷，“听得到我说话吗?”

他微微一动，“听得到。”

感谢上帝。

摩根长舒一口气，如释重负，额上涌出汗水。她单手撑地稳住身形。

“别动。”她把一块板子从他身上移开，“身上有觉得哪里疼吗?”

“我没事。”他想甩掉大腿上那两块接在一起束缚他行动的楼梯板。

“你别再动了！”她蹲下来拿起那块木板，板材的重量让她走路摇摇晃晃。刚才她肯定是靠着肾上腺素才搬起来的。

“别搬了，”兰斯坐起身喊道，“你会伤着自己的。”

她侧过身踉跄几步，把东西扔到草地里。

“摩根，我没事的。”

“你在流血。”她想到板材上会有破损的木刺和尖锐的钉子，又停在他身边，伸手抚过他的手臂和腿。

兰斯僵住了。

“怎么了？哪儿觉得疼了？”她的手又抚过他的身侧。他是不是肋骨断了？她的手在他肩上停下。他的目光正带着浓重的笑意落在她脸上。

她把手收回来，“你没受伤，对吧？”

他辛苦地憋着笑，“我和你说过了我没事，但也许你应该给我从头到脚检查一遍，再确认一下。”

她狠狠拍了一下他的肩膀，“严肃一点好吗。你那时很有可能受重伤的。”

“但我没有啊。你看到没？”兰斯飞快站起身，把她从地上抱起来，动作行云流水。

“噢！”她惊讶地抓住他的上衣。天啊，他真强壮。虽然她一点也不娇小轻盈，但他抱着她的时候却让她有了这种错觉，“看来楼梯倒塌之前发生了小爆炸。我觉得沃斯肯定是设了一个陷阱。真是疯了，明显还有他的包裹在派送呢。”

“关键他就是个疯子。我们赶紧离开这栋建筑，以防沃斯还有什么其他惊喜在等着他的访客。”兰斯抱着她走过草地。

“放我下来。这搞反了吧，明明受伤的是你。”虽然她一直在出声抗议，但她确实享受着这种感觉，和平时现代职业的女性形象相悖，在他的怀里，她感觉自己变得小鸟依人，也有了女人的一面。这些肌肉可不止是摆设。

“没什么伤是几张邦迪解决不了的。”

“噢，天啊！”门砰地关上，香农从露台的楼梯上走下来，“我打了 911 报警。你们俩没事吧?”

“我们没事。”他没把她放下，直接坐在了后门的台阶上。

过了几秒她才想到应该从他大腿上下来。她爬起身来察看他的情况。他手臂上有一些小伤口正渗出血来，裤脚也破了。

“你吉普车上有急救箱吗?”她问道。

“有。”

还没等她过去拿，警笛声便慢慢靠近。一两分钟后，闪光灯便掠过房屋一侧。一位穿着制服的警员从车道小跑过来。是卡尔。他一手按着裤子口袋里的手枪，“大家都没事吧?”

“我们没事。”兰斯说道，“只是一点小擦伤。”

“发生什么事了?”卡尔的目光扫过眼前的一片狼藉。

“我也不知道，”兰斯说道，“摩根和我来找迪恩·沃斯的邻居谈话，我到他房门前想敲门看他是不是还有室友，只听‘嘭’‘啪’两声，楼梯就塌下去了。”

不全是事实，但也差不多了。

兰斯扭过胳膊察看上边的伤口，“我没看见楼梯有腐烂或年久失修的痕迹。”他顿了顿，“但当时有烟飘起来，我觉得好像看见了一道光。我怀疑是某种传动炸弹。可能有拉发线或是压力触发，不过当时我没看见。”

“我看见你脚下有火光。”摩根补充道。

卡尔检查了木堆里的一些残片，“看看这个整齐的凿孔。”

兰斯走近了些，眯起眼睛，“你知道这个看起来像什么吗？”

卡尔点头，“一个小型的控制爆破装置。”

“这个破坏的惨状看起来就像炸门爆破行动之后的样子。”兰斯察看着这堆碎木头，“沃斯人在精神病院，我们也只能认为是他之前在楼梯上布下了陷阱，然后被我触发了。我有点好奇他以前在军队是干什么的。”

“我最好还是叫法医过来看看。”卡尔说完走到一边，对着肩上的无线话筒说了几句话。

摩根搓了搓手臂，太阳依然温暖地照耀着，院中却刮来一阵冷风，扰动枯叶和小片的碎木屑。她的西装外套似乎不够温暖，“你那时可能会被炸死。”

沃斯是个疯子，但他被关起来了。摩根也想相信他已经无法再伤害任何人，但事实却与之相反。

卡尔走了回来，“霍纳正在路上。他让你们俩在这儿等着。”

兰斯叹了口气，“日子真是一天比一天顺了。”

十五分钟后，这位警察局长便到了。霍纳和卡尔说了会儿话，检查了一下现场，接着便走近兰斯和摩根，“你们在这儿做什么？”

“我们过来找沃斯的邻居谈话。”兰斯把他的故事和这位局长说了一遍，“然后楼梯就塌了。”

“沃斯认识特莎·帕尔默，”摩根说道，“他在红瀑高中教书，并且指导年鉴委员会，特莎就是委员会成员之一。”

霍纳怀疑地眯了眯眼睛，“你从哪儿知道的？”

“从那本年鉴。”摩根没说他们是在哪儿看到那本年鉴的，“特莎和沃斯都在年鉴委员会的照片上。那张照片大约是年初拍的，但沃斯辞职后，他们也没多费工夫把他从照片里摘出去。”

“沃斯去年冬天就离职了，”霍纳说道，“没有证据能证明他之后还与帕尔默家的女孩有联系。”

“他离职的原因是被指控与学生有不正当行为。”兰斯指出。

霍纳眼神锐利起来，声音也倏地拔高：“没有证据，就不能起诉。”

“那也不意味着没发生过。”摩根说道。

兰斯指了指遍地狼藉的院子，“显然沃斯可能做出暴力行为，精神状态也极不稳定，完全可能犯案。”

霍纳又靠近了一些，视线转到摩根身上，接着又看向兰斯。他眼中闪着怒火，刚想开口又合上嘴唇。摩根可以读出他的意思，他想警告他们别管这个案子，但法律上来说他并没有这个立场。尼克的辩护团队有调查的权利。但霍纳还是因为他们发现了己方遗漏的线索而恨得牙痒。

最后，他像一匹愤怒的马一样喷了喷鼻子，“我无权阻止你们插手这个案子，但我还是要警告你们，调查的时候别做违法的事。”

“我向你保证，我相当懂法。”摩根说道。

霍纳冷笑一声，“看好你的每一步棋，律师小姐。即使你不这样做，我们也会好好看着的。”

他现在已经越过摩根的容忍线了，“你这是在威胁我吗，局长?”

“当然不是。”他后退一步，“但你当事人的罪行已经是板上钉钉的事实，他杀了特莎·帕尔默，沃斯与此毫无关系。”

“我现在提醒你，我也要对这起案件展开彻底的调查。”摩根一字一顿说得非常谨慎。她努力控制自己不要说出“因为你们在逮捕我的当事人之前并没有进行合理调查”，但这意思已经暗含在了她的话里，

"我会申请取得沃斯的DNA与特莎孩子的DNA进行比对。"

霍纳绷紧了下巴，"你想怎么做就怎么做吧，律师小姐，我也会按我的意思做。之后别忘了来局里签一下官方口供。"说完便离开了。

"他刚刚说'我也会按我的意思做'是什么意思?"摩根问道。

"不知道，但他肯定正在做什么事。我不信任他。"兰斯转身往吉普车走去，"咱们先走吧。"

摩根盯着警察局长僵硬的姿势看了几秒，转身跟上兰斯。

她拂了拂西装上的灰尘。她腿上休闲长裤的裤脚破了，鞋跟上的皮质也被蹭掉了。兰斯回到吉普车上，先用急救箱处理了一下手臂的伤口，又贴上了几张邦迪。

"你没事吧?"他问道。

她感觉到他的目光落在了自己脸上，但仍直视着窗外没有回头，"我没事。但你明天肯定会有瘀青的。"

这次事件在摩根心里留下了深刻的印记。她远比自己想的要关心他，对他的感觉也远超自己心理的承受范围。她的脑袋又开始抽痛起来，她将手肘支在副驾座的门上，按着自己的太阳穴。

兰斯把车停在了城镇边缘的一家餐厅门口。

"你这是做什么?"

"我想我们都需要休息一下。"兰斯解开安全带，转过脸看向她，"我知道特莎的死给你造成了很大的打击，你也尽力想救出尼克。但你不能因此而忽视自己。"

"我很好。"摩根伸手摸上车门把。

"记着，这个案子肯定会持续很长时间。你现在把自己搞垮了，对尼克而言并不是好事。"

"我知道。只是我现在真的不饿。"摩根打开她那边车门，"但我可以点杯咖啡。”

“你吃了早餐吗?”

“吃了。”

“甜甜圈不算。”

该死。

“果然如我所料，”他说道，“你也要吃。摄入一些蛋白质可以帮助你缓解头痛。”

“你就和夏普一样霸道，”她虽这样说，话中却毫无怨怼。尽管她下定决心想保持距离，可这样揶揄兰斯的感觉还是很好。想到很快能喝上一大杯咖啡，她心里也不由高兴起来。

他回了她一个灿烂的笑容，“我只在需要的时候才这样。”

她给了他一个夸张的白眼。他笑得更灿烂了，眼中的光彩让原本就英俊的他变得更加令人无法抗拒。

她要拿他怎么办?

兰斯跟着她进了餐厅，找了一个能远眺停车场的小包房。他点了份火鸡三明治。摩根直接忽视了菜单，有些奢侈地点了一大叠法式吐司和一杯拿铁。

“法式吐司不是蛋白质。”他抗议道。

“当然是，面包上要裹蛋液的。”

女服务生给他们端上饮品。

摩根仰头坐下，啜了一口拿铁。咖啡因带着一阵美好的眩晕袭上她的神经系统，“我希望警方和法医小队搜查沃斯家时能小心点。”

“他们会的。但想想我们已经在里面闲逛了一遍，那地方大概是安全的。”

咖啡因缓解了摩根的头痛。食物刚被端上来，摩根便像个士兵风卷残云一般吃完了她的法式吐司。等她把盘子推回去的时候，里面只剩下零星的霜糖。

“哦，”兰斯说道，“不舔盘子吗?”

“嘿，是你叫我吃的。”

“是。”

摩根抓过账单。

兰斯伸手想按住她，“我来付。”

她飞快把账单夺了过去，没让他拿着，“算工费。”

“你也没拿到工资。没有收入怎么付费用。”他想从她手里抽出那张手写的绿色单子。可她也是一副固执表情，没有放手。他放弃了。他已经在为她卖廉价劳动力了，她是不会再让他出额外费用的。

“最后我还是得想想工作的问题。”她从包房里走出来。

“我来付小费。”兰斯在桌上放了一些现金，“你需要钱吗?”

她先一步走到餐厅门口的收银台，“不需要，谢谢关心。和祖父住在一起，我的支出并不多。我们也没有很多现钱，但好在有片瓦遮天，餐餐有顿饭吃，倒还能有一些结余。”她把账付了，“但我已经在考虑为三个女儿存大学基金的事了。”

“你可以做辩护律师。我认识好几个检察官改行做这个。私人客户比地检署出价高。”

“我有想过。但我觉得替罪人作辩护，我晚上肯定睡不好觉。我心里虽然清楚每个人都应该得到最好的辩护，司法系统也需要起诉和辩护两方平衡才能运作。但我父亲是警察，祖父是警察，哥哥和妹妹也都是警察。我从小就认为罪犯应该待在监狱里。我没法给每个来办公室的委托人辩护，这不适合我。我也不是说不会再给犯人辩护，但我要确信他是无辜的才行。”

“像尼克那样的?”兰斯把钱包插进口袋。

“是的。”

他们经过贴砖的大厅，出门走过水泥地，迎面撞上了帕尔默夫妇。特莎死后，帕尔默夫妇一夕间像老了十岁。帕尔默夫人的脸色像羊皮纸般苍白透明，脸上没有带妆，头发也没有梳理过。她紧紧抓着脖子周围的毛衣领子，像是冻着了一般。帕尔默先生眼睛也潮湿发红。两人看上去像几周没有吃饭睡觉一般。

“抱歉。”摩根也不知道还能说什么来表达她的同情。她太理解悲伤的滋味了，但帕尔默夫妇失去孩子的伤痛完全是另外一种境地，她甚至不敢想象，一想到心中便不胜惊恐。

帕尔默先生瞪了她一眼，她感觉心像深陷进了胃里，刚刚吃下的法式吐司在胃里翻搅不停。

帕尔默夫人带着一副愤怒的面目走近她，“你怎么能这样对特莎?”

“你真无耻。”帕尔默先生挽过夫人的手肘，带着她往餐厅走去，经过摩根的时候，还在她鞋上啐了口唾沫。

摩根畏缩了一下，像是怕他会出手打人。兰斯走了几步挡在她身前，但摩根伸手按住他的前臂，把他拉了回来，“算了。”

“他无权这样做。”

“他们还沉浸在悲痛之中，而且他们认为我在替杀了他们外孙女的凶手辩护。”摩根从包里掏出纸巾，弯下腰擦干净鞋子。她无法责怪帕尔默夫妇的行为，她也太清楚悲伤会给人带来怎样的刺痛，会怎样淹没人的理智，“如果我碰上一个律师，他为杀了约翰或是我父亲的人辩护，我也不知道自己会有什么反应。”

她把纸巾丢进垃圾桶。

兰斯给吉普车解了锁，两人上了车。摩根还能感觉到帕尔默夫妇的怒火。她抬头，透过平板玻璃窗看着餐厅里的两人。帕尔默夫人也正直勾勾地盯着她看。

“我唯一能为他们做的事，就是找出杀害特莎的真凶。”摩根眨了眨眼，避开老妇人的瞪视，“准备好回去工作了吗?”

“你说呢。”兰斯倒车出了停车场。

摩根打开手提包，翻出一排制酸剂嚼了两颗。和帕尔默夫妇偶遇之后她有些不消化，“我们应该和沃斯的妻子谈谈。”

兰斯开着吉普车调了个头，“这主意好。这个马上要变成他前妻的女人肯定最了解他的信息。”

“丈夫有没有误入歧途，妻子一般都会知道。”但她会知道他是个杀人凶手吗?

兰斯的电话响了。他停下车接起电话，“谢谢通知。”

“是卡尔，”兰斯把手机放在控制台上，“迪恩·沃斯从医院逃出来了。”

第三十章

兰斯换到前进挡，锁好车门。一想到沃斯逃出来了，他就想赶紧让摩根坐上飞机到澳大利亚去。

“不是吧!”摩根转过脸瞪着他，“沃斯怎么会跑了呢?”

“他挣脱了束缚，敲晕了一个护理员，偷了他的衣服和身份证。这男人可能是疯了，但脑袋倒非常聪明。”兰斯开车上路。

“他是陷阱触发之前还是之后逃走的?”摩根问道。

“陷阱触发之后没多久跑的。在湖边朝我们开枪前，他肯定就已经设好陷阱了。”

“你觉得沃斯会去哪儿?”

“既然他给自己家设了自毁装置，那我猜他不是去找他妻子，就是又藏回林子里了。以防他选择去找妻子，我们最好在那之前找到沃斯夫人。”

沃斯夫人没有在家，在她做副经理的支行里也没有找着人。支行经理和他们说她前脚刚走。兰斯在这两处地方都没看见沃斯先生的踪影。要是大家都走运，他更愿意相信这个疯子已经躲起来了。

“她害怕她丈夫吗?”摩根问道，“要是我刚申请要和一个有暴力倾向、精神不稳定的男人离婚，他还刚从精神病院逃出来了，那我肯定会躲起来。”

兰斯给母亲打了电话，让她调查一下沃斯夫人的家庭和朋友。接着转向摩根，“现在我们去哪儿?”

吃了那顿饭后，她的气色本来已经好了很多，结果又遇上了帕尔默夫妇。他也理解特莎祖父母的悲痛情绪，但这不意味着他能接受他们对摩根的斥责谩骂。

“介不介意到我家去一趟? 艾娃今天请病假在家，我想去看看她。费莉希蒂也还有一小时才放学。”

“当然不介意。”十分钟后，兰斯把车停在了戴恩家的车道上。屋内，艾娃用一个大大的拥抱和微笑迎接了摩根。

“她好多了。”祖父坐在摇椅上说道。

摩根抬起女儿的下巴，“明天要回学校哦。”

艾娃点点头，“曾祖父在麦当劳给我买了杯奶昔。”

“听起来很美味，”摩根说道，“我去趟卧室，一分钟，马上回来。”

母亲离开房间之后，艾娃的视线落在了兰斯身上，“你的手臂怎么了?”

他低头看了一眼，原来是掉了一块邦迪，“擦伤而已。”

“痛吗?”艾娃问道。

“一点点痛而已。”兰斯说道。

“你需要一块邦迪。”

她拉住兰斯的手，把他牵到厨房里，他虽然心里感动，面上却还强装着。

她指了指上面的橱柜，“箱子在那里。”

他打开橱柜，把朝上一面有着红十字的白箱子拿下来，递给她。

“你坐这儿。”她领着他坐在椅子上，把箱子放在桌上打开，接着仔细选了一个有着粉色公主花纹的创可贴，贴在了他的手臂上。她靠过去亲了亲那个创可贴，“痛痛飞掉。”

兰斯觉得自己心上像裂开了一个宽大的口子。他还算是个硬汉呢。

“我去和吉安娜玩啦。”她从椅子上蹦下来。

“谢了，艾娃。”兰斯在后面喊了一声，小孩从厨房飞奔出去，差点撞上走进来的摩根。

“我得走了，爱你，宝贝。”摩根对着她女儿的背影叫道。

摩根先一步走出家门，路上又停下来和祖父道了再见。

在她摸上吉普车门把的时候，兰斯注意到她右侧腰下有一个可疑的凸起物，“这是你的枪?”

“是。”她在裤子上加了一根皮带，不用说，当然是用来装枪套的，“你能看到?”

“你外套紧的时候能看到。”他知道她有武器，但从没见她带上过。

她调整了枪套的位置，“我已经很久没有带过枪出门了，只有偶尔去靶场才会带上。”

“你会定期练习吗?”

她笑道：“就算我不想去，祖父也不会允许的。”他们坐上车子的前座，“费莉希蒂的家离这儿不远。”摩根给了兰斯地址，他开车离开了附近的社区。

韦伯斯特家住在一间科德角式洋房里。蓝色护墙板，白色窗边，还有黑色百叶窗都是新漆好的。白色尖篱围住前院苍翠繁茂的绿茵。

兰斯把车停在路沿，两人走到屋子门口。费莉希蒂在他们敲门前便打开了门，长长的金发编成一条辫子垂在背心。

"进来吧。"费莉希蒂退后一步。

打开的前门正对着客厅。费莉希蒂直接领着他们进了一间窄小而整洁的厨房。房间后面有一个纱窗露台，从那里能看到小院子里悉心打理的草地。他们穿过几扇法式玻璃门，走到露台上。费莉希蒂坐在一把阿迪朗达克休闲椅上，抱住她的膝盖。摩根和兰斯坐在她对面一张柳条编织的情人椅上。

摩根开口："谢谢你愿意和我们谈话。"

费莉希蒂眼中噙满泪水，"我不相信特莎已经死了。"

"我知道。"摩根伸手抚上她的膝盖，"我很抱歉。"

费莉希蒂吸了吸鼻子，"你们认为这件事不是尼克做的？"

"是的。"摩根的声音非常笃定。

"我也这么认为。"费莉希蒂赞同道。

"你为什么这么说？"兰斯问道。

摩根一直担心兰斯会吓到费莉希蒂，但她看上去并没有一丝一毫的紧张，只有悲伤。

女孩把辫子搭在肩上抚摸，"首先，尼克是真的喜欢特莎，对她也真的很好。"

"哪个方面？"

"他很细心周到，善良，温柔平和。"她咬了咬辫子尾，"我想象不出他这样的人怎么会伤害一个女孩。"

"他和雅各布就打了架。"兰斯提醒她。

女孩眼中闪过一丝愤怒，"那是因为雅各布对特莎很不好，尼克是在保护特莎。"

兰斯将双肘撑在膝上，“你不喜欢雅各布？”

“雅各布是个混蛋。”费莉希蒂皱着眉，一脸不悦，“如果非要说谁会强奸——”她愣了一秒，用手捂住嘴让自己平静下来，“——一个女孩的话，那肯定是雅各布。”

摩根往前倾了倾身体，像被这女孩的话牵引过去似的，“为什么这么说？”

“因为他做过其他类似的事情。”费莉希蒂猛地站起身，在上了灰色油漆的木地板上来回踱着。

“他对特莎做过什么事吗？”摩根问道。

女孩停了下来，点了点头，“夏天刚开始那会儿有一场派对，我没去，但特莎显然是在派对上昏过去了。第二天，她说她只喝了两杯啤酒，当然她身体状况也很糟就是了，但她却记不得什么关于派对的事情了，接着雅各布就在‘阅后即焚’上给她发了张照片。”

“什么是‘阅后即焚’？”摩根问道。

“就是一款应用，大家可以分享照片和信息，但一看过就会自动销毁。”兰斯说道，“设计初衷是让孩子们可以分享这些东西，同时又不用担心今后这些图片信息泄露到网上，影响他们的生活。”

“这么说即使他们喝醉了或者有人拍了他俩抽大麻的照片，也没有证据了，”摩根说道，“雅各布给她发了张什么照片？”

一滴泪滚过费莉希蒂的脸颊，“特莎一丝不挂，而雅各布正在对她做那种事情。”

兰斯和摩根交换了一个眼神。

“你知道这事儿是什么时候发生的吗？”摩根问道。

“大概是七月初。”费莉希蒂双臂抱紧自己的腰，“具体什么时候我不记得了。”

正好和特莎怀孕的时间吻合。

“但‘阅后即焚’里的图片只能保存很短的时间，现在已经全部从特莎的手机里消除了。”兰斯胸中涌起失望的情绪。雅各布·爱默生是个性侵罪犯，兰斯想要将他绳之以法。

“虽然从技术层面上来说，照片是会从你的手机里消失。”费莉希蒂从短裤后面的口袋拿出手机，在屏幕上滑了滑，“但我让特莎截了屏。我想让她留个备份，因为雅各布这么混蛋，即使他要再耍一遍这种手段也不足为奇，我不想特莎到时候后悔自己没存照片。但她不想把照片存在她祖父母能看到的地方，她觉得太尴尬了。”

太过尴尬，所以没有找警方。只有三分之一的强奸受害者愿意报案，其中羞耻感也是一大原因。

“我把照片存在云账户里了。”费莉希蒂说道。

即使警方拿到搜查令，检查费莉希蒂的手机，他们也压根不会知道这些照片的存在。另外，即使雅各布掌握了她的手机，他也删不掉那些照片。

“照片你现在还存着吗?”摩根挪坐到椅子边缘。

“等我一分钟。我需要下载一下。”费莉希蒂看着她的手机，接着递给摩根，转过头去，像是不忍再看。

摩根举起手机给兰斯看。尽管兰斯对将要出现的画面已经做好了心理准备，看到第一张照片的时候还是倒抽了一口冷气。照片上的特莎仰面倒在地毯上，不省人事，一丝不挂，而雅各布则衣冠楚楚挤在她双腿之间，手里还抓着她的胸部。

“该死。”兰斯反感地移开视线。

一共有四张照片，一张比一张过分。兰斯飞快扫了一眼，起身走到窗前。仅仅回顾那些照片就让他觉得肮脏，好像特莎又一次被侵犯了一样。这个案子发生以来积攒的愤怒此时彻底越过沸点。虽然雅各布·爱默生才十七岁，但想到他对特莎做的事情，兰斯就想痛打他一顿。

雅各布还说他把特莎当作妹妹，真是够了。

摩根把手机放下，对费莉希蒂说道："这些照片现在是证据了，我需要征用你的手机，你还需要提交一份正式的口供。"

费莉希蒂点头，"好。"

"这些你为什么没给警方看?"兰斯问道。

"他们只问了我两周前的事。"费莉希蒂耸耸肩，"我没想到几个月前发生的事情会这么重要。我觉得我应该想到的，但特莎死后我太伤心了，头脑有些不清楚。"

该死的霍纳……

他和地检官都认为尼克就是他们要找的罪犯，这样仓促逮捕，安抚大众，让他们以为暴力罪犯在大选之前就已经被抓，而对于其他嫌疑人的调查却只草率敷衍了事。他们只看见了雅各布光鲜的表面。

摩根收好手机，两人离开了费莉希蒂家。

"你觉得他有没有给她下药?"摩根问道。

"无法证明。"回吉普车的路上，兰斯走在前面，摩根把自己的手机从包里拿出来。

"你要打给谁?"他问道。

"地检官。我们需要见面谈谈。"摩根滑动着屏幕，"我们需要采集雅各布·爱默生的DNA样本，看看他是不是特莎孩子的父亲。虽然我们也有几种方式可以办到这件事，但说实话，布赖斯办起来还是更快一些。反正我也要向他汇报调查中发现的信息。"

发现线索的过程是一条双行道，公诉人要告知所有针对尼克的不利证据，但辩护方同时也有着相同的职责。

“你认为他会合作吗?”兰斯问她。两人在行道上停下脚步。

“如果他从中作梗，根据警方已经逮捕疑犯的事实，法官有可能驳回我们的请求。雅各布不是嫌疑人，另外，即使坐实了是他让特莎怀孕，也不意味着是他杀了特莎，可是能证明他说谎。他父亲知道这一点，肯定会努力阻止我们取得样本。”

“但这是一项新线索。”

“是的，我们最后肯定也能拿到雅各布的DNA，但我想早一点总比晚一点好。我想让尼克早点释放。”她伸出手指点点下唇。“布赖斯明天就要参加大陪审团预审。如果他拿到起诉书的当天，这个新证据正好公之于众，他肯定会看起来像个傻子一样。”

“但他不能推迟听审。”

“他是不能，他还是可以提起诉讼，但他要知道雅各布撒了谎，肯定也不会高兴的。目击者撒谎就造成了合理的疑点。布赖斯不喜欢打没有把握的仗，他上庭打官司一般都要有必胜的决心。”摩根的注意力又转移到电话上，她让接线员传话给布赖斯，“麻烦转告他，他会想要见我们的。”她停顿了不到一分钟，又说道，“谢谢，”

她放下电话，“他现在就要见我们。”她眼中闪烁着自信的光彩。

“这是怎么了?”他问道。

“这起案件处处针对尼克，我想这是我们第一次找到了真正的漏洞。”

三十分钟后，他们把车停在了市政大楼里面，两人的手枪都锁在吉普车的储物箱里。兰斯跟着摩根来到了地检官工作的楼层，他的秘书也没让他们久等，两人一进办公室，地检官便站起身来。

摩根和兰斯分别在他办公桌前的两张椅子上坐下。

布赖斯朝兰斯点了点头，激光般锐利的视线又落在摩根身上，“这是怎么回事，摩根？”

摩根从口袋里抽出一个塑料袋，里面装着费莉希蒂的手机。她隔着透明的塑料层点了图片应用，调出特莎的那几张照片，接着把手机递给布赖斯。

兰斯见过布赖斯·沃尔特斯在法庭上的表现，凭这位地检官的演技，哪天应该可以去角逐一下奥斯卡奖。但即使淡定如布赖斯，在浏览特莎那些照片时，也没能维持住自己的那张扑克脸。布赖斯眼中迅速闪过一丝厌恶，兰斯顿时放心下来。他之前还一直害怕这位地检官会因为个人野心而对不公之事睁一只眼闭一只眼。

布赖斯放下手机，伸手抹了一把脸，“这是谁的手机？”

“费莉希蒂·韦伯斯特的，”摩根说道，“雅各布通过‘阅后即焚’应用给特莎发了这些照片。特莎截了屏，但不想拿在自己手里，怕万一祖父母看到自己的手机。费莉希蒂把这些图片存在云账户里，为防止雅各布以后故技重施，对特莎或是其他人出手。”

布赖斯悠闲地坐着，“那你想怎样？”

“我想采集雅各布的 DNA。”摩根说道。

“为什么？”布赖斯问道，“我们在她身体里找到了尼克的精子，这已经得到证实了。”

“这些照片能追溯到七月初，”摩根说道，“正好与特莎受孕的时间相符。如果雅各布七月强奸了她，她因此怀孕，那她那晚可能就是与他发生了冲突。这就构成了犯罪动机。”

布赖斯把手肘靠在桌上，双手合成尖塔状，“但为什么要杀她呢？就因为他让她怀孕了？这也不是世界末日啊。”

“布赖斯，那些照片显示雅各布正在猥亵一个毫无意识的女孩，她那时根本无法表达自己是否愿意，而他当时完全能控制自己的行为，如果他当晚致使她怀孕，那就是强奸，她能让他坐牢。”摩根朝着布赖斯办公桌上的手机做了个手势。“即使他没有杀害特莎，雅各布·爱默生也是一个性犯罪者。这完全又是不同的罪名。”

布赖斯的下巴前前后后地磨着，好像他的臼齿——和脑子——在一点点磨掉雅各布的犯罪证据似的。

“媒体要是看见这些照片，肯定要起好一阵风浪。”摩根补充道。

布赖斯眼里燃起愤怒的火光，但随即又眨了眨眼，将怒火掩去。他往后靠进椅背里，“我会让警方带雅各布来审讯，采集他的DNA。”

“我想尽快拿到测试结果。”

布莱斯摇头，“这我保证不了。即使测试结果吻合，也不能证明他是凶手。”

“你在这个案子里已经这样做过了，”摩根争辩道，“有润滑剂的痕迹，那就证明当晚杀害特莎的凶手用了安全套。雅各布可能奸杀了她，但是没有留下精液。”

布赖斯手臂交叉在胸前，“这个推论很牵强。”

“也就是说你能加快之前那些测试的速度，让我的当事人入狱，但不能加快这些可能放他自由的测试？我会和媒体好好谈的，布赖斯。如果你为了保护一个家境富裕的权贵子弟而让尼克烂在监狱里，报道大概不会对你太有利。”

“这也影响不到明天的大陪审团预审。我的证据都是实实在在的。我肯定会起诉你的当事人。”布赖斯瞪着她。

“我们都知道你能提起诉讼，因为大陪审团的预审完全是片面的。我又不能提供证据，”摩根承认道，“另外，我们也都知道这些照片不一定要证明尼克无辜或雅各布有罪。”她朝着手机的方向戳了戳，“这些照片就是合理疑点。”

“我今天和霍纳局长谈过，”地检官说道，“他说你也想要测试迪恩·沃斯的DNA。真是不放过每一根救命稻草啊，摩根？”

“没有，”她回道，“我们只是彻底调查而已。”

兰斯感受到这句话里的讽刺意味像子弹一般弹射在室内，铿锵作响。

他承认这个案子开始似乎毫无悬念。原本就连他都觉得尼克像是有罪。近年来他对司法体系已经失去了信心。太多罪犯身负重罪却仍旧横行逍遥。但也许这一次，这个体系能够朝着正确的方向运作。

摩根的身体往前挪了一寸，“霍纳局长有没有跟你说过去年有人指控过迪恩·沃斯？还有他和特莎同在年鉴委员会里的事？”

她的声音一直十分平静，但姿势和语调却带着居高临下的气势，令他始料未及。她以一种无可挑剔的淑女风范从容展开攻击，他就像在看伪装成女星唐娜·里德的神探佩里·梅森一样。兰斯想到她确实经常会让抗辩的对手措手不及。

“我会催促他们加快测试速度。”地检官眼中的气焰消了下去。显然他也没料到摩根会直接展开攻击，“小心点，戴恩小姐。你这是捅了好几个马蜂窝，早晚会被蜇的。”

第三十一章

监狱，第五天

尼克从餐车上端走一份晚餐托盘。就在他转身时，矮子给他做了一个手势。尼克走过去，矮子随即挪到他身边，在空着的长凳上坐下，“你要愿意的话可以坐在这里吃饭。”

从两天前那场打斗之后，没人再找过他太多麻烦。尼克在他日渐增加的习惯条例里又加上一条：离小牢房的门口远一点。他也注意到了其他一些视觉盲区，他会避开这些地方。

尼克坐下，他希望在监视摄像头的视野内没有人会攻击他。

“我没那么饿，你还想要点饼干吗？”矮子问道。

尼克有些犹豫，脑中颇为头疼地分析着其中的潜台词。如果他拿了饼干，是不是就欠了矮子一个人情？如果他不接受，会不会得罪矮子？

进到这里之后，尼克至少学到了一件事：监狱是依靠一个威望体系运作的。最糟糕的事情莫过于对他人不敬。每个人都有自己的地位，从高到低，等级分明，这个地位是靠自己挣来的。而无礼行为

（即使只是他人主观臆测的无礼）则会影响既定的社会等级。

最终将导致混乱。

另外，尼克还明白了，只要坚持说实话，他也不必记得自己说过什么，“非常感谢，但我不禁好奇你为什么要给我这个。如果我接受了，是不是要帮你做什么事?”

矮子把饼干丢到尼克的托盘里，“你小子挺聪明的。我们一直都拿食物做交易，但这次不是，这只是一次性的和解礼物。”

假如尼克撇开这块饼干，肯定会得罪人，而且像是自己还心存积怨的信号。所以之前打他那一顿是在试探他?

“如果是这样的话，那我接受。”尼克说道。肉卷吃起来像硬纸板一样，但饥饿感还是驱使着他一口一口吃完。以往在家，他都会略过那些湿黏的青豆，但今天尼克却把盘子里的每一点食物都吃得干干净净。

对面桌上坐着的两人正开着玩笑，也没再多看尼克一眼。他忽然意识到这里的人已经不再盯着他打量了。他这是已经通过那个什么测试了吗?

他们凭着填不满的饥饿感，风卷残云吃完了晚饭。

矮子压低声音：“你现在有自己的编号吗?”

尼克摇摇头。他的囚犯身份编号还没批下来，他还在等。从打电话到去食堂买东西，做什么事情都要用到这个编号。

“那真是太糟了，”矮子说道，“今晚我们会办一次分享会，我可以算上你。”

分享会就是囚犯把他们从食堂里买来的食物一起拿出来共享的一餐，像是金枪鱼、拉面、咖啡还有糖果之类的。尼克在到这儿的第一晚曾经看他们办过。

"谢谢，我还是等到能贡献食物的时候再参加吧。我不想占你们便宜。"尼克已经见过有人赖账被打了。

矮子点头，"那下次。"

尼克走到下棋的那些人边上，看了两场比赛。他们的棋艺都不怎么样。尼克要是上场，肯定是横扫千军。但转念一想，这样也不太合适。他还不清楚自己的地位，还是静静做个旁观者，不要牵扯上太多事情，低声给赢家叫个好就行。

墙上的电视里播着一部西班牙电视剧。他不知道遥控器在谁手上，也可能他们都没有遥控器。

即使矮子向他递出了橄榄枝，并且似乎大部分囚犯已经接纳了他，尼克还是觉得颈后寒毛耸立。他根本没法放下警戒，神经总是保持着高度的警觉。是不是这里每个人都有和他一样的感觉？"那个男人"看上去并不紧张。难道是装出来的吗？当然，他有着装甲车一样的体型，还有一群和他体型差不多的兄弟，但雅利安人兄弟会人数是他们的六倍。另外，还有几个其他帮派看起来也一样吓人。有着血帮文身的兄弟们也不是什么好惹的人物。

尼克顿时醍醐灌顶。

他们都是一群亡命之徒。

"那个男人"说过，他犯的是杀人罪，而且还是惯犯。审判结束之后，他是不是要在州监狱里度过下半生了？

他们无所畏惧，并不是因为没有什么威胁，而是不在乎。

尼克呼吸一紧，手心开始出汗。如果他也被判有罪，那会怎样呢？他最少要在州监狱待上二十五年。在案子发展最好的情况下：他出狱时已经超过了四十五岁了。

而最坏的情况下：他可能被判终身监禁，不得假释，再也见不到外面的世界。他要在一间水泥囚笼里度过后半生。他有听经验老到的囚犯提过州监狱，朝四晚八，一天只有一个小时到院子里放风。

这是真实可能发生的事。这个念头一涌上心头，尼克的视线顿时一片模糊。无助感压在胸间，像是有千钧的重量，挤压着肺部，慢慢隔绝了所有空气，让他感到窒息。

停下！

“兄弟，你还好吧？”矮子问道。

“嗯。没什么。”尼克攥起拳头在胸前锤了锤，咳嗽了几声，“喝点水就行了。”

他起身走到饮水器边，压下不断迫近的恐慌症状。他怎么还在这儿顾影自怜？他至少还活着呢，可特莎已经死了。他想象着她的脸庞，她的微笑，她的眼睛。

然后他又想到警察给他看的那些她的尸体照片。

悲伤在他脆弱之时趁虚而入，将他吞没。他是这样想念特莎，想到心痛不已。一想到再也无法见到她，他就感觉自己心里也像被捅了一刀。

他一直想着特莎的样子，她的死状，让愤怒在心中慢慢累积。在这里，愤怒是更为有用且能够被接受的情感。愤怒让他看起来强大。

虽然她向他提出了分手，但尼克知道，她不是真心想要这样做。否则她怎么会哭成那个样子。如果分手让她那么悲伤，那为什么她要这样做呢？几天前他们在一起明明还很开心。

他越想越觉得不解，越发觉得心痛。

要是他发现了是谁杀了她……

他靠近饮水器喝了几口，清凉的液体滑过喉咙，但没能冷却他腹中旋绕的灼热情绪。

远处角落里，几个囚犯正在锻炼身体。虽然没有健身器材，他们倒是很有创意。其中有两个人轮流坐在铺位上让对方拿自己练习推举。还有一个人在搭档做俯卧撑的时候坐在他肩上。但尼克还没有那种信任到可以称兄道弟的对象，他也祈祷着自己不会有时间和这里的人深交，他可不想在这儿待那么久。这些人里面有些已经在监狱里待了好一段日子了。

他转身去看棋盘。场上换了另外两个棋手，新开了一局。围观似乎是最为安全的选择。尼克往回走着，路上一个囚犯正要从两桌中间走出来，尼克马上让到一边。男人朝他走近，有些太近了。等尼克意识到这一点时，要走开已经太晚了。

男人撞上尼克的肩膀，接下来发生的事情似乎都是以慢动作播放的。穿着橘色衣服的身体迅速一扭，尖锐的疼痛便随着刀刃划进了尼克的腹部。那个男人一次次把武器撞进尼克肚子里，第二下，第三下，热辣的剧痛接踵而至。他下意识捂住伤口，不让自己的内脏漏出来。烫热的血液从指缝中流下。

没人过来帮忙。其他橘色的人影也不清楚眼下的形势，都在悄悄退后。

他们不想卷进来。

刺耳的警报声响起，听起来像是从很远的地方传来的，被尼克耳边鼓动的脉搏声掩去。寒冷席卷了全身，凉气钻进了他心里。他支持不住跪了下来。

门砰地打开，水泥地上响起一阵脚步声。男人在大声叫喊。尼克侧着身子倒了下去，肩膀磕在水泥地上。

有几只手把他翻过来仰躺着，把他的手从伤口上移开。

压力。

他看着天花板眨了眨眼。日光灯在他眼中变得模糊而黯淡，几个人影倾下来遮在他身上。透过声音和身形他能判断出这些人是狱警。

更多脚步声落在水泥地上。

有人抓住了尼克的下巴，“坚持住。”

但他做不到。他的神智飘升起来，声音和光线都渐渐隐没，心跳慢了下来。疼痛将他消磨殆尽，随之而至的黑暗才是解脱。

第三十二章

摩根快步走出市政大楼，她脚下轻快，脑子也在高速运转着，“明天就告诉尼克这件事，我都快等不及了。我们终于找到了案子的突破口。我会到巴德家告诉他这个好消息，他也需要一些鼓励。”

尼克的父亲需要希望，而她迫不及待地想把这份希望交到他手上。

“如果是我肯定不会给他太多希望。”兰斯在行道上跟上她的脚步。由于他们已经听到了沃斯出逃的消息，兰斯一路上都在打量四周的环境，“在 DNA 测试结果出来之前，这些意义都不大。”

晚上六点半，访客的车位大多都空了。

“这件事的意义在于起诉方的关键证人说谎了，那个尼克和雅各布打架的视频意义就完全不一样了。现在尼克的解释比雅各布听起来更加贴近真相。布赖斯虽然好像不想承认，但发现了这些照片和沃斯在犯罪现场附近的营地后，我能在他针对尼克的推论中戳出好几个漏洞来。”摩根从小道尽头的路缘走下来，“布赖斯一味仰仗着手上有充分的实证，却没有好好调查，确认这些证据能不能找到另一种解释。”

两人走到吉普车边时，摩根的手机忽然响了起来。巴德的名字出现在屏幕上。摩根接起电话，“喂，巴德。我正要给你打电话——”

“摩根。”巴德嘶哑着声音，“我刚刚接到监狱那边的电话。尼克被人捅伤了。”

摩根僵住了，“什么?”

“他被捅伤了，”巴德说道，“是另一个囚犯干的。我知道的情况也只有这些。我正在赶往医院的路上。”

“我在那里和你会合。”她怔愣地放下电话，解释道，“我们要去一趟医院。”

兰斯替她打开副驾座的车门，“走吧。”

车子飞速掠过模糊的街景，“不该这样。这不公平。尼克之所以会和重刑犯关在一起，只是因为他手上的钱不够，要做辩护工作就不能保释，他需要选择。”

摩根闭上眼，额头靠上冰冷的玻璃。她能感觉到这个案子就快解开了，地检官推论中的那些死结正在她扯动证据之后一一解开。但她没能及时应对尼克的事情，她做得还不够。

“要是我能早点问费莉希蒂——”

“别这样说!”兰斯打断她，“你能做的都已经做了。警方和地检官都疏忽调查的时候，只有你在尽力调查这个案子。你发现了另外两个嫌疑人，戳穿了起诉方一位证人的谎言，让他的证词变得不再可信。你没有什么可后悔的，这不是你的错。错的是地检官和霍纳局长。他们那时那么确信这是个毫无悬念的案子。”

她点了点头，但心中却不真这样认为。从她事后诸葛来看，她本可以做得更好。她在警方逮捕尼克前就应该意识到他们盯上了尼克，认为他就是嫌疑人。她应该在警方发现特莎的尸体之后就马上去询问尼克。她那时就知道，尼克是受害人的男友，肯定在首要嫌疑人之列。

兰斯越过控制台抓住她的手，“你很了不起了。在其他人都背弃尼克的时候，只有你一直支持他。”

到了医院，他们把车停在急诊车位，穿过滑动门进了院楼。他们在急诊室门前的走廊里找到了尼克的父亲，他正用双手撑着额头。十尺开外，一位副警长正靠在墙边。他站在门外，这也就意味着尼克情况很糟糕。糟糕到没有任何逃走或反抗的可能。

“巴德!”摩根冲上前去。

巴德把手放下来，眼里写满恐慌不安，“他们在给他做紧急手术。有个囚犯在他肚子上捅了三刀，用的是什么自制刀具，他们说是剃刀。”

摩根眨了眨眼把一滴泪咽回去，她伸手抚上巴德的手臂，“我很抱歉。”

他覆上摩根的手，“你没什么需要道歉的。”

摩根没提案子的事。现在不是时候，“他们有透露他的情况吗?”

巴德咽了咽唾沫，似乎有些吃力地开口：“他失血太多了，他们不知道他能不能挺过去。”

看守的人还站在走廊里。兰斯带着摩根和巴德到了一间等候室，“我和护士确认过了。医生从手术室出来后会过来找我们谈话。”

“要我帮你打电话找谁过来吗，巴德?”摩根问道。

他扶了扶腰，“不用了，我姐姐正从曼哈顿赶来，应该几个小时就到。”

摩根给家里打了电话，告诉祖父不要等她。兰斯端了咖啡过来，摩根只浅啜了一口胃里便泛起酸来。巴德来回踱着，兰斯给夏普打了电话，给他汇报了情况。摩根在一张椅子上坐下继续等。兰斯坐到她身边。几人在凝重寂静的迷雾中等待了几个小时。摩根不清楚具体时间，但腿上针扎般的刺痛感迫使她几次起身踱步到走廊上去。巴德的姐姐来后，也和他一同在房里徘徊。

一道人影越过门口。摩根回过神来，只见一个穿着绿色手术服的外科医生走进房间，颈上还系着手术口罩。

他把手术帽从头上拿下来，“扎伯罗斯基先生?”

巴德点头，他僵在房间中央的位置，就像害怕靠近医生一样。

就像害怕会听见尼克是生是死的消息一样。

“我实话实说。他的伤非常严重。他腹部中了三刀，更严重的是肝部还有撕裂伤。我们已经修复了伤口，但他失血太多，已经输了好几个单位的血量。”医生顿了顿，双唇严肃地紧抿着，“接下来的二十四小时对他来说很关键。他还年轻，身强体壮，而且也熬过了整场手术，没有出现什么并发症。现在就等他恢复了。”医生的目光扫过房间，“他一转到外科重症病房后，你们就可以去看他了。”他巡视了一周，“仅限直系亲属。你们还有什么问题吗?”

巴德摇摇头。

“我知道一下接受这么多信息有些困难。你可以跟着指示牌到外科重症室，等会儿尼克送到病房之后，会有护士来找你。”医生说完便走出了房间。

巴德长舒一口气，接着转向摩根，“我回头会打电话给你。太感谢你了，你是唯一一个一直相信他的人。”

摩根握住巴德的手捏了捏。接着巴德和他姐姐也离开了房间。

“来吧，我送你回家。”兰斯伸手环过摩根的肩头。

可她的手却颤抖起来。她屈起手指紧握成拳，遏制住颤抖。一天下来的紧张与恐惧终于突破了她自控的极限，“不行，我不能这样回去。”她看了一眼手机上的时间，“已经午夜了。”这时候回去她肯定会吵醒祖父。

她感到迷茫，四肢无力，手脚也不协调，就像要散架一样，全靠兰斯环在肩上的手臂固定支撑。

“我今晚能跟你回去吗?”她问道。

他的手指顿时掐进她的手臂里，下一秒又松开，“好。我们走吧。”

摩根任由他领着穿过走廊，走到出口。清凉的夜风迎面吹来。她深吸一口，清爽的空气像振奋人心的一剂能量针打进肺里。

兰斯开车回到镇上，在一间平房门前的车道上停下车。这感觉真是奇怪，摩根家他去过那么多次，他家摩根倒从没来过。他按下遮阳板上的一个按键，打开车库大门。

两人下了吉普车。摩根看向这栋雅致的牧场式房屋，“你家离办公室很近啊，可以走着去。”

“我有时是走着去，不过那是一整天都要待在办公室的时候，但这种情况比较少。往往是整天都要在外面跑。这份工作挺费腿脚的。”

她跟着他进了车库，“你喜欢这份工作吗?”

“我之前没料到自己会做这个，但确实挺喜欢的。”兰斯说道。

车库有两辆车的空间，半边都塞满了冰球装备。

“你还在打球?”

“我在教一群难搞的孩子。中枪之后，我基本上就再没上过冰场了。”

摩根跟着他进了屋，一打开门，眼前即是房子的起客厅兼餐厅，后面就是厨房，客厅边还有一条走廊，可能是通往卧室。屋内非常整洁，几乎可以说是空荡，里面只有极少的几样家具，没有装饰品。客厅里只有一张小沙发和摇椅对着电视。最让摩根惊奇的还是一架小型平台钢琴，它占据了整个餐厅的空间。

跟着他进厨房时，她感到一阵冰冷的麻痹感忽然席卷全身，令她毛骨悚然，手又开始颤抖起来。

“你要吃点什么呢？你现在饿吗？”兰斯转身看向她，探究的视线上下打量她，“茶还是咖啡？”

“不用了。”摩根想到刚才医生告知尼克的情况时，巴德是怎样一副表情，“我想知道尼克现在情况如何。”摩根胸中涌起矛盾的情绪，情绪间的冲突太过激烈，让她也难以捉摸。愤怒，失望，无助，此时全都放在一口毒汤里煎熬，“你有没有酒？”

“不太确定。我找找看。”兰斯打开三个橱柜，又一个个关上，最后在桌上的圆转盘后面发现了一瓶还没拆封的威士忌。这显然是别人送的礼物，瓶颈上还系着一只蝴蝶结，“到夏普手下工作之后，为了配合他那个‘让兰斯变健康’的运动，我就戒了酒。不过他也不排斥有机红酒和啤酒就是了。这瓶是红瀑警局的兄弟们给我的饯别礼。”

他往玻璃杯里倒了一点点递给她。摩根小酌了一口，威士忌从她的舌尖一路烧到胃里。终于有了一点暖意。

“我去洗个澡，你不介意吧。”兰斯问道。

“不介意。”摩根又喝了一口威士忌，“我就待在这儿。”

他转身消失在走廊尽头。

她提起瓶子，豪迈地倒了一杯，接着把瓶子放下。慢慢地，麻痹感褪去，像风暴过后的洪水。电话铃声响起，她在口袋里摸了摸，把手机掏了出来。

“喂？”她屏息等着。

“我是巴德的姐姐，他现在陪着尼克，让我打电话来和你说下情况。尼克现在血压上升了一些，算是好消息。我先不多说了，巴德还需要我照应。”

“谢谢通知。”摩根说道。

巴德的姐姐挂断了电话。摩根走到钢琴边坐下，把那杯威士忌放在边上的方便托盘里。她小时候曾经上过钢琴课，可现在她唯一能弹的曲子就只有“筷子华尔兹”了。

兰斯洗完澡回来，身上穿着一条运动短裤和一件舒适的 T 恤，脖子上围了条毛巾。他拿起毛巾擦了擦头，金色的短发一根根竖起来。

“尼克还在坚持着。”

“太好了。”

她弹了几个音，“希望你不会介意。”

“当然不介意。”他在她身边坐下。

“弹首歌吧。”

他把她往边上挤了几寸。摩根和他相处的时间很长，知道他喜欢经典摇滚，所以当“哈利路亚”的前奏响起时，她确实有些震惊。等他开口唱出来的时候，她就更震惊了。他的嗓音低沉流畅，抑扬顿挫，充满丰沛的情感。

她也同他一起唱了起来，可唱到那句冰冷与心碎的歌词[①]时，她又顿时失声，内心深处有什么东西像裂开了。兰斯一个人把剩下的部分唱完。最后几个音渐渐消失在寂静之中，泪水从她的脸上滑落。

她转身面对着他，“不该是这样的。孩子们还这么年轻，不应该

---

① 译者注：《哈利路亚》为加拿大诗人兼民谣歌手莱昂纳德·科恩创作的歌曲，这里唱到的歌词应为“但爱并非胜利的游行（love is not a victory march），它是一首冰冷的、破碎的，哈利路亚（It's a cold and it's a broken，hallelujah）”。

就这样死去。特莎应该还活着，尼克应该想着周末要带她去看哪部电影才是。怎么会发生这样的事呢?”

她拿起威士忌，希望杯里的酒能赶快麻痹她的意识。

“这不是处理问题的办法。”兰斯伸手去夺她的杯子，“吃点东西好不好?煎蛋卷怎样?”

“我不饿。”她把酒杯从他手里抽出来，“可能我压根不想处理问题，可能我已经烦了，不想再处理每件事情了。可能我就想什么都不用考虑，轻轻松松度过一个晚上。”

她站起身，走进厨房又倒了一杯酒。兰斯跟了上来。

她的心绪不停飞转着，像一座旋转木马。特莎的图像，浑身是血，支离破碎，被泥土掩盖的样子；伤口的照片；尸检报告；犯罪现场的照片。幻灯片一样不间断在心中放映，就像烙进了她的视网膜一样。

她仰头把杯子喝空，又一口酒液顺着喉咙滑进胃里。她喜欢这种灼热感。几秒后，她身上每一处边角都被安抚得平整柔顺。酒也不过就是一张贴在伤口上的邦迪，但如果你只有这一张邦迪，你还是得用它。

对吧?

“摩根……”兰斯又凑近了一些，几乎和她的身体挨在一起。他拉住她的手臂，让她转过身面对他，手抓着她的上臂。

如果说威士忌是让她觉得热，那靠近他就已经让她身上的热度破表了。兰斯有一种魔力，可以让她忘记所有事情，让她的大脑罢工，只留下感受。

她放下杯子，又往里倒了一些威士忌，“我要证明尼克是无辜的，即使他……”她不想把自己最害怕的事情说出来。开始，她害怕会辜负尼克的信任，最终他还是会以谋杀罪锒铛入狱。监狱是很危险。但她没有想到尼克进县监狱才五天时间，就有囚犯想要杀他。但是她想解决这个案子，究竟是为了尼克，还是为了她自己？

如果尼克死了，她这样孤注一掷，到头来还是徒劳无功。

整个社区的人都讨厌她，她的工作还没开始就已经泡汤了。

这也不是她第一个与大众意见相悖的案子，她全家都致力于维护正义。她这一生都被教导要尊重法律。违法乱纪的人就应当承受相应的后果。几年以来她一直尽力将犯人绳之以法，送进监狱。这个案子也不例外。是警方抓错了人，真凶仍在逍遥法外。而就因为他们的失误，尼克现在正躺在重症病房，命悬一线。

她想起尼克和祖父下棋的场景，还有他在前草坪上给自己的女儿吹泡泡的情景。她实在无法把这些画面和那个挣扎在死亡边缘的男孩联系起来。

不公平。不公平。不公平不公平不公平。

泪水灼伤了她的眼角。她把杯子倾倒过来，仰头又喝下一大口威士忌。酒味在她的舌尖变得柔和，她的意识开始有些模糊。

“我知道你今晚很难受，但威士忌解决不了问题，”兰斯说道，“我知道。去年冬天我也试过这条路，反而让事情变得更糟了。”

摩根又啜了一口酒。酒精也许不能解决问题，但老实说，她现在已经没有办法了，“那什么能解决问题呢？”

尼克能撑到早上吗？

他没有做错任何事，这些事不应该发生在他身上。摩根不相信他会有意伤害任何人，“你相信尼克是无辜的吗？”

“我不确信他是有罪的，”兰斯说道，“但我觉得我们还没找到真相。”

“我的判断是不是有所偏颇？是不是因为我太希望他是无辜的，所以竭尽一切想要证明这一点？”

她的肌肤上绽开一阵暖意。她把酒杯放在柜台上，避开兰斯的触碰，将西装外套脱了下来。

“我不知道。”兰斯坚定地抓着她的双臂，“但无论发生了什么，都不是你的错。你已经发现了地检官推论中几个重大的疑点，我们会解开案子，找出杀害特莎的真凶。”

“即使尼克已经……”下半句话她说不出口。

但兰斯已经领会到她的意思，“是的，即使如此。”

摩根将双手搭在兰斯肩上。虽然他不是百分百确信尼克是无辜的，她还是很高兴他能参与调查。她身边需要有一个客观的人，能够时刻牵制住她的人。

明天。明天再想案子。

现在，她最不想做的就是保持冷静自持。她想清空脑内的一切思绪，纯粹去感受。威士忌促成了这一切。她靠近了一些，闻到了他皮肤上雪松的气味。她踮起脚尖，贴上他的嘴唇。

她感觉人生中的一切都荒唐至极，不合情理，唯独这件事不同。他的嘴唇有薄荷的味道。她深探进去，舌尖扫进他的嘴里。她需要更多。肌肤，他的肌肤。紧靠在她的身上。

她扯了扯他的衣角。

她的手滑进衣料底下，抚上他背部硬实的肌肉。他是如此结实，洋溢着十足诱人的男性魅力。她触摸到的越多，尝到的越多，想要的也就越多。她睁开双眼，他的眼眸已经变为深邃的墨蓝。他带着同等的热度回吻着她，眼中显现出的渴望偷走了她的呼吸。

他的手指拢住她的臀部，将她拉近了一些，胸腔深处溢出一声低吟，一个略长的硬物抵在了她的肚子上。

她心底一个声音在提醒着自己，她实在太想要这个男人了，两人之间的热度也在慢慢盘旋着上升，迫近失控的边缘。

她压下心里那个声音，双手滑到两人身体中间，爱抚着他腹部硬挺的线条，他“嘶”地抽了一口气，整个身体都僵住了。

兰斯往后退了退，捉住她的手从T恤里抽出来，“我给你倒杯茶，要不再做点东西给你吃吧?”

“我不想要那杯茶。”她蜷起手指伸进他的T恤，“我想要你。”

他眼中闪过纯粹的欲望。他也想要她。他眯起眼睛，过了几秒又睁开，此时眼中的渴望已经冷却下去，“你现在不知道你想要什么。”

“不用你来告诉我我要什么!”摩根腹内燃起一阵失望，浓重而炽热，沉积两年的悲伤与痛苦最终逐渐化为了愤怒。这个该死的世界为什么如此不公平？她那样全身心地爱着那个男人，这个家也很需要他，为什么他就这样被硬生生带走了？这要让她如何释怀?

她生命中还有另一个她可以去爱的男人，这个人就站在她面前。而且，该死的，她真的想要他。

她闭上眼，靠过去，额头抵在兰斯胸前。

兰斯伸手环住她，脸颊贴上她的头顶，“我不能解释你的情感，但我清楚自己是什么感觉。我们都知道今晚会发生什么，这是你驱除心魔的一种方式。我们是朋友，我也很关心你。你是一位美丽出色的女性。和你做爱简直就像朝圣一样。任何脑筋正常的男人都会欣然接受和你同床的机会。但我不会让这个玷污我们的友谊，我不会成为被你淘汰掉的东西，不会成为让你后悔的对象。”

当然，之前她早已感受到了他身上的吸引力，但今晚在他眼中看到的深邃情感，她却是前所未见。

今夜，一切都感觉不一样了，感觉更加浓烈了。只是因为今天的压力吗，还是说他们的情感确实是真的？兰斯说得对。他们不应该在这么沉重的压力之下做出如此重要的决定。

他在努力做出正确的决定，而她却如此自私。

“对不起，你已经为我做了那么多，可我只是一味索取。”她直起身子往后靠了靠。羞耻感在体内冲刷着，抹尽威士忌带来的醉意，“我只是实在受不了一直压抑自己的情感。”她从他的怀抱中退了出去。

“我知道。”他又将她拉近一些，“对不起。”

她依依不舍地退后，“我不是有意要伤害你。”

“你没有。”只是因为他阻止了她。

她搓了搓手臂，想念着他身体的热度，“介意我在这儿冲个澡吗？”

“不介意。要给你准备衣服换上吗？”

“那真是太好了。”

兰斯带她进了客房，“走廊浴室有淋浴房，盥洗池下面有毛巾，床单是干净的，如果还有什么需要，叫我就好。”

我需要你。

但这些话哽在了她嘴里。

他给她拿了一条短裤和 T 恤，“裤子有松紧带。”

她接过衣服去洗了澡。无论把水开得多热，她都几乎感受不到水打在肌肤上，从里到外只有一片麻木。

威士忌并不是她的朋友。

上衣遮到了她的大腿中部，裤子即使拉上松紧也只堪堪挂在臀上。她穿好衣服，钻进客房的床褥里，把枪放在床头柜上，但睡意却迟迟不来。她一直盯着天花板，等到破晓第一缕灰色的光纹照亮天空，她便又从被子里钻出来，把枪塞进包里，穿上鞋，离开了这间屋子。

太阳从地平线探出头来，天空转为淡粉色。摩根走过六个街区回到了夏普侦探事务所，路上一个人都没遇见。她的小货车还停在这里。从上次犯罪现场出了事故之后，她一直都在后备箱里多备着一套衣物。她从车里拿出换洗衣服，从包里掏出上次夏普给她的钥匙，朝前门走去。她需要先换好衣服再回去见她的女儿们，否则她很难解释自己怎么会穿着兰斯的衣服。

一阵刮擦声让摩根的后颈顿时寒毛耸立。她转过身，街上空无人烟，二十英尺之外的地方，高高的篱墙将夏普的院子和隔壁的领地隔绝开。摩根保持着警惕，倒退着走回办公室。树篱簌簌轻响，被后方升起的太阳照亮，树篱中背光走出一个人，草地上投映出他的影子。

第三十三章

兰斯醒来时，房里一片漆黑。他担心在重症病房的尼克，在逃的疯子迪恩·沃斯，还有昨晚在他怀里几近崩溃的摩根。

尤其是最后一个。

他的手扫过身边空荡冰冷的枕头。他竟然忍住了没把她带上床，真他妈是个奇迹。除却身体的吸引，摩根拥有一切他令他动心的女性特质，拥有深入灵魂的美，兼具力量与纤弱，令人难以抗拒。

他不知道摩根如何能应付肩上如此沉重的压力和责任，光是照看母亲有时已教他应接不暇。

昨晚他几乎没怎么睡，醒来时关节就像生锈的铰链一样。他现在只想要喝杯浓咖啡，再冲个热水澡。夏普的绿茶是绝对没法在兰斯雾蒙蒙的脑子里开出一条思路来的。

一起床他就觉得屋里空荡荡的，他穿上一条短裤，走到客房门口，门微开着，他从门缝朝里看了一眼。

摩根走了。

该死。

她只可能去一个地方，她的小货车在办公室那边。兰斯拿起一件

T恤套在头上，穿上鞋出了门。沃斯还在外潜逃，他可是个危险分子。

他赶到吉普车上时，太阳刚刚从地平线上探出头来。兰斯开着车到了办公室门前，把吉普停在路沿，从车上跳了下来。走向办公室的路上，他看见摩根的手提包和小露营包落在通往门口的行道上，心跳顿时漏了一拍。

他掏出枪，走进屋里，“摩根?”

“在这儿。”厨房传来女人的声音，他如释重负，几乎有些眩晕。他捡起她的手提包和露营包，带着它们走进来。

摩根坐在厨房的桌边，身上仍穿着他的衣服，膝盖上一处擦伤正在流血。那条流浪狗靠在她腿边。夏普穿着短裤T恤，正煮着一壶茶。

兰斯一走进厨房，那条狗马上竖起毛来，奔到他与摩根中间吠叫起来。

他停下脚步，“发生什么事了?”

“刚才有人在外面。”摩根把手放在小狗头上，“我绊倒了，摔破了膝盖，她跑出来赶走了那个人。”

“你看清他是谁了吗?”兰斯把她的东西放在她旁边空着的厨房椅上。

摩根摇头，“他躲在隔壁家的树篱里面，走出来的时候阳光刚好射进我的眼睛，这条狗从后院跑出来，他就又躲进树篱里面消失了。”

“报警了吗?”兰斯问道。

夏普摇头，“他又没做什么违法的事。”

兰斯骂了一句，“查过监控镜头了吗?”

夏普从他身后拿出一个iPad平板，在屏幕上划过几个界面，接着把平板递给兰斯，“他背着光，中等身材，穿着牛仔和带兜帽的外套。看起来脸上像包了什么东西。”

“这帮不上什么忙。”兰斯看了视频，只能看到这人的影子，几乎没有什么细节，只能大概判断是个男人。他走出了树篱。还没走两步，一只白色的模糊影子就朝着他冲过来。男人转身窜逃，“这狗冲得真快，像火箭一样。”

“我会把这个图像发给一个朋友，看他还能不能挖出一些细节。”夏普说道。

摩根摸了摸狗头，“如果我们认为这个人就是杀害特莎的凶手，那就可以排除罗比·巴罗内和他父亲了。罗比太过瘦小，他父亲又太过高大。”

“如果他和这个案子无关呢?”夏普说道，“也许他就是一个在隔壁家踩点准备作案的小偷。”

“也可能是雅各布·爱默生，”兰斯建议道，“我敢肯定地检官肯定已经通知了他父亲。说不定他对我们要取他的 DNA 心怀不满。”

“还有可能是迪恩·沃斯。”夏普说道，“要在大街上掳走一位女性是一件非常疯狂的事。现在红瀑警局、县警局和州警局都在找他，但他非常狡猾。”

“别忘了凯文·默多克。”兰斯补充道，“我知道，在这位杰米的未来继父身上，我们还没找到什么污点，但我还没排除他的嫌疑。”

“我们能排除的只有一个人。”摩根把一片邦迪贴在膝盖上，“那就是尼克。说到这，巴德给我发了信息，尼克现在情况已经稳定了，他恢复得也比医生预期的要快。他们认为他已经脱离危险期了。”

“那真是松了一口气了。”兰斯说道。

夏普把一杯茶放到她面前的桌上。

“谢谢。”她说。

兰斯想和她对视，但她正非常专注地搅动着加进茶里的那勺蜂蜜。

还没有喝茶，她又忽然站起身，“我得赶紧换衣服回家，我想在女儿去上学前看她们一眼。”

夏普递给她一张邦迪，她带着露营包离开房间。浴室传来门的开关声。几分钟后，摩根穿着一条牛仔和一件薄针织回到厨房。那条狗依然像膏药一样贴在她小腿边，“夏普，谢谢你赶过来救我。”

“你手上有格洛克手枪，还有这条狗，我觉得你不怎么需要人救。”夏普说道。

“还是谢谢你。”摩根换了只手拎露营包，从厨房椅上抓起手提包，“我用不了几个小时就会回来，到时我们可以继续找沃斯的太太。”

“听上去挺靠谱的。”兰斯把她送到前门。

她弯下腰拍拍小狗的头，“你得待在这儿，至少暂时是这样。”

兰斯跟着她走出来，确保狗没有跑出前门。

她顺着行道走到车边，转身对他说：“昨天晚上的事情我很抱歉。”

“没什么好道歉的，”兰斯说道，“你只是在为尼克的事情伤心。”

他们的视线胶着了几秒。

她的眼神伤感而无奈，“那件事我的确做错了，实在抱歉。”她转身坐进驾驶座，把提包和露营包都扔到副驾座上，“那种事不会再发生了，我保证。”

这话让他心里涌起潮水般的情绪，她这是后悔了吗？

如果情况有所改变，如果她不是这样牵挂着她的亡夫，如果没有那三个极易受影响的无辜小孩，如果他母亲的精神疾病没有让他如此劳心伤神。

太多如果了。

但他前夜说的话完全是发自真心。他不想成为一个遗憾。不想留给她遗憾。

“到家后给我发短信?”他问道。

她点了点头，关上了车门。

兰斯看着她的车走远，心窝上的空洞不由恼人起来，昨晚他表现得那样正人君子，可能已经错过了唯一一次和她做爱的机会了。

他甩掉这些情绪，走回屋里。兰斯回来时，夏普还待在厨房。

“我想知道今早这个男人为什么在我们办公室外面。”夏普说道。

“他是跟踪摩根过来的，还是在这里埋伏等待呢?”兰斯问道。

“好问题。我还好奇他知不知道我住在楼上。”

“他肯定不知道这儿有一条狗。”兰斯走回厨房，那条狗正在角落里，带着怀疑的眼神看着两人，“火箭狗可算给了他一个惊喜。”

“别看她，她会紧张的。”夏普无视了那条狗。她一看见夏普有所动作便缩进了桌子底下。夏普装了满碗的食物和水放在角落里，就像每天都这样做一样，“所以今早摩根为什么会穿着你的衣服?”夏普的问题还是一样单刀直入。

“不是你想的那样。”兰斯走到冰箱前倒了一杯过滤水。

夏普举起双手，“我可什么都没想。”

“昨晚我们离开医院的时候已经很晚了。摩根在我家客房睡了一晚，什么都没发生。”兰斯也不知道为什么，但他觉得让夏普知道这点很重要。

夏普说道：“当然没事发生了，你不会占她便宜的。”

“我倒是想，”他承认，“我这样是不是很混蛋?”

那个吻就差点要了他的命。

“没有，只是让你看起来更像个人了。”夏普拍上他的背。

敲门声响起，兰斯走到门厅，从窗户往外看了一眼，“是托尼·阿莱西，杰米·刘易斯最好的朋友。”

他把门打开。

托尼的莫西干头又染成了鲜绿色，“我知道现在还早，我是想上学路上顺便过来。我想和你谈谈，是有关杰米的事。”

兰斯让到一边，夏普就站在他背后的走廊里，往办公室的方向抬了抬手，“进去里面谈吧。”

夏普的办公桌前，托尼正紧张地绕着圈子。兰斯抱臂倚在墙边，夏普在办公桌后面坐下，“你找我们有什么事吗，托尼?”

托尼停下脚步，“是杰米。”

“你见过她了?”夏普问道。

“没有，这才是不对劲的地方。”他又继续沿着房间绕起圈来，“她离家出走之后，我一周会在湖边见她两次。我会给她带食物和其他她需要的东西，虽然她没告诉我她住在哪里，但我知道她没事。”

“现在呢?”兰斯从墙边撑起身子。

“上两次会面她都没有来。我不知道她去哪儿了，我能想到的地方都找过了，没人见过她。”

夏普皱眉，“上次见她什么时候的?”

“从特莎死的那晚之后就没见过她了。”托尼在椅子后面停下脚步，双手扶上椅背，捏紧手指，“我真的很担心。”

夏普点头，“算你聪明，知道来找我们。”

“把所有她可能去的地方都列出来。”兰斯走进作战室，拿了一张空白打印纸回来，又从夏普的桌上拿了支钢笔递给托尼。

“好的。”托尼坐到椅子上，靠在桌子上写下地点，“但这些地方我都去看过了。”

“杰米可能求助其他哪些人，再列一个名单。”夏普补充道。

托尼写完后把名单推到桌对面，“底下写着我的电话号码，万一你们还有什么问题可以打过来。”

“谢了，托尼。”兰斯把他送出门，又回到夏普的办公室里。

“该死。我们需要找到这个孩子，确认她还安全。”夏普晃了晃托尼写的单子，“我从这张单子找起。如果这孩子还在附近，肯定有人见过她。”

夏普从前门离开，兰斯往自己的办公室走去。他刚在椅子上坐下，就听见厨房里传来咔哧咔哧的声音，接着是狗舔水的声音。

有太多人在这个小镇里躲躲藏藏。为了杰米着想，他们也得尽快找到她。而为了所有人的安全，警方也得尽快确定迪恩·沃斯的位置。

第三十四章

摩根走进前门，索菲已经起床了，她站在厨房里一个长脚凳上“帮”吉安娜做烤薄饼。

“早上好。”吉安娜对上摩根的视线，“有什么新进展吗?”

“尼克好多了。”摩根点头。她在车上已经和巴德联系过了，她也给县警长留了信息，他需要给摩根汇报尼克遇袭的细节。

“妈咪!”索菲从椅子上跳下来奔向摩根。

摩根在半空中截住她，在她额上亲了一下。索菲纤细的手脚抱着她的腰，她托着小女儿往走廊走去，“我来叫醒艾娃和米娅。”摩根现在要调整心情。而和女儿度过叽叽喳喳的早餐时光，恰好就能满足她的需要。

她帮她们穿好衣服，梳头扎好辫子，把她们送到车站。索菲不让摩根碰她的头发，说要等吉安娜来给她做小猫耳朵。

校车来了，她牵着索菲的手，亲吻了米娅和艾娃，看着两个大女儿踩着大大的阶梯上了校车。她和索菲转身回家。

索菲蹦蹦跳跳，“我和吉安娜今天要烤饼干。”

“是吗?”

“嗯哼。”索菲点头，“小猫饼干。”

“小猫饼干听起来很美味。”

“我们会用巧克力碎屑给它们做眼睛，甘草糖做胡须。”

摩根打开门，两人进了屋。

吉安娜已经清理干净了厨房里早餐留下的脏乱。她关上洗碗机门，“你把那个装头饰的篮子拿过来，我就给你做小猫耳朵。”

“喵。”索菲从房里跳走了。

“真是太谢谢你了。她看起来真的很开心。”

“我已经告诉过你了。我喜欢和这些女孩待在一起。”吉安娜微笑，“我觉得自己就像有了几个妹妹一样。”

“明天你要去做透析。我知道是你提出要当她们的保姆，但如果负担太重的话，一定要告诉我，”摩根说道，“只有我们保持交流沟通，这种情况才能继续下去。”

“好。”吉安娜在抹布上擦了擦手，“但我的透析治疗和索菲的学前班时间刚好对上，只要我之后再补个觉，还是没问题的。”

“我们还是得谈谈你的薪水。”

吉安娜固执地摇摇头，“不用。”

“那暂时先算了，但我们之后肯定还要谈的。”摩根转身走向门厅。

“我的答案也不会变。”吉安娜在她身后喊道。

摩根洗了个澡，穿上黑色长裤和一件棉衬衫，把她的格洛克手枪放进右后侧束腰带上的枪套中，套上运动外套，踏上平底鞋，和索菲吻别之后便径直去了夏普的办公室。

她还需要解开特莎的谋杀案。尼克虽然还活着，但他可能还面临着进监狱的危险。

她走进办公室前门，穿过走廊，朝作战室走去。兰斯正从厨房走出来，差点和她撞上。他的头发还有点潮。原本她已经把昨晚的记忆从脑中清了出去，但他沐浴露的雪松气息又让她悸动不已，瞬间将她带回了那晚。他的肌肉在手下的触感，皮肤的气味，嘴唇的味道。

热流忽然窜上她的脸颊。

昨晚她很沮丧，威士忌弱化了她的自制，但今早她却是百分之百地清醒。无可否认，她依然想要他。

但她有准备好接下去怎么办吗?

何况经过昨晚她的所作所为之后，他还会对她有兴趣吗? 她就像个傻子一样。

她躲进作战室里，兰斯紧随其后。

夏普站在白板前，“尼克那边有什么新情况吗?”

“有，”摩根说道，“我在车上接到巴德来电，医生对他的恢复情况非常满意，他现在的情况已经由危险转为稳定了，今早应该就能从重症病房转移出去。”

兰斯长舒一口气，“太好了。”

“我还在等县警长的消息。我想知道是谁捅伤了尼克，理由是什么。”摩根说道，“那个囚犯攻击尼克要冒很大风险，他需要一个理由。虽然也可能是普通的监狱暴力，但我觉得更有可能不是这样。”

兰斯双臂交叉抱在胸前，“在监狱里要安排袭击也不是很难，但这是为什么呢?”

“可能是真凶认为尼克一死，我们就失去了当事人，那么我们就会停止调查。”摩根走到房间尽头，又走回来，“那就说明我们让某些人不舒服了，说明我们调查的方向是对的。”

兰斯指着罗比·巴罗内和他父亲的照片，“我和我妈联系过了，她找不到什么巴罗内家的信息，这一家人就像人间蒸发了一样。她倒是找到了几家和其他疑似WSA成员有关联的公司，现在正在层层排查这些空壳公司，看他们名下有没有地产。”

夏普说道：“我给几个兄弟打过电话，现在还没有迪恩·沃斯的踪迹。地方、县里，还有州警局的警察都在找他。他们也知道他曾经在特种部队服役，找起来会非常棘手。”

“他们是在寻找兰博[①]。”兰斯叹了一口气。

“正是。”夏普附和道。

摩根说道：“我们今天去和沃斯夫人谈一谈，看她能不能想到她丈夫可能藏身在哪儿。”

“那只有祈盼好运了。”夏普用手揉了揉脑袋，“她正在配合警方。他们认为沃斯有可能会尝试与她接触，所以一直在监视她。”

该死。

摩根盯着那块白板，“我们的嫌疑人名单上还有谁？”

“雅各布·爱默生，”兰斯说道，“早上跟踪你的人有没有可能是他？”

摩根拿起监视视频里截下来的图片，用磁铁固定在板子上，“迪恩·沃斯或是雅各布·爱默生，两人都有可能，他们俩的身高体型差不多。”

兰斯摇摇头，“为方便讨论，我们姑且认为跟踪摩根和安排在监狱里袭击尼克的是同一个人。如果这是真的，那我不认为雅各布·爱默生有认识什么能策划监狱袭击的关系人。”

“会不会是他父亲安排的？爱默生先生是哪方面的律师？”夏普

---

① 译者注：电影《第一滴血》的主角，一名退伍军人，在电影中利用强大的游击战术和技能与追踪他的警察周旋。

问道。

摩根打开文件翻到爱默生先生的那几页，“他专职医疗事故，但也会给一些酒驾事故打辩护官司。这也就说明他的工作地点包括法庭和监狱。”

摩根的手机震响起来，“是警长的电话。”

她接起电话，“我是摩根·戴恩。”

“戴恩小姐，”警长说道，“之前找我有什么事吗？”

“谢谢回电，警长。我想知道是谁捅伤了我的当事人？”

警长开口：“那个人的名字叫扎卡里·梅内德斯。他还在等着三起一级谋杀罪的审判呢。”

“你觉得他为什么会这样做呢？”

“目前来看，梅内德斯先生还在行使保持沉默的权利。”警长的声音中透着一丝轻蔑，“但我知道他身上的罪名已经很严重了，估计接下来的一百年他都要待在监狱里了。他非常残暴，我也不确定他伤人需不需要什么理由。”

这个理由完全无法令摩根信服。梅内德斯在那个分区牢房可能捅伤任何一个人，但为什么偏偏选了尼克？“你们还知道什么有关他的信息吗？”

“他有精神问题，”警长说道，“他吸食海洛因成瘾，并且从五年前被军队开除之后，他一直都无家可归。”

“你有他在军队的任何记录吗？”摩根问道。他会不会认识迪恩·沃斯？

“没有。他之前好像隶属于某个特种部队。军队不喜欢透露这些信息，”警长回道，“你不用担心尼克回监狱之后的安全问题，我们已经把梅内德斯单独关押起来了，除了他之前已有的其他罪名，我们还将以蓄意谋杀罪起诉他。”

“谢谢告知。”摩根没有代表尼克再谈任何提出诉讼的事宜。她断定尼克不会再回监狱了，“我想看事件发生时的监控影像。”

“当然可以。”但警长并没有为尼克遇刺的事故道歉。这个男人很聪明，他知道一旦道歉，就可能被解读为这是己方的错误，摩根可能凭借这一点代表尼克提出民事诉讼。

“谢谢。”摩根表示感谢。

“不用谢，如果还需要其他任何信息，可以找我。”警长挂了电话。

摩根向夏普和兰斯总结了一下电话内容：“那个刺伤尼克的男人以前是特种部队的一员。我们要怎样才能知道他是不是和迪恩·沃斯一起服役的呢?”

“我们需要和沃斯的妻子谈谈，”兰斯说道，“他可能知道梅内德斯或其他和她丈夫一起服役的人。”

“祝好运。”夏普转身面向白板，“我今早约了杰米的父母见面。之后我再去找梅内德斯的其他信息。”

“找杰米的事有进展吗?”摩根问道。

“没有。”夏普说道，“最后一次有人见她还是特莎失踪的那晚。”

“听起来很不妙。”摩根站起身，将手提包的带子甩到肩上，“希望她没事。”

摩根和兰斯出门，上了吉普车，在沉默中开车经过了前面六个街区。

车子经过红瀑镇时，她坐在副驾座上，看向车窗外面。邻近镇中心的宅院宽广整洁，露台宽敞，灌木修剪得漂亮，翠绿的草坪也打理得整齐干净。谁又知道这些紧闭的新漆木门之后，到底有什么事在发生着呢？她把车窗降下来几寸，清爽的晨风带着枯叶和木材烟尘的味道。她和兰斯之间的紧张关系像篝火一样炸着火星。她是不是破坏了两人间的关系？

她侧目看他，“我希望我没有毁掉我们之间的友谊。”

“你没有。”但他的肢体动作却与言语相悖。他下巴的肌肉紧绷着，手指也捏紧了方向盘，过了几秒才松开。要不是她有意在观察这些，可能根本不会注意到。

她转过脸去，继续透过挡风玻璃看向外面，巨大的疲惫感席卷而来，像一床被子压在她的四肢上。她将这种感觉从心头甩去。修复他们关系的事先放一放。现在她需要将全部精力投入尼克的案子中。

第三十五章

沃斯夫人家住在一个小户型住宅区里，每一户都建在仿佛邮票大小的地块上。房屋的养护水平也是参差不齐。有些家里的草坪是修割过、耙好了的，而有些则是荒草丛生。兰斯把车停在一间平房的路边。这家房子没有掉漆，也没有摇摇欲坠的百叶窗，只是草坪需要修剪一下。他观察一眼周边的房子，并没有看见迪恩·沃斯的踪影。

街对面，一辆警车停在路边。兰斯认出了坐在驾驶座上的那个年轻警官。认真的吗？霍纳居然让这个菜鸟来这儿等着一个前特种部队军人？

兰斯巡视一遍眼前的宅院，"我猜沃斯夫人没什么时间修剪草坪。"

摩根拢了拢她的包，"要是我们隔壁家草长得这么高，祖父肯定会上门问他们是不是出了什么事，然后他肯定要自己动手料理这块草地。"

"要么，这儿不是你们家那种社区；要么，沃斯夫人不是那种邻居。"

沃斯家边上隔了两房距离的院子里，一间车库的门忽然开了，一个男人走出来，从路边拿走了他的垃圾桶。

“去问问就知道了。”摩根走下车。

她和兰斯走向那个邻居。天空一片阴霾，缺乏阳光的天气显得有些清凉。

“您好。”她招呼道。

这位邻居是个中年人，穿着卡其色裤子和一件蓝色马球衫，胸前还有电气商店的图标。

摩根做了自我介绍，“您认识沃斯一家吗?”

“我叫内德·布鲁克。”那位邻居说道，“我确实认识他们，就是因为认识，所以不太想接近那家人，他们不是很友好，而且那家丈夫是个暴脾气。我去年三月才搬过来的。都开不了窗，整个街区都能听见他们争吵的声音。他搬出去之后安静很多了，听说他彻底疯了，我完全不觉得惊讶。”

“之后您还见过迪恩·沃斯吗?”摩根问道。

“见过。”邻居点头，“他几周前来砸她的门，我出门去叫他小声一点，结果他跟我说如果我还他妈的要多管闲事，他有办法能让我闭嘴。”

兰斯在脑中想象了一下沃斯的形象，一个训练有素，精于伤人的暴脾气男人，顿时有些反感，“然后发生了什么?”

“我报警了。”邻居愤怒地喷了喷气，“警察十五分钟后才来，那个男人一直在骚扰他的妻子，直到听见警笛才走。”

“您最近有和沃斯夫人说过话吗?”摩根问道。

“没有，我有尽量避免。”邻居从口袋里掏出一串钥匙，“我得去上班了。”

“谢谢帮忙。”兰斯递给那位邻居一张名片，“如果您在这附近看到迪恩·沃斯，可以打电话通知我们吗?”

那人把卡片往口袋里一塞，“行。我报完警就给你们打过去。但我要是你的话，我绝对不会找迪恩·沃斯，那男人是个疯子。”

两人回头往沃斯家的方向走，穿制服的警察这时正站在车边。

“能看下你的身份证明吗?”那个菜鸟说道。

兰斯从钱包里抽出驾照，“你不记得我们了?”

“我还是需要记下你们的驾照号码。”菜鸟也拿走了摩根的证件，“在这儿等一下。”他把两人的证件带进车里，几分钟后又回来，把证件交还两人，“谢谢合作。”

摩根和兰斯走到大门前。兰斯按下门铃，左侧的窗帘动了动。几秒之后，门拉扯着门链打开了一条窄缝。一个女人瘦弱的脸从门缝中探出来。

“沃斯夫人?”摩根问道。

女人不确定地点了点头，脸上满是怀疑，“你们是谁?”

摩根介绍了两人的身份，“我们能不能问你几个关于你丈夫的问题？我们几天前碰到过他。”

“他那天是朝你们开枪了是吗?”沃斯夫人问道。

“是的。”摩根说道。

沃斯夫人关上门，落下门链，又重新把门打开，“这几分钟应该算我欠你们的。”

“谢谢您。”摩根越过门槛。

客厅里一片黑暗，窗帘和百叶窗都关着。

沃斯夫人领着他们进了一间小而整洁的厨房。乙烯基地板上没有一点污渍，料理台面也在顶灯下泛着光泽。地上摆着一瓶橱柜清洁喷剂和一堆抹布。沃斯夫人在圆形橡木桌边坐下，双手交叠放在身前，手上的皮肤红肿发炎。

“我不知道该做什么，所以就打扫一下。”她揉了揉指节，“我一直很害怕出门，虽然去哪儿都有警察跟着。昨天去商店买东西的时候，我实在太害怕了，差点没买牛奶和面包就走了。”

“这外面就有一个警察。”摩根坐到她身边。

沃斯夫人急促地吐出一口气，“他们不了解迪恩。如果他想来找我，一个警察根本挡不住他。”

“你不用向我们说明他有多危险，”摩根说道，“他那时想杀了我们。”

沃斯夫人摇头，“如果迪恩想杀你们，你们应该早就死了。”

“迪恩的枪法有多好？”兰斯靠在柜台上。他怀疑沃斯当时是有意放过他们。

“迪恩只要看准了目标，就一定能打中。从不失手。”沃斯夫人搓了搓两只手。

“你的丈夫一直这么狂暴吗？”摩根问道。

沃斯夫人从盒子里抽了张纸巾擦了擦眼睛，声音也变得刺耳，“不是的。这一切都是去年冬天开始的，有个小贱人告状，说他亲了另一个女学生。”

摩根把前臂靠在桌上，“你认为迪恩是清白的？”

“迪恩是有他的问题，但他绝对不会对学生有不当行为。”沃斯夫人对上摩根的眼神，接着又与兰斯对视一眼。她可能是害怕她的丈夫，但她也同样确信她的丈夫不会对学生出手，“除却他的妄想和疯狂之外，迪恩是一个好人，一个正直的人。”

“但你现在却怕他？”

“你不懂。现在这个在镇上逃窜的迪恩正处于精神妄想中，这不是真正的他。”沃斯夫人往后靠进椅背，把纸巾团进手心，抱住自己的腰，“迪恩从伊拉克回来后就变了一个人。那里的经历毁了他。但他有去治疗，有和其他老兵谈话。第一年他很努力地控制自己，等他觉得足够稳定了，他才去申请了教师资格证。他在服役的时候拿到了历史学硕士。”

沃斯夫人眼中涌起更多泪水，她轻轻擦拭眼角和鼻子，“他喜欢教书，这份工作给了他目标。他喜欢孩子，孩子们似乎也喜欢他。我还以为他已经好了，噩梦已经结束，他那时确实可以整夜安眠。他在学校工作越久，也就越能恢复到以前的样子。”

她又停了下来，身体微微震颤，接着叹了口气，“然后一个女孩就去找了校长，说她看见迪恩亲了另一个女孩。迪恩否认了指控，指控说他亲的那个女孩艾丽·萨默斯也否认了。根本没有证据。除了金米·布莱克的一面之词，其他什么都没有。但他的名声被玷污了，工作也完了。他辞了职，之后就患了严重的抑郁症，开始变得喜怒无常。他也拒绝回去治疗。他接受不了。他已经重新塑造过自己一次了，不可能再做一遍。他从抑郁转为了偏执狂。”

沃斯夫人陷入沉默之中。

“您的丈夫有没有提过特莎·帕尔默或杰米·刘易斯?”摩根问道。

“好像没有，”沃斯夫人说道，“当然，特莎这个名字我在新闻里看到过。”

“那您丈夫有没有提到过一个叫扎卡里·梅内德斯的男人?”摩根问道。

沃斯夫人摇头，“没有。为什么这么问?”

“我们之前认为他们有可能一起在军队服役过，”兰斯失望地解释道。如果能确认沃斯和梅内德斯之间存在关系的话，事情会简单很多。但即使沃斯夫人否认了，也不能排除这种可能性。

“这个名字听起来不是很熟。”沃斯夫人说道。

“五月发生了什么?”摩根柔声问道，“他为什么搬出去了?”

“他打了我。”沃斯夫人拿起纸擦了擦脸，躲在纸巾后面小声啜泣了一下，接着吸了吸鼻子，把手放下来，“我不知道我们俩哪个更害怕一些，但我知道有些事需要改变了。除非他接受帮助，否则我是不会和他住在一起的。老实说，我是挺害怕他，所以我给他下了最后通牒，他要想继续维持婚姻关系，就必须接受治疗。”

泪水滚过她的脸颊，这次她已经懒得再去擦拭，“我本来是好意，我以为他足够爱我，会努力维持我们之间的婚姻。但他那时已经理智全无了。他离开了家，自己租了公寓，也不接我的电话。我也不知道该怎么做，我心里还是爱他的，但你要怎么和一个会把你吓得半死的男人一起生活呢? 甚至迪恩走后，我晚上还是不敢闭眼。他变得难以捉摸，不可理喻。他几次过来道歉，求我让他回来。但我一说不，他就会情绪失控。我最后只好提交离婚申请，我帮不了一个不让我帮的男人。”

外面传来狗叫的声音。沃斯夫人从椅子上跳起来。她走到洗手池边的窗前，指腹挑开小百叶窗，从板条中间看向窗外。

兰斯也从厨房另一侧走过来，越过她的肩膀往外看，“你认为他会大白天过来吗?”

“白天又算什么，迪恩不会让这种小事限制自己的行动。”沃斯夫人从百叶窗边退回来。屋里仍是一片寂静，她在屋内来回走动，“拿到离婚协议书似乎是压倒他的最后一根稻草。那天他一收到文件就过来了，他求我让他回来，说他爱我，但他不能再接受治疗了，他受不了。我让他走，他就开始大吼大叫，我锁了门，但他还一直赖着不走，直到警察过来，他才离开。”她在角落里停下脚步，转过身，双手抓着两侧的柜台，“他是到了某种崩溃的边缘，我能感觉到。”

头顶一块地板吱呀一响。沃斯夫人马上把目光投向门厅。几分钟后，一个男人走了进来，手里的来复枪瞄准了厨房。

该死，他是怎么进来的？

兰斯的脉搏狂跳起来。他自动侧过身子，想挡在屋内的女人和持枪的男人中间。

“停下。”沃斯的声音虽然轻柔，却带着十足的命令意味。他穿着沙漠迷彩战斗服，和秋日的枯叶混为一色，脸上抹了泥，手上扛着来复枪，像是拿着武器才觉得安心。

兰斯考虑了一下可行的方案，他也没有太多选择。他也来不及把枪抽出来。所以他要怎样才能阻止沃斯射杀他的妻子和摩根？

“别动。”沃斯说道。

“别担心。”兰斯举起手来，来复枪正瞄准着他胸前的要害。

第三十六章

认出迪恩·沃斯的时候，摩根心里顿时咯噔了一下。他的脸十分瘦削，眼神凶猛阴郁。她把手放在身前的桌面上，不再移动。

沃斯枪口一抖对准兰斯，“双手交叉放在脑后。”他眼光一转，盯着摩根看了一秒，“你也一样。”

“迪恩，他们只是来找我聊聊。”他的妻子说道。

“不。”沃斯摇头，“他们想要带你走，他们想要伤害你。你只有跟我走才是安全的。”

“我不会走的。”她说道，“你需要我，你需要帮助。”

“我现在唯一需要的就是谁来帮我逃走。他们想让我为做过的事付出代价。”他放柔了声音，“我必须付出代价。”他抬起下巴，瞳仁周围有着过多的眼白，双眼中燃着疯狂的光芒。

“迪恩，没人想要伤害你。他们是想帮你。”

“不是。”他吼了一声，又抓紧手里的来复枪，指节捏得发白，像他的眼睛一样，“他们是为了让你配合才这样说。”

迪恩显然是偏执狂，可能还有妄想症。摩根拔枪的速度没那么快，在那之前沃斯肯定就对兰斯开枪了。现在劝服精神崩溃边缘的沃斯似乎是唯一的选择。何况，摩根还从未对谁开过枪，如果可以避免，她还是不想开这个首例。虽然为了救兰斯，她确实会这样做。

前门上砰砰响起敲击的声音，“沃斯夫人，里面没事吧?”

是那个菜鸟。

这对眼下的情形可一点帮助都没有。

沃斯睁大了眼睛，一把扯过摩根的头发，把她从椅子上拽起来。她感觉头顶一阵扯痛，顿时大叫出声，双手本能地伸到头顶想减轻他拉扯的力道。

兰斯往前冲了一步，来复枪便顶在他的脸上，止住了他的动作。

“兰斯，我没事。”摩根双脚站稳撑起身子，站姿稍微替她缓解了压力。

兰斯双手举在胸前，往后退了半步，“你也不想伤害一个女人，对吗，迪恩?”

迪恩大笑，“这重要吗? 这个世界在倒退，我因为莫须有的罪名遭受指控，而我真正做过的坏事却没人追究。”

“你做了什么，迪恩?”兰斯问道。

“不能说，我发过誓的。但我也会为此付出代价的。”迪恩的脑袋随着说话的节奏抖动着，“她死了。都是我的错。”

“谁死了?”摩根问道。他这算承认自己是杀害特莎的凶手吗?

那个菜鸟又砰砰敲起门来，“沃斯夫人?”

“告诉他你很好。”迪恩将摩根拉过来，来复枪仍是对准兰斯。恐惧的气息在沃斯几天没有洗过澡的身体上发酵。摩根在怦怦的心跳声与颤抖的双手间呼吸着。她需要让他放下来复枪，如果沃斯在五尺的距离之内朝兰斯开枪，子弹肯定会撕裂兰斯的身体。

“迪恩，”他的妻子央求道，“别伤害他们，我跟你走，我们可以永远在一起。”

“我们逃不掉的。”沃斯提着摩根的头发摇了摇。她头皮上感到一阵尖锐的疼痛。

“我会把他们绑起来，然后我们就可以走了，”他的妻子恳求道，“就我们俩，我知道你有办法让我们俩销声匿迹。你说得对，我们在这儿不安全。”

沃斯点头，“如果你说的是真的，就先支开门口那个警察。”

“沃斯夫人?”那个菜鸟的喊声透过门传进来，“你再不开门，我就要闯进去了。”

“来了!”他的妻子在牛仔裤上擦了擦手心，朝门口喊道，接着又压低声音，“我去拿绳子。”

说完她便跑出了房间。摩根不知道该不该奢望她回来，如果沃斯夫人想要逃走，这会儿就可以跑出去，但她没有。她拿着一圈尼龙绳又赶回了房里，“把你的双手放到背后。”她对兰斯说道。

兰斯照做了，沃斯夫人接着便把他的手腕绑了起来。摩根急促的脉搏在耳边震响，她不能让自己的手腕也被捆起来，这样他们都只能任凭沃斯摆布了。

“束线带会更好用一些，”沃斯说道，“把她的武器也拿走。”

该死，他发现了她外套下藏着枪。

“我找不到束线带。”他的妻子打了个绳结，将一把椅子拖到兰斯身后，他在椅子上坐下，她继续把他的脚踝和椅子腿绑在一起，“这应该能困住他们很长一段时间了，够我们逃走。”她从兰斯的枪套里把枪拿走，又伸手去拿摩根的枪，“这些枪我该怎么处理?”

“把枪给我。”沃斯说道。

兰斯被捆住之后，沃斯便把来复枪放在柜台上，接过摩根的枪，塞进腰带里，接着把摩根带到另一张椅子边上。她必须现在行动，否则就没有机会了。但是她已经好几年没用过防身术了，她能做好吗？如果不能……

沃斯还没来得及逼摩根坐下，只见她将两只手甩到头顶，缠在她头发上的手指顿时受了一下重击。她把他的手按在头顶上，跪下身，低头磕上他的膝盖，把他的手往后一掰，骨头咔哒一声脆响，手腕便折了，脱力的手指放开了她。他又伸出另一只手去抓她。

不！她不会让他再挟制住自己。

摩根爬开几尺，恐惧像手指掐在她颈上越收越紧。她艰难地呼吸着，打了个滚躺倒在地，踢蹬着反抗。沃斯跳到一边，想要避开她的踢踹，但她一直提着腿，随时准备再次出击。

兰斯从椅子上跳起来。刚才沃斯夫人打的绳结肯定都是表面功夫。兰斯从房间那边扑了过来，一把抱住沃斯的腰部，两人重重摔在地上滚了几圈，四肢交缠在一起，最后兰斯将他按在了地上。沃斯喘了口粗气，把兰斯从身上摔了下去。

“沃斯夫人，我要进去咯。”那个菜鸟踢了踢，门还是没开，他又踹了一脚。

摩根希望他叫了外援。她爬起来往门口冲去，门一打开，菜鸟便跌了进来。他恢复平衡之后，马上举起手里的枪瞄准地上两个男人，喊道：“别动！”

沃斯跳起来就要跑，兰斯从后面冲上来抓住他的上衣，沃斯转身，右手弯曲着抵上他的身体。

嘭！

枪声在狭小的房间里嗡嗡回响。沃斯才迈出半步便停了下来。兰斯僵住了。摩根的心跳漏了一拍。沃斯的胸口绽开了一抹红色，他跪倒下来，摇晃了漫长的几秒钟，接着便脸朝下倒在了地上。

菜鸟一动不动，枪口还依然指着沃斯。兰斯跪在沃斯身边，“给我一条毛巾。”

沃斯夫人哭着跑到厨房里，取了一块洗碗布。兰斯把它盖在沃斯胸前的伤口上用力压住，“叫救护车。”

菜鸟立即动身执行。他把枪收回枪套里，用对讲机呼叫救援。

摩根爬到兰斯身边，她的膝上好像沾到了水渍。尽管沃斯攻击了他们，她还是不希望他死。他无法控制自己，他那时没有理智可言，“他情况怎样？”

“他血流得太多了。”兰斯说道，“我还需要一块毛巾。”

沃斯夫人又给了他一堆抹布，然后跪倒在丈夫身边。她抓住他的手，“迪恩？迪恩，你坚持住。”

兰斯和摩根对视一眼，摇了摇头。子弹打在胸口中心的位置，正中心脏。

摩根伸出两指靠在沃斯颈边，但什么都没感觉到，“没有脉搏了。”

兰斯开始给他做心肺复苏术，又做了胸外按压，一直到医务人员赶到，他才退后。医务人员帮沃斯抢救了十分钟，接着也摇了摇头，“他已经死了。”

沃斯夫人泪如雨下，摩根走过去搂住她的肩膀。

接下来的几个小时，两人都在恍惚中度过。大家都处在一种“无法相信刚才发生了什么”的状态中。更多警察赶到现场。现场找到的摩根和兰斯的枪要收作证物，等做过弹道测试，证明无关之后再奉还。虽然大家都一致了解是那个菜鸟开的枪，但还是要有个完整的调查过程，以保万无一失。警方断定沃斯是先爬上了一棵树，然后从房子背面楼上的窗户破窗而入的。

摩根、兰斯还有沃斯夫人都去警局录了口供。他们分别被安排在单独的房间提讯。摩根像个机器人一样，麻木呆愣地重述着案情，她甚至没有意识到自己在颤抖，直到有位警官给她加了件外套，端来一杯咖啡，她才反应过来。肾上腺素褪去，被沃斯拉扯过的头皮还隐隐刺痛，但除却几处瘀青之外，她也并未受伤。

摩根从那个无窗的狭小房间出来时，已经过了午餐时间。兰斯在外面等着她。

兰斯带着摩根从警局出来。趁着他们在里面提讯的时间，太阳早已高升上来，纵使摩根极度渴望温暖，阳光洒下的暖意却让她感觉如此诡异。

“他不该死的。”摩根在日光下瑟瑟发抖。她在离开警局前把外套还给了那名警官，“他只是精神不正常而已。”

“你认为是他杀了特莎吗?”兰斯为她打开吉普车门。

摩根回想了一下沃斯的话，“我不知道。他还是像第一次见面的时候一样，说话非常含糊。当然，沃斯说的话肯定对尼克的案子有帮助，但我还是希望能有更多线索。”

“我们知道沃斯在特莎陈尸的地点附近扎了营，还有就是他有偏执和妄想的症状。”兰斯关上车门，绕过车头，坐进驾驶座，“希望法医能找到沃斯和犯罪现场的关联。”

“他有什么理由要杀特莎呢?”摩根问道。

“他有妄想症，可能是把特莎错看成了其他人。如果之前对他的指控是莫须有的话，那沃斯有可能把她认作金米·布莱克了，就是那个告状的女孩。”

“又或者，如果他真的对女学生感兴趣，也许他迷恋的是特莎。”

摩根的手机震动起来，她看了看来电显示，“是地检官。”

她接起电话。

“你能来办公室一趟吗?”他问道。

“可以。”她看向兰斯。他身上还沾着沃斯的血，“三十分钟后?”

布赖斯同意了，摩根便挂了电话。

“他说什么了?”兰斯开车出了停车场。

“布赖斯想和我见一面。”她查看了一眼时间，“这就有意思了，因为他不到两小时之后应该要参加大陪审团预审。”

“你认为他会放弃起诉吗?”兰斯问道。

“说不定呢。”摩根揉了揉脑袋，迪恩·沃斯之前拉扯头发的刺痛感还残留在头皮上，“你可以在夏普的办公室门口把我放下来，我开我的小货车去。”

“或者我也可以直接把你送到县政府。”

“我觉得我在那儿够安全，”她说道，“何况你还要冲个澡，换身衣服。”

“你从法院出来之后要去哪儿?”他一边问，一边往办公室的方向开。

“去看尼克。”她手指交叉成十字形，祈祷着能给他带来最好的消息。

他们到了夏普侦探事务所门口。兰斯让她在小货车边上下了车，“那医院见。”

摩根开车往县政府方向驶去。她的胃在咕噜噜叫个不停，精力也有些衰退，于是她绕到自动售货机边上，买了一包花生馅的M&M's，在去布赖斯办公室的路上把这包巧克力豆吃完了。他的秘书一见到她就朝她挥了挥手，示意她过来。摩根走进办公室，她也不知道自己接下来将面对什么。

她进来时，布赖斯便站起身，示意了一下面对着办公桌的会客椅。如果她当初没有决定做尼克的辩护律师，那前一天她应该就开始在地检署上班了。距离她和布赖斯那一顿晚餐还只过去了一周半的时间吧？感觉却比这要漫长多了。

布赖斯靠在椅背上，盯着她看了几秒，接着又往前挪了挪位置，“我会放弃起诉尼克·扎伯罗斯基。不是因为我相信他是无辜的，而是迪恩·沃斯那些意味不明的忏悔形成的疑点太大。警方会继续调查，我们也不能保证未来某天不会再起诉你的当事人。”

但暂时，尼克不用再回监狱里去了。摩根心中如释重负，但同时又涌起同等的愤怒，但她管住了嘴，没有开口。指责布赖斯让尼克入狱——并且在监狱里被捅伤了——也是于事无补。事实上，她对布赖斯说的话越少越好。她嘴里说出来的每一个字都会向地检官透露信息。

“一个人只要没有定罪，在法律眼中他就是无辜的。”她说道。

布赖斯对尼克清白与否不予置评，“我会打电话撤走看守的警察，取下尼克的手铐。”

摩根点头，“我正要去医院和尼克谈谈。”

但他们都清楚，公众情绪的风向可不一定那么容易改变，除非确定究竟谁才是杀害特莎的真凶。

“你是个非常勤奋的调查员，戴恩小姐，”两人站起身来，布赖斯忽然说道，“我说不定还会愿意再给你一次工作机会。”

摩根和他握了握手，刚想把手抽出来，他却紧抓住不放。这个手势让她觉得十分狡猾。布赖斯·沃尔特斯身上的每一处都让她觉得狡猾。并且他假装和善这件事让摩根又加倍怀疑起来，“谢谢，但不用了。”

“随你。”布赖斯放开她的手，直起身来。他脸上的浅笑也遮不住眼里的恼怒。他正在盘算着什么计划。但究竟是什么呢?

“爱默生先生对我们要取雅各布DNA的事作何反应?”她问道。

“差不多和你想象的一样激烈。菲利普·爱默生要对镇区政府提起骚扰诉讼。”

“这起诉讼肯定站不住脚。”

“我不是担心这个。去年七月他儿子和特莎·帕尔默的照片证据确凿，如果特莎还在世并且愿意作证的话，我们还可能以性侵罪名对雅各布提出诉讼。”布赖斯从桌子后面走出来。

“你们现在不准备这样做吗?”摩根满心失望。特莎应该得到更好的结果。她从椅子上站起身。

“即使有受害者作证，加上DNA证据，性侵案也够难定罪了，两者都没有的情况下……”布赖斯耸起一边肩膀，“你也知道胜率咯。”

“这就是那么多强奸犯都能逍遥法外的原因了。”摩根说道。

她转身离开。失去地检署的这份工作，她没有一丁点后悔。她在奥尔巴尼地检署工作时，地检官虽然有权力，但他没有像布赖斯一样，把地检署当做自己的封地。

她已经等不及要告诉尼克他已经自由了，至少暂时是这样。她多希望她手上有迪恩·沃斯实际的认罪口供。虽然她是那么想告诉尼克杀害特莎的真凶，但沃斯模糊的供词还不足以让摩根确信。合理疑点可以让尼克暂时不用进监狱，但无法恢复他的名声。

更重要的是，如果沃斯不是杀害特莎的凶手，那说明还有一名杀手在红瀑镇逍遥。

第三十七章

兰斯冲过澡，换上干净衣服，接着便赶往办公室，准备把沃斯自寻死路的细节全数告知夏普。今天这次不愉快的事故又让他想起了去年秋天他经历的那场枪击案。

兰斯进来的时候，夏普还在办公桌边敲着笔记本电脑。

兰斯倒进椅子里，一边简要向老板陈述沃斯家发生的全部事情经过，一边用脚轻踏着地板。

夏普合上笔记本，“那一枪合法吗?”

兰斯脑中回忆了几个关键场景，“沃斯在厨房已经放下了来复枪，他身上虽然有摩根的武器，但他手上是空的。他在逃跑，我追在他后面，他在最后一秒转过身来，然后那个菜鸟就朝他开枪了。”

夏普绷紧了下巴，“那个警员可能会误伤你。”

“但他没有。他瞄得很准。而且也轮不到我来评判他的行为。”兰斯想停下抖腿的动作，但在沃斯家狂涌的肾上腺素让他有些焦躁不安，“我不知道那个菜鸟在开枪前从他那个角度看到了什么。我们都知道情况发展有多快，他只有一瞬间可以做决定。沃斯转身的时候把右手弯在左手下面，有可能看起来像是他在从腰带里拔出摩根的武器。”

“而且那个菜鸟也不可能知道他手腕折了。”夏普补充道。

“但每个人都会认为他知道，并且依据这个做出判断。”

“他们是会这样做。”夏普叹了口气，“摩根真的卸了他的手腕?”

“没错。”兰斯没法静坐着，干脆站起来在夏普桌前来回走动，“我不知道为什么她做事总是这么出人意料。当然了，她的父亲和祖父都是警察，妹妹也是警探，哥哥是纽约市警局特种武器与战术小组的成员。”

“那些珍珠和高跟鞋让你看走了眼。”

“这算给我上了一课，不能以貌取人。”兰斯顿了顿，伸手摸了摸颈后。

“怎么了?”

“我也不知道。可能刚刚经历过枪击案，还有些激动。”

“我给你看些信息。”夏普提起一副阅读眼镜，仔细看起面前这张纸件，“那个捅伤尼克的人——梅内德斯——他有个老婆，还有一个六岁的儿子。小孩有心脏问题，医药费已经把家里拖到破产了，”夏普说道，“然而梅内德斯最近存了一大笔钱到银行账户里，考虑到之前的余额只有11美元，我认为这笔存款很关键。”

“有人用钱买通梅内德斯刺杀尼克。”

“是的。”夏普的眼中闪过一丝微芒。

“你知道是谁吗?”兰斯问道。

夏普点头，“警长可能不是很愿意分享这一信息，但我在监狱也有自己的眼线，我这边的人说警长知道是谁买凶伤人。”

兰斯顿时把这块拼图拼上了，“特莎·帕尔默的父亲。”

“正是，”夏普说道，“他从监狱内部做的，显然他在监狱还是颇有一些势力。”

“而且能拿到挺多钱。”兰斯补充道。

“警长办公室正在追查这笔钱款的记录。他们会找出是谁出钱买凶的。”

“所以是复仇心理促使他想要尼克的命。”

“是的。这可怜的孩子因为自己没做过的事进了监狱，还平白无故被捅了几刀。”

兰斯的手机震了震，“是摩根。”他接起电话，她将自己和地检官会面的情形和尼克暂时自由的消息简要告诉他。兰斯心中涌起一阵安慰，“很好。我们医院见。”

他挂了电话，把两人的对话转述给夏普，“摩根说地检官放弃了对尼克的指控。”

“哈利路亚!”夏普说道。

“别太激动了，尼克还没有解除嫌疑呢。”

夏普咒骂了一声，“沃斯的证词水分太多了，但这会迫使霍纳和地检官重新审视这个案子。另外，法医会取沃斯的 DNA 和现场的证据进行比对。”

兰斯又开始走来走去，“我还不确信是迪恩·沃斯杀了特莎·帕尔默。”

“沃斯有严重的精神问题。他可能意识不到自己在做什么。”

兰斯停下脚步，“如果沃斯是把特莎当成了其他人，所以捅死了她，我还可以理解，但强奸呢？这是完全不一样的罪行。这和迪恩·沃斯的性格根本不相符。他的妻子也不认为他做了这种事，她害怕沃斯是出于其他原因。”

夏普起身，穿过走廊，进了作战室。他站在白板前，“如果不是沃斯，那会是谁呢？”

“剩下的嫌疑人只有雅各布·爱默生和凯文·默多克了。”

“我尊重你的直觉，我知道你和摩根都很有经验，知道谁在对你们说谎。但除了杰米失踪的时间点之外，我们并没有任何证据可以证明凯文有作案嫌疑。”

“你说得对。”兰斯走上前站到他身边，指了指雅各布的照片，“我们知道他七月性侵了特莎，之后完全有可能再做出这种事。也许是特莎反抗的时候激怒了他。”

“他父亲说他那时在家，他手机上的GPS定位也证实了这一点。”

“要么是菲利普·爱默生在说谎，要么就是雅各布在他父亲不知道的情况下溜出家门，孩子们总喜欢这样做。”

夏普从板子的一侧扫到另一侧，“你说得对，强奸将整个案子的动态发展串联在了一起。一个男人看见了一件他渴望的东西，并将它据为己有，这才构成了强奸。”

“沃斯的暴力源于他的恐惧、偏执和妄想。”

“他打了他老婆。”夏普说道。

“是，但就连他老婆也说他是个正直的人，他不会伤害他的学生。强奸意味着掌权，是极具侵略性的行为。沃斯的行为是出于防卫，像一只被逼到绝路的野兽。”

“强奸犯不尊重女性。雅各布可是公认的小刺头，他在特莎无意识的时候侵犯了她，已经显示出他不尊重特莎。”夏普拿下雅各布的照片，放在板子中间，“我们没有铁证可以证明他杀了特莎，但我们都一致认为他嫌疑最大。”

“他在那些照片里都是笑着的，他以羞辱特莎为乐。”

“你对他表情的估测不能算作证据，”夏普说道，“我们再回溯一遍，雅各布在派对上看见特莎，她正和尼克在一起，这激怒了他。如果是他们约会那段时间特莎就拒绝了和他上床呢？他唯一能睡到特莎的方法就是给她下药。然而她却和尼克在做爱，她给了他当时拒绝给雅各布的东西。”

兰斯接着推论道：“他从家里溜出来，身上带着一只避孕套，准备强奸她，取回她不想给他的东西，他觉得那是他应得的。”

“他怎么知道特莎还待在湖边？”夏普问道。

“我也不知道，他离开派对的时候，特莎正坐在车上哭，也许他只是觉得特莎可能还在那儿。”

“特莎当晚给他家打了电话，”夏普提醒他，“要么是雅各布接了电话，要么是他偷听到父亲和特莎的对话。我们不知道他们说了什么，只有菲利普·爱默生的供词，但他完全可能为了保护儿子而扭曲事实。那把刀呢？你认为他是有意带上刀想要杀她吗？”

“我不知道。可能他带上刀是为了协助强奸，然后特莎激怒了他。雅各布可没有很好的自控力。”

夏普和兰斯交换了一个眼神。

“这些我们都证实不了。”夏普说道。

“是不能。”

“还有一个人当时也在派对现场，但是警察从来没有审讯过。”夏普匆匆走出房间，回来时手里拿着杰米的照片，他用磁铁把这张照片固定在板子上，“那晚之后就再没人见过杰米·刘易斯，就连她最好的朋友也是一样。我整个早上都在察看托尼列表上的地方，给她所有的朋友打了电话，现在托尼认为杰米常去的地方我已经走访了一半。至今却还没找到她的任何踪迹。如果杰米目击了凶案，太过害怕，离开了小镇怎么办？”

“有可能。”兰斯揉了揉颅底疼痛的位置，“和摩根在医院会合前，我先去爱默生家转一趟。我想找个机会趁家里没其他人的时候和女仆谈谈。”

“自己小心。菲利普·爱默生已经叫嚣着要起诉骚扰了。”

兰斯耸肩，“反正他是起诉镇区政府，我们可是私人公司。”

“你知道我什么意思。”

“我知道。”兰斯走进自己的办公室拿了钥匙出来，“你下一步打算干什么？”

“我还在找杰米的藏身之处。我准备打包一下贿款，找我那几个退休朋友帮帮忙。他们对这个小镇了若指掌。如果杰米·刘易斯还在这块地方，我就能找着她。”

“我要知道了什么信息会通知你的。”兰斯径直往门口走去。

兰斯把车停在路边，爱默生家此时正一片寂静。原本，他只是打算在屋外监视几分钟，但爱默生家有自己的车库，从屋外不可能看见谁在家里。兰斯给相机装上长焦镜头，从窗子看进去，可也只看见了女仆在家里除尘。

他又看了十分钟。没见到雅各布或是菲利普·爱默生的踪影。不用再偷偷摸摸避开这些人了。

兰斯从车里溜下来，走到前门按下门铃。

女仆前来应门。她看上去五十多岁，穿着朴素的灰色制服和一条白围裙，棕白相间的头发扎得紧紧的。

“什么事？”她问道。

“我来找爱默生先生。”兰斯微笑道。

“你之前来过。”她皱眉。

“是的，爱默生先生在吗？”

“哪个爱默生先生?”她问道。

兰斯可不想被指控骚扰未成年人，“菲利普·爱默生先生。”

女仆摇了摇头，“不行，我很抱歉，菲利普先生现在不在家。你有什么信息要留给他吗?”

“好。”兰斯递给她一张名片，“请转告他我想和他谈谈。”

女仆接过名片，“以后过来前，请先打电话预约一下。”

“迈拉，谁在门口?”一个声音从女仆身后的走廊传来。

雅各布·爱默生走进他的视野里。他在认出兰斯的那一刻绷起脸来，“你到这儿来做什么?”

“只是想问你父亲几个问题。”兰斯微笑道。

“我承认你有种。”雅各布把女仆推到一边，“我来应付。迈拉，你回去做事。”

那女人点了点头，走回屋里。

“在这儿闻来闻去一点用处都没有，你找不到任何证据，因为我压根没有杀特莎。”雅各布双手交叉在胸前。

“那你也同样没有趁她无意识的时候骚扰她咯?”兰斯问道。

雅各布撇了撇嘴，“我爸回家的时候肯定会气疯的。”

他还未成年，你不能揍他。

但兰斯想一拳打碎那孩子脸上的嘲讽的冷笑，“他是出门去继续帮你擦屁股吗?这对他来说肯定是份全职工作。”

“你对我们一无所知。”雅各布的脸涨得通红，“我父亲是个好人。他是去看望一个生病住院的朋友。带上你无聊的指责赶紧滚出我们家，不然我就要报警了。”

但兰斯已经转头往吉普车走去。爱默生去了医院。

摩根也在那里看望尼克。

是巧合吗？

鉴于这个案子发生以来的所有事情，兰斯可不想用尼克和摩根的安全来赌这是不是巧合。

他们有没有可能找错人了？那天跟踪摩根的会不会不是雅各布，而是菲利普·爱默生？他肯定知道了是摩根请求获取雅各布的DNA，因此火冒三丈。父母为了保护孩子，什么事都做得出来。菲利普会做到什么程度呢？

第三十八章

他身体里鼓动着愤怒，这股愤怒逐渐滋长壮大，自给自足，直到发展出自己的意志。

摩根·戴恩会毁掉一切。原本警方已经抓了别人，他栽赃的东西都是铁证如山——这时摩根·戴恩却插手了他的案子。

毫无疑问，他一定要阻止她。但要怎么做呢？她的同伴，那个之前做过警察的家伙，总是跟在她身边，就像她的私人保镖一样。

他整晚都在计划怎样阻止她的调查。第一步：完成在县监狱里没有完成的事。她不能为一个死人辩护。

他从大门进了医院。这不是城里，中等大小的社区医院不需要什么安保系统。大厅接待处后面只有两个人。电脑前坐着一位老妇人，她会帮忙查找病房号，然后带着微笑把通行证递给访客。她身后坐着一位五十多岁的保安，他喝着咖啡，正越过柜台和一个穿正装带着医院身份牌的男人说话。医院的管理人员？

他把购物袋放在脚边，抹上免洗洗手液，接过老妇人手里的通行证，不慌不忙地向电梯组走去。没人问包里什么东西，没人在意。

走进电梯时，监控摄像头对准了他。但他也没什么需要遮掩的东西。

至少现在是这样。

他在三楼办好了正当业务，接下来就只能见机行事了。尼克·扎伯罗斯基今早从重症病房转到了四楼。

一排双开门隔开了较为热闹的公共走廊和人烟稀少的过道，他躲在门后面，经过放射与心脏导管室，找到了最近的洗手间。

前一天，他从制服用品店买了绿色的外科手术服。他在洗手间里换上手术服，把常服叠起来塞进购物袋里。他一身的行头非常专业可信，连脚上穿的都是橡胶鞋。花白的假发罩住他的头发，黑色边框眼镜遮住他的眼睛，他把几团棉纱布塞进嘴里掩盖真实的脸型，等他确信不会有人认得出他之后，便回到了走廊上。

他一边穿过走廊，一边低头刷着手机，尽量低调不引人注目。他停下脚步，一位护理员推着担架床把病人从门里送出来，门上标着“磁共振成像”。这里还有一个外间，似乎是给病人做测试预备工作的地方，这间房空着，屋里靠墙有一张办公桌，椅背上随意挂着一件白大褂。他左右看了一眼走廊，然后躲了进去，抓起白大褂出了门。外套口袋上还夹着身份牌，上面是个年轻男人的照片。这不是问题。他只将牌子转了个面遮住照片，接着从包里拿出刀，放进口袋里。

他继续走进电梯上了四楼。

走廊右侧一间病房里，他看见一位老爷子正睡得昏沉。房门口挂着黄色的接触隔离警示。一辆装满手套、口罩还有外袍的推车停在门口。他把购物袋塞进标有“医学废料”的箱子里，又给自己戴上口罩，在脑后系好，把它拉到嘴下，就好像刚从手术室出来一样。

护士们在大厅另一头的护士站忙碌，门口也没有警卫，大概房间里有个副警长在看守吧。

他扫了一眼门口。没有警卫。

正好方便行动。

这也实在有些怠惰。

他有什么资格来评判呢？何况守备不足正好让他行事轻松不少。

但他最好速战速决，毕竟病房里随时都可能有人进来。他走进房间，拿起床尾的表格以防到时有人搅局。

尼克・扎伯罗斯基睡得很安详。甚至眼睛都没有一丝震颤，胸膛起伏的节奏深沉平稳，似乎表现出一种镇静或是疲累的状态。可能两者皆有。

一条静脉注射管线扎进他的手臂，他手上没戴着手铐。有意思。这倒不是什么大问题。尼克现在的状况根本下不了床。

也无法反抗。

他身上没有连接任何心跳监测仪，所以即使心跳停止，也不会触响警报。他甚至用不上带来的刀具了。不用，他可以让尼克死得安静，利落。

这比他想的还要简单。解决他之后，下一个就是摩根・戴恩。那个贱人毁了一切，她也得付出代价。

他抓起空床上的枕头。

第三十九章

意识拉扯着尼克。

他有些抗拒。他最不想做的事就是醒来。之前他也醒过，接着猛烈的疼痛便如一辆大巴车狠狠撞上了他的身体。

一方面，在他以为自己肯定活不了的时候，疼痛却让他确定了自己还活着。另一方面，痛苦又是如此剧烈，让他不禁思索死亡的好处。

他从麻醉的深沉睡眠中渐渐浮起来，但他腹内却燃着一把火，劝诱着他继续沉睡下去。他平躺着，被拴绳和管道束缚在床上。反正他也动不了，为什么要醒来呢？

当然，早些时候护士和他说过，动一动可以帮助他恢复健康。但说真的，他有什么理由要康复呢？他好得越快，他们就会越早把他送回监狱里去。

那有什么意义呢？

即使摩根真能说服陪审团，检方无法证明他有罪，镇上的人也已经给他审判定罪了。除非杀害特莎的真凶伏法，否则在大家眼里他仍会是一个罪人。纵使真凶落网，可能有些人还是会一直认为是他犯了案。

他脑中又浮现起特莎的容颜，身体的疼痛霎时变得不那么重要了。腹部中刀的痛感仍无法与无形的揪心之痛相提并论。

特莎。

死了。

说真的，为什么还要醒来呢？他们为什么要救他？他们应该让他失血至死。

一只胶鞋底轻悄地落在地上。尼克前几年因为紧急阑尾手术住过院，那时护士常在房间里进进出出的。但这次不一样，他们只有在必要的时候才会进来，而且他们进来时，他往往都要受点儿罪。他从这些医护人员身上感受到了憎恶，但想想，又有谁会情愿照顾一个背着残暴奸杀罪名的犯人呢？

想到特莎是如何死的，他的悲伤又加深了。特莎遭受的事情比他悲惨千倍，他怎么还好意思在这儿为自己哀叹惋惜。

他动了一下，伸了伸腿。这一点微小的动作扯着了包扎过的腹部肌肉，又牵起一阵疼痛来，剧烈的痛感在他身体里发出悲鸣，连呼吸一口都能感到疼痛，他试着不再吸气。

但他蠢笨的身体却不这么想。他不能就这样停止呼吸，于是他张开嘴，肺部吸进空气，这口气比往常更加深长，又牵起一阵剧痛，他疼得几乎昏过去。

但是他没有昏过去，真是不走运。

该死，真疼啊。

他小心翼翼放慢节奏，轻浅地呼吸，全神贯注地减小自己的动作幅度，同时也减少随之而来的疼痛。喘了几口气之后，他放弃了入睡，睁开眼。日光从窗外照进来，刺痛了他的眼睛。他眯了眯眼，看见一个穿着绿色手术服的模糊人影正在房里走来走去。

没什么不寻常的。

他眨了眨干涩的眼睛，视线逐渐清晰起来，那个人影显现出一个男人的身型。灰色头发，一个老医生。

人影拿起一个枕头朝他走近。开始尼克还以为这是要让他坐起来。

他开口说道："我还不行。"但他的声音就像生锈的金属。他咽了咽唾沫，又试了一次。

他话还没说完，便被按在脸上的枕头打断。尼克伸手想抓住男人，无奈手臂被输液管束缚着，他空闲的那只手抓住男人的上衣一扯，但他的力气就像初生的婴儿一般微弱。

他的肺部灼烧起来。腹部也疼得发狂。

但很快一切就会结束。他放弃了，不再挣扎，准备听天由命。

等待终结的到来。

第四十章

摩根走出电梯。她已经等不及要告诉尼克，地检官已经撤销了对他的起诉。她循着指示牌找到了他的病房，走了进去。

一个医生正伏在尼克身上。开始她还以为医生可能是在进行心脏复苏，接着便看见尼克脸上覆着一个枕头。

噢，天哪。

他是要杀了尼克。

她很快甩去心中的震惊。

“喂！”她大喊着抓住男人的后领，把他从尼克身上拖下来。男人一心想着闷死尼克，没有料到她的动作。他从床边踉跄着后退几步，跌在了地上。眼镜滑到了房间的另一侧，暗色的假发落在地上，露出原本金银相间的发色来。

但摩根无暇注意地上的假发。

尼克！

她冲到床边。

“救命！”她尖叫着，希望自己的声音能传到走廊上，“快来人帮帮忙！”摩根依然面对着地上的男人没有转身。她把枕头从尼克脸上拿下来。

他还有呼吸吗?

摩根用食指猛地按下呼叫键。拜托。攻击者此时已经快要爬起来了，摩根依然面对着他，挡在他和尼克中间。

当她看清攻击尼克的人时，震惊又在她心中蔓延开来。

菲利普·爱默生。

他站在那儿，穿着手术服和白大褂，下颚的线条有些异样的臃肿，他伸手从嘴里扯出两团棉花。

“你这个贱人。”爱默生从外套口袋里掏出一把刀。

刀子闪过一丝荧亮的光。汹涌而来的恐惧淹没了摩根，她四处寻找着有什么武器或是可以抵御攻击的东西。她不能跑，不能让尼克毫无防备地留在这里。但她和爱默生中间没有任何可以用得上的东西。

该死，什么都没有。

她甚至够不到床边的帘子，汗珠顺着她的背脊滚下来，心跳急促地狂飙着。她没有任何武器，无法自保，也无法保护尼克。

“怎么了?”一名护士跑进门来，惯性地冲到床尾，接着才后知后觉意识到发生了什么，一下停住步子。她看了一眼摩根和爱默生，惊恐地睁大了眼睛。

“快找人来帮忙!”摩根叫道。

护士跑出了房间。

爱默生朝摩根冲去，刀子直逼她的腹部。她堪堪用前臂挡下一击。

但他马上又冲了过来，“你毁了我的人生。”

摩根想要回话，但她的心脏实在跳得太快了，力度大到让她无法呼吸。

无论她跑去哪儿，尼克都会受伤。摩根从未像此刻这样希望自己手上有武器。恐惧让她胃里感觉一片冰凉，但纵使她是这样害怕，她也不能跑。

她不能让爱默生杀了尼克。

一位保安出现在门口，他抽出枪来指着爱默生，“在那儿别动，放下刀。”

但这位保安的手抖得实在厉害，摩根几乎希望他能把枪收起来，他要是朝爱默生开枪，说不定会打伤的是她或是尼克。

爱默生抓过摩根的上臂，把她拉到身前。她的后背狠狠撞上他的胸膛。他举着刀子抵上她的喉咙，强迫她做肉盾。

保安手里的枪一直瞄准着摩根和爱默生，两人慢慢朝门口挪去，如果保安这时开枪，即使只是意外，他也会伤到摩根。

爱默生一路拖着摩根走到门边。看着他们走近，保安慢慢退后。两人到了走廊上会怎样？当然，会有更多的保安。要是爱默生意识到他自己把自己逼进了绝路，无处可逃的话，他会做出什么事来呢？

他的前臂卡着她的气管，刀锋正贴在她的颈侧，她已经记不得是那侧是她的颈静脉还是颈动脉了。但这不重要，无论他划破哪一根都能杀了她。

第四十一章

兰斯在走廊上狂奔着。

一个护理员叫住他："那边不能去。这一楼已经封锁住了，里面有挟持人质的情况。"

兰斯无视了他的话，滑步绕过转角，接着猛地停住了脚步。

爱默生在走廊里一步步后退。他穿的像个医生，躲在摩根身后，持刀架在她喉咙上，拽着她一路穿过走廊。兰斯不是个暴力的男人，但此时此刻，他真的很想杀了菲利普·爱默生。

兰斯摸索着后腰下的武器，接着意识到红瀑警局还没归还他的枪。

妈的。

幸好，他还有一把备用枪，没人问他要，他也没主动给。

他的心脏在肋骨间怦怦撞击。他不能让摩根出事，但他能从爱默生的眼睛里看出，他想伤害她。

一个保安已经拔出了枪，正瞄准着爱默生和摩根，他明显是不太擅长射击，手抖得很厉害。兰斯想到保安可能会误伤摩根，心中顿时充满了恐惧。

兰斯在走廊尽头停下脚步，“爱默生，放了她!”

要是摩根能移开几尺就好……给他一枪瞄准的机会。兰斯只需要这个就够了。

“再走近一步，我就在她可爱的脖子上开个口子。”爱默生用冰冷到诡异的声音说道。

他想这样做。兰斯能从爱默生的脸上读到想终结一切的欲望。他知道自己被困住了。他知道眼下的情形只有两条路可走：一条通往监狱，一条通往地狱。他看起来是想和摩根同归于尽。

摩根和兰斯对视一眼。她一只手抓住爱默生的前臂，好像要把它从脖子上拉开。她喘着气说道：“我不能呼吸了。”

“闭嘴!”爱默生换了一只手抓住她，把手臂从她的气管上拿开，转而用另一只空着的手一把抓住她的头发。她的头向后倾斜着，露出喉咙，但这时摩根的脖子和刀刃之间却空出了几英寸的距离。

“我们知道是雅各布杀了特莎。你不能再为他遮掩了。”兰斯说道。

“雅各布没有杀特莎，”爱默生吼道，“你们是有多蠢？是我杀了她。”

“我不相信，”兰斯吼了回去，“雅各布七月的时候给她下了药，强奸了她。然后他看见特莎给了尼克之前拒绝给他的东西，所以决定给她点教训，结果失去理智了。”

爱默生一直在摇头，刀子在摩根颈侧颤抖。

兰斯需要分散他的注意力，“你知道特莎怀孕了吗?”

爱默生的眼中透出疯狂，“这不可能。”

“警察没有公布这个消息。”兰斯继续说道。

“你在说谎。”爱默生扫视一眼走廊，朝着兰斯走近，“退后。”

兰斯继续施压，“你是在为儿子掩饰罪行，没人会怪你的，父母都会这样做，对吧？但DNA测试马上会出来，它能说明雅各布就是特莎孩子的父亲。”

“他不是！”爱默生急转过头看着通往电梯的走廊，“马上给我让开，要不然我就杀了她。”

如果爱默生觉得自己死定了，他可能无论怎样都会杀了她。他眼中暗闪着恨意。

摩根空着的那只手放在大腿边上，她正晃着自己的拳头，好像想要引起兰斯的注意。

他看着她伸出三根手指，接着变成两根，然后一根。

她要做什么？

她忽然把手伸到脖子和刀刃之间，同时身体下滑倒在地上。刀刃豁开了她的手臂背部，鲜血顺着手臂流下来。

她一倒在地上，兰斯便瞄准爱默生，扣动了两次扳机。

子弹击中了爱默生的肩部和胸部。他往后趔趄几步，刀子也从手里滑落，坠在地板上。

摩根滚远了一些，兰斯马上冲上前，一脚踢上爱默生的手臂，把他按在地上，爱默生屈起手指想去够那把刀。

“你们会为做过的事付出代价的。”兰斯居高临下地压制着他，灼热的愤怒在血管中奔涌着，“你和你的儿子都是。”

“我儿子和这件事没关系，”爱默生粗喘着，“是我杀了特莎·帕尔默。”

兰斯靠近他，“她是不是威胁说要告诉所有人雅各布是怎么强奸她的？”

“不。”爱默生摇头，“直到警察打电话通知我，我才知道那些照片的事。”他伸出舌头湿润了一下嘴唇，“我爱她。”

兰斯不敢相信他刚才听到了什么，“什么?”

“我第一次见她就爱上了她。”他眉间流下一串汗珠。伤口溢出血来，绿色的手术服和偷来的白大褂都沾染了红色，“她是我见过最美的事物。她要背叛我。是她逼我这样做的。都是她的错。”

一位医生冲上前开始抢救爱默生，但他却一把抓住兰斯的上衣。

“你得听我说完，否则要是我死了，就没人知道真相了。那件事不是雅各布做的。”爱默生又舔了舔唇，继续说道，“雅各布从派对上回来就和我说了他和尼克因为特莎打了一架。特莎打电话过来的时候雅各布还在房间里。特莎让我去瞭望台见她，如果我不露面，她就会把事情告诉所有人。我知道她要和我断了关系，这样就可以和尼克在一起。雅各布说他们已经在一起了，但我必须再占有她一次。”他又喘了两口气，“之后，她一直在哭，她说这种事不会再发生了，她会告诉她的祖父母。我当时失去了理智，她怎么能这样刺激我?我爱她，我几乎不记得自己是怎么袭击她，追逐她，最后杀了她，这些记忆都很模糊。我阻止不了自己，当一切都结束之后，我才意识到自己都做了些什么……我知道她那晚和尼克在一起，所以我开车到他家去，把刀埋在了他家院子里。”

他的手虚弱到抓不住东西，渐渐放开兰斯的上衣，垂了下来，“是我。不是雅各布。”他双眼往后一翻，晕了过去。

兰斯把武器塞回枪套里，走向摩根。一位护士正用压力绷带压住她的手臂。爱默生的刀刃划开的伤口从她的手腕一直延伸到手肘，但伤得不重。兰斯心里顿时像浸过冷水一样安定下来。

他还以为会失去她。

“你听到他说的了吗?”他牵起她未受伤的那只手。

“嗯。”她的脸色十分凝重，可能是因为疼痛，也可能是因为他们刚才发觉的真相，“特莎搬过来的时候才十二岁，我想知道他们在一起多久了。”

“无论多久，都够恶心的了。”兰斯看着两个护理人员把爱默生抬到担架床上，把他推走。他差点希望自己能瞄得准一点。兰斯丝毫不可怜爱默生，他做了那么多错事。

“无论多久，都算得上刑事重罪了。”摩根说道。

无论两人交往多久，特莎要揭露这一罪行，都足以构成他杀人的动机。

“我猜特莎准备告诉他怀孕的事，但他从没给她这个机会。”兰斯目送爱默生消失在走廊尽头，接着转过头来，“我不敢相信孩子的父亲竟然会是爱默生父子中的一人。两个怪物，竟然凑成了一家。”

摩根脸色苍白，五官因为疼痛皱在一起。先不管爱默生了。反正他哪儿也去不了。之后多的是时间担心他的问题。他蹭了蹭她的手，她在疼痛中回以一个微笑。

一位医生走近摩根，“我来看看。”他掀开绷带察看了一下，“伤得挺厉害的，需要给你好好缝几针。”

她点头，“缝手臂上总比脖子上要好。”

这个念想让兰斯近乎毛骨悚然。

“刚才你挣脱他钳制的那一下，真是让我大开眼界了。”兰斯说道。

虽然想想摩根之前折断过迪恩·沃斯的手腕，他应该能想到她肯定还会有什么英雄之举，但即使是看过她行动之后，他还是无法想象这般柔美的女性外表下竟然蕴藏着这样的能力。

她是个身手了得的软萌女孩。他必须适应这一点。

“我之前就和你说过。我爸爸和祖父教我练过防身术，但以后记得提醒我要勤加练习，所幸我还记得。”她咬了咬牙，在兰斯和那个年轻医生的搀扶下站起身来。“我知道只要我闪开了，接下来的事情交给你就好。”

兰斯捏了捏她的手指。

“我们送你去急诊室。”护士带着摩根朝一张轮椅走去。

兰斯仍握着摩根的手，他不在意他们究竟要去哪儿。

他不会再放手了。

第四十二章

摩根把卷着绷带的胳膊靠在身上，坐进兰斯的吉普车里，“现在几点了?”

“快到午夜了。”兰斯替她关上车门，绕了一圈坐进驾驶座，“你还痛吗?”

“不，现在不疼了。”医院开的止痛药让一切感官都模糊了，她嘴里的味道就像吃了棉花球一样。

“我会在十五分钟内把你送到家。”

摩根不记得她是怎么到家的，她路上肯定是睡过去了。等回过神来时，她已经到了家门口，兰斯正扶着她进屋。

祖父拉开了门，吉安娜在走廊里等着。

“她没事，”兰斯说道，“只是有点迟钝。”

“麻烦你把她送到房间，接下来我能处理。”吉安娜跟着两人穿过走廊。

“我只有手受伤了，腿还是好的，我自己能走。”可摩根还是走得跌跌撞撞。

兰斯把她半扶到床上，“看来她耐止痛药的能力和酒量一样差。”

她伸了伸懒腰，“我能听到你说什么。”但她也没坐起来，她的脑袋感觉就像一只水气球一样。

“谢谢你救了我的孩子，”祖父站在门口说道。

兰斯的回答出乎她的意料，“不是我，是她自己救了自己。”

“不完全是。”她嘟囔道。她知道如果没有他，自己可能就不在这里了。

他直起身子，从床边挪开。

她抓住他的手，眼里噙满泪水。感激和什么别的东西让她心里充斥着满足，“谢谢你。”

“不客气。”他俯下身在她手上落下一吻，接着在床边坐下，“休息一下吧。”

摩根肯定是睡着了。她再睁开眼时，晨光已经透过百叶窗照了进来。她甩起一只手遮住眼睛，疼痛霎时滑过她的手臂，“噢。”

她坐起身来，身上还穿着昨晚的长裤，但有人帮她脱下了沾血的衬衫，换上了一件柔软的法兰绒系扣睡衣。她光着脚，身上盖着一条毯子。她慢慢往上挪动，把肩膀移到枕头上方。她的嘴里干渴得像沙漠一般。

“嘿，感觉怎样?”吉安娜站在门口。

“像吃了粉笔。”

“要喝点水吗?”

“好。”摩根晃了晃脑袋，“再帮我拿杯咖啡吧。”

“如果你还需要的话，兰斯给你留了几片止痛药。”

“我还是尽量只吃处方药。显然我受不了更强的药性。”摩根挪腿坐到床边。

“悠着点来，好吗?”吉安娜建议道。

“我会的。”摩根慢慢站起身来。房间并没有晃动的感觉。她走进洗手间。等出来时，她又觉得一直站着确实是有些高估自己了，索性还是回到床上，她的头又开始痛了。

吉安娜给她端来了水和咖啡。

“这感觉就像宿醉一样，还是我有史以来经历过最糟糕的宿醉。”

“喝了咖啡可能会好受一些。”吉安娜把咖啡递过去，“我应该不用担心你会对这个上瘾了，你的意识都不够清醒。”

摩根喝了一口，咖啡就像液体黄金滑过她的喉咙，“孩子们在哪儿?”

“去上学了。”吉安娜说道，“校车半小时前来的。”

“那索菲在哪儿?”

“你祖父带她和小瞌睡到外面去了。他不想让索菲吵醒你。”

咖啡因将摩根脑中的蜘蛛网一扫而空，“等等，今天周三，你得去做透析。”

“你一个人能行吗?如果不行的话，我可以叫辆出租车，你祖父可以在家里陪你。”

摩根喝干马克杯里的咖啡，“摄入了咖啡因之后我感觉好多了。说真的，我就是手臂上划了个口子，仅此而已。”

“可是你昨晚挺恍惚的。”吉安娜在门口踌躇了一会儿。

“现在药效已经过了，我没事。”为了证明这一点，摩根又走下了床，她感觉自己的脑袋像被人用保龄球敲过一样，但她还是装出一个微笑看着吉安娜出了卧室。他们一离开家，她肯定要马上倒回床上。

“妈咪!”索菲朝她跑过去。

“索菲!”祖父喊道，“记着你妈妈手臂上有伤。”

索菲赶紧停下脚步，球鞋在走廊的木质地板上滑出尖锐的响声。

“没事。你可以抱我。”摩根蹲下身来，把受伤的那只手臂举高。

索菲轻轻抱了她一下，亲了亲她的脸颊，接着飞快转过身冲回门边，“今天曾祖父要送我去学校。”她拎起凯蒂猫书包背到肩上，牵起曾祖父的手，“快点，我要迟到了。”

“你确定你没事?”祖父的眼中写着担忧。

“我很好，”摩根说道，“我会再喝杯咖啡的。”

“我一个小时不到就会回来。”祖父说道。

吉安娜牵起索菲的手，三人走出了前门。摩根听见门栓上锁的声音。

屋子一空，摩根便回了卧室，但咖啡因正在她脑中嗡嗡作响，她睡不着，干脆放弃休息，进了厨房，重新倒了一杯咖啡，带回了床上。

前一晚，菲利普·爱默生拿刀架在她脖子上时，她就意识到了生命的短暂。

尽管已经失去了那么多人，她仍是在自己的生命受到威胁时才猛然清醒过来。

过去两年里，她一直在浪费生命。她的孩子是唯一能带给她快乐的事物，但这是不对的。

她打开床头柜，取出那封她逃避了两年的信。她看着信封外面丈夫的笔迹，滚烫的眼泪顿时灼伤了眼角。“摩根”。

“对不起，”她看着约翰的照片，手指滑到信封的盖片下面掀开封口，“我之前不敢读你的信。”

她读着丈夫赶赴伊拉克前给自己写的信，泪水模糊了纸页。想到自己可能会战死沙场，他便在指挥官那儿留了一封信。她之前不敢读这封信，现在想来突然觉得自己非常自私。这封信不长，约翰一向是个惜字如金的人。他也不是一个诗意的人，只是一个好人。他总是言简意赅，说的都是心里话。遗信也不例外。

摩根：

如果你正在读这封信，那证明我没能活着回家。我很抱歉。能娶你为妻是我莫大的福气。你只需知道：我全心全意地爱着你和我们的女儿。纵使隔着六千英里的距离，在我生命的最终，想起的也一定是你们四人的样子。尽管我们在一起的时间是如此短暂，但你们的爱是我的珍宝，我会带着它一直走到生命尽头。

我并非献身于高尚的爱国情操，我之所以奉献生命，是为让像你、艾娃、米娅还有索菲一样的人，能过上安全自由的生活。我履行了我的职责。现在我希望你也能履行你的职责。你要好好活下去，这便是对我生命最大的缅怀。别认为你过得开心会是对我不忠，这样的想法不值得你浪费一分一秒。好好活着，要笑，要去爱。别压抑自己。让我为你骄傲。

永远爱你。

约翰

她擦干脸上的泪水，把信叠起来，放回抽屉里。她会把信转移到保险箱里，这样女儿们就可以一直保存下去。但她不会再读这封信了。

她把照片从床头柜上拿起来，“你说得对。一直以来我都活得像行尸走肉一样，这对女儿来说不公平，对我自己也不公平。谢谢你让我知道这些。”

她拿着他的照片走进女儿的卧室，把照片放在她们的梳妆台上。她永远不会忘记他，也不会忘了他们曾经相爱，但现在是时候放手了。

是时候好好生活了。

第四十三章

兰斯走进冰场。孩子们正在热身。扎克教练靠在半墙上，看着他们在溜冰场里兜圈。

扎克转过身来，“嘿，兰斯。那是你的冰鞋?”

“是的。”兰斯坐在椅子上，脱下运动鞋，换上黑色的冰球鞋。

“你的治疗师知道吗?”

“治疗师允许我滑冰，但运动不能太剧烈。”兰斯把鞋带系紧，“所以也别想玩什么刺激的了。”

但重新站在冰场上的感觉真是太好了。

孩子们滑了过来，他本来以为自己会被撞上，还有过一瞬的恐慌，但他们给他空出了位置，绕着他滑行，嘴里喊着鼓励的话。

“兰斯教练!”

“太棒了。”

兰斯笑开了。一年半以前，这些孩子还那样不信任警察，几乎不和他说话。取得他们的信任需要一个漫长的过程，但他中枪那会儿，他们每一个人却都到医院探望了他。

他听从医嘱，停滑了很长时间。他把冰鞋放到一边，和扎克一同退到边线后面指挥训练。

等他把车停在自家车道上，打开车库大门时，天已经黑了。他的心情本应该很好，但事实却并非如此。自从前夜他从医院开车送摩根回家之后，她就再没和他联系过。但这个案子也结束了。他们不会再待在一起了。他们的感情会回到特莎这起凶案发生前的状态吗？他会想要这样的结局吗？

该死。

夏普开着道奇战马车停在路边，兰斯这时还在车库里。夏普匆匆走上车道，手臂底下夹着一份文件，“快看看我找着什么了吧。”

“你看起来很兴奋。”兰斯领着他往房里走去。

夏普晃了晃文件夹，“你和摩根对凡妮莎·刘易斯那个未婚夫的直觉太准了。”

“我还以为凯文·默多克没问题呢。”兰斯打开灯，两人走进厨房。

夏普在柜台上打开文件，“凯文·默多克确实没问题。”

兰斯越过他觑了一眼照片上那个光头胖子，“这是谁？”

“凯文·默多克。”夏普咧嘴微笑，几乎露出了所有的牙齿。

“那和凡妮莎·刘易斯约会的又是谁？”

夏普翻到下一页，“拜伦·狄克森。登记在册的性犯罪者，三年前从佛罗里达州搬过来，偷了凯文·默多克的身份。狄克森之前强奸了一个十三岁的女孩，坐了十一年牢。假释之后过了一个月，他搬到了这里，用新身份逃过性犯罪者的登记。接着他又和凡妮莎成为了朋友，并开始和她约会。他确实是个会计，他会在公寓外面接活儿，做做收入所得税和小生意的账目。”

“可怜的杰米。”兰斯虽然觉得愤怒，却并不惊讶。据最新的统计数据显示，美国国内有近七十五万登记在案的性犯罪者。他们轻易就能越过各州边界，也很容易成为媒体报道的漏网之鱼。

“嗯。他肯定是做了什么。接着她又听到自己的母亲要和他结婚，于是再也忍受不了了。”夏普关上文件，“我已经给联邦政府工作人员打过电话了。他们十五分钟前逮住了他。杰米不用再为他担惊受怕了。”

“所以要是我们能找到她，她就安全了。”

“我们会继续找的，但这孩子真是神出鬼没。”

“我会打给她的朋友托尼，”兰斯说道，“可能他可以跟她说一声她安全了。”

“我只是觉得你想知道。”夏普拿起文件，“你和摩根谈过了没有?”

“没有。”

“那你这副愁眉苦脸的样子就解释得通了。”夏普摇摇头，“那就打给她啊，你心里清楚你喜欢她，就是过不了自己这关。”

“夏普，我们谈过这个问题。我妈妈的病情容不得我发展恋爱关系。”

“别跟我说这些有的没的。”夏普劈头盖脸教训了他一顿，“你就是害怕了。摩根和其他人不一样，我看见过你看她的眼神，她大概是你真正在乎的那个人。”

兰斯转过身，不敢面对夏普——还有真相。

“晚安，夏普。”

夏普忿忿地喷出一口气，径直往门口走去，“别像个傻子一样。”

门在兰斯身后关上，他坐到钢琴边，沉浸在忧郁的音乐之中。他正要弹起酷玩乐队的歌，门铃声却忽然响起。除了夏普，没人会来拜访。

他从猫眼里看见一个留着莫西干头型的高大身影。兰斯开了门，托尼·阿莱西站在门前的台阶上，身边还站着一个高瘦女孩。

杰米·刘易斯。

“请进。”兰斯退到一边。

杰米绊了一下，托尼抓住她的手臂，搭在自己肩上。他扶着杰米走进灯火通明的厨房，兰斯终于发现女孩看起来非常不对劲。她的皮肤透着死一般的苍白，同时又泛着潮红。

“请坐。”兰斯抽出一张厨房椅。

杰米跌进椅子里。

“她病了。”托尼摸了摸他的莫西干头，“我不知道还能带她去哪儿。”

兰斯蹲在杰米身前。显然她有段时间没洗澡了，头发油油的，眼神呆滞。他伸手探上她的额头，“她烧得很厉害。”

“我不能回家。”她喃喃道。

“不，你可以回家了。凯文已经不在了。”

她眨了眨眼。

“凯文其实不叫凯文，”兰斯说道，“他是佛罗里达州来的一个性犯罪者，你也不必担心他的问题。”

“他说没有人会相信一个疯女孩说的话。”她哭了起来。

“我知道。”兰斯抓起车钥匙，“我们先送你到急诊室，我给你妈妈打电话。你会没事的。”

女孩站起身时膝盖一软，兰斯捞起她，把她抱到吉普车上。开车去急诊室的路上，兰斯给她母亲打了电话。一位护士带着杰米进了导诊区，兰斯和托尼则径直去了等候室。

凡妮莎·刘易斯匆匆穿过滑动门，泪水纵横的脸上满是恐惧，“她在哪里？她还好吗?”

兰斯站起身，“护士把她带过去了。他们肯定会让你进去的。”

凡妮莎在柜台上报了自己的名字。

“我真是不敢相信，我竟然让一个禽兽待在我的孩子身边。”她把手伸进口袋，拿出一张纸巾，“他之前人那么好。”

“他是一个有经验的性犯罪者，”兰斯说道，“这不是他第一次作案了，他知道自己在做什么。”

电子门打开，一个穿手术服的护士叫道：“哪位是刘易斯夫人?”

兰斯也叫了她一声。两人肯定无法一夜之间和好如初。如果杰米和她母亲要共同渡过这一难关，她们肯定需要时间和专业的帮助。

第四十四章

两天后。

周五早上，兰斯先去他母亲那里查看了一下，接近中午时分才走进办公室。夏普正在打电话。那条狗蜷在角落的小床上。兰斯从门口进来时挥了挥手，接着走进他自己的办公室，在牌桌边坐下，盯着眼前唯一一份文件：他父亲的文件。

这份文件他还没打开过。对，他是想知道父亲身上到底发生了什么事，但如果夏普二十三年都没有找到任何线索，那还有真相大白的机会吗?

他原本认为自己已经和过去和解，这样一来会不会又陷入往事的泥潭？他还在考虑挖掘过去会对母亲造成什么影响。

前门打开又关上，摩根走了进来。兰斯吃惊得站起身。自从周二送她回家之后，他就没见过她了。

小狗从夏普的办公室冲出来迎接她，兰斯也想这样做。他听见她用一种高到夸张的调子和小狗说着话。

“多可爱的小姑娘啊。夏普是不是给你洗了澡?”

小狗跟随着摩根的脚步走过门厅，脚趾甲在硬木地板上啪嗒作响。

兰斯走进作战室。她正在清理白板，将尼克这个案子的证据打包归档。她今天没有穿职业套装，只穿了条牛仔裤，一件黑毛衣，脚上踏着一双棕色靴子，一条灰色和蓝绿色相间的丝巾在脖子上打了一个颇具艺术感的领结。手臂上的绷带从袖口微探出来。她的脸色虽然还有些苍白，但眼神是清澈的蓝色，美丽一如往昔。

她还在和狗说话："瞧瞧你的新项圈和狗牌。"

狗坐在她脚边，仰头听着她说话。小狗颈上的项圈是紫色的，金属环下垂着一个亮粉色的狗牌，上面印着她的名字"火箭"。

摩根现在要做什么呢？针对尼克的指控已经撤销，她不用再扮演辩护律师的角色了。他会想念能见到她的每一个日夜，但这大概是最好的结局吧。如果他们还在一起亲密工作，他很难抗拒她的吸引力。

他靠在门框上，"手臂怎么样了？"

她转过身，"还有点痒，但除此之外就没什么问题了。"她从磁铁下扯走嫌疑人照片，把它们放进箱子里。

"要我帮忙吗？"他从板子另一头开始收拾，"这些东西你要怎么处理？"

"暂时收着吧。我想，"摩根顿了顿，一张犯罪现场的照片从她手里晃了下来，"看布赖斯什么时候联系我，到时再做决定。"

"地检官那边还没有消息？"

"没有。"摩根挠了挠绷带边缘，"我盼着他能在尼克出院之前发出官方声明，我可不想再有邻居挑事了。"

"你觉得还会有？"

"谁知道呢？我不清楚为什么对爱默生提起诉讼要花这么长时间。

没有正式的拘捕令和新闻发布会，大家还会认为尼克是有罪的。”

她的电话响了起来。她看了眼来电显示，“是布赖斯。”

她接起电话，听着对面传来的内容，鼻梁上挤出一条疑惑的褶皱。兰斯能听到布赖斯的声音，但听不清他具体说了什么话。

“好的。布赖斯，谢谢来电。”她放下手机，脸色苍白，“DNA 测试结果出来了。”

“结果是不确定。”她交叠起双臂，“一般来说，我们都会认为亲子概率只可能是 99%或 0%，也就是说要么你确定是孩子的生父，要不就绝对不是。这也就证明雅各布和孩子绝对没有亲子关系，但特莎的孩子和他却又有 26%的 DNA 匹配度。”

兰斯被真相震住，靠在了墙上，“因为雅各布和孩子是同父异母的兄弟，菲利普才是父亲。”

“从很多层面来说，这都是件让人烦恼的事。”摩根说着，弯下腰摸了摸小狗的头，狗倚靠在她的小腿上。

“有其父必有其子，”夏普说道，“想想他父亲做的事，雅各布不尊重女性也就不足为奇了。”

“是的。”摩根颤抖了一下，“这两家人彼此认识……还是朋友。他们会聚在一起玩。几年前特莎祖父心脏病发，有几次特莎还在他们家过夜。菲利普开始骚扰她的时候，她才十二岁。”

夏普的指节重重磕在墙上，“我真想一枪崩了他。”

摩根继续说道：“警方彻底搜查了爱默生家，他们在菲利普的办公柜后面发现了一个箱子，里面装着特莎的照片，还有一绺头发，警方怀疑也是特莎的。布赖斯说那些照片可以追溯到六年前，那时特莎的父母去世了，她刚搬来和祖父母生活。他们将以强奸和谋杀罪起诉菲利普。布赖斯说他们今天晚些时候会发官方声明。尼克终于洗清了罪名。”

“这次事件对市长选举的影响肯定很有意思，”夏普补充道，“但说到底，这还是自作自受。”

“地检署和警局局长还在忙着寻找转机呢，”摩根说道，“我猜测市长会和这两方保持距离。但我怀疑大选前他是没有足够时间弥补这次灾祸的影响了。”

“我觉得他可能会炒了霍纳，让他承担所有罪责。”夏普说道。

兰斯耸肩，“这也可能发生，我们等着看吧。那地检官准备怎么处置雅各布?”

“非常不幸，我不认为他们能把雅各布怎样。没有被害人作证，这个案子也就石沉大海了。但我还有其他消息，”摩根说道，“我今早和警长谈过了，他们能查到梅内德斯妻子账户里那笔汇款的来源。你们肯定猜不到是谁安排的转账。”

“特莎的祖父?”兰斯猜道。

摩根摇头，“是她的祖母。对质的时候，她也承认了在我门上钉牛心的事情。县警局今早逮捕了她。”

“有没有人查清楚迪恩·沃斯那时忏悔是什么原因?”兰斯问道。

“有，”摩根说道，“一个迪恩部队里的老战友之前致电沃斯夫人，向她表达了悼念之情，他说迪恩曾经开枪误杀了一个年轻的伊拉克女孩。其他细节他不能透露。那次意外是在一次保密行动中发生的，上面不允许他们谈论行动内容。”

“可怜的沃斯。”夏普摇摇头。

“我猜测他是目睹了特莎被害，脑中残存的一丝理智也被摧毁了，他可能觉得自己没能阻止爱默生，于是心生愧疚。”摩根把最后一张照片放进箱子里，盖上盖子。她环视一眼办公室，“我觉得现在我们可以把这些都装箱，堆进储藏室去了。”

“希望尼克可以走出这次阴影。”夏普说道。

“感谢上苍，他的身体倒不会有什么问题，但情感上估计很难痊愈。”摩根把箱子移到地上，“我今早和巴德谈过。他准备把房子卖了。他要和尼克搬到曼哈顿去和他姐姐住一阵子。他觉得去城里生活可能对他们来说会是一个全新的开始。”

“这对尼克来说可能是最好的安排了，”兰斯说道，“我这儿也有一些消息。凡妮莎·刘易斯今天一早来电，杰米已经出院了，她肺炎还没好全，正在家休养。他们预约了一个新的心理医生，但他们在医院看病时，那位医生说杰米的躁郁症纯粹是无稽之谈。冒牌凯文那时已经开始对她毛手毛脚的，还告诉她没有人会相信她，因为她疯了。于是杰米崩溃了，她想尽一切方法避开他，可她妈妈却宣布他们要结婚。杰米知道凯文一旦搬进来，这种凌虐将会变本加厉，所以她离家出走了。”

“冒牌凯文要应付联邦指控，加上佛罗里达和纽约两州的指控罪名，”夏普说道，“他得关好一阵子咯。”

“那正好，”兰斯继续说道，“似乎凯文是从一个线上的父母群里锁定凡妮莎的，那个群里的成员儿女都是有学习障碍的青少年。”

“呸，我希望他烂在监狱里。”夏普转身朝走廊走去，“摩根，如果需要我帮你把办公室清出来或是订家具，跟我说一声就行了。”

兰斯转头看向空空的走廊，“我没听错他说的话吧?”

“没错。”夏普的声音从大厅里传来。

摩根脸红了，“夏普邀请我来这儿工作，他觉得团队里有个律师加盟会有利一些。”

“另外，她对这方面真的很擅长，”夏普在厨房里喊道，“有了她，事务所看起来也更高端一些，也让咱们看起来更正规。”

摩根起身关上门，“一起工作没问题，对吧？”她走近兰斯。

“没有，当然没有。”看见她在身前停下脚步，兰斯顿时定在了原地。

说真的，对此他有什么感想呢？

不知所措。

“你确定你想做这份工作？”他问道。

“就现在来说这份工作很适合我。女儿刚生下来的时候，约翰就走了，我那时拼命工作，丝毫没有意识到我们的生活有多疯狂。但过去两年回家陪伴孩子之后，我不想再放弃和她们在一起的时间。除了偶尔有些疯狂的案子之外，我可以自己安排时间，我听说老板很好说话。”

“确实如此。”夏普的声音透过门传来。

她抬起一只手按上兰斯的胸膛，“你有什么意见吗？我不知道我们现在是什么状况。”

兰斯的内心跳起了触地得分的胜利舞蹈，“我没意见，完全没意见。”天哪，他听起来简直像个抽抽搭搭的白痴。

“很好。我正好奇你想不想出去约个会什么的。”

好！好！好！

拜托，矜持一点。

他清了清嗓子，“我愿意。”但他不应该这么自私。她只见过他妈妈一次，而且还是撞上了好日子。摩根完全不知道自己陷入了怎样的麻烦里，和他扯上关系可是很难办的。

“好。我希望老板对办公室恋情不会有意见。”她唇边勾起一个微笑。

他很想尝尝它的味道。

“他提倡办公室恋爱。”夏普的声音又穿过门来。

“走开，夏普。”兰斯伸手抚上她的腰，将她拉近一些，“那我们从哪儿开始呢?”

“这可难住我了。”她靠在他身上，“我十年多没谈过恋爱了。”

“一起吃午餐怎样?”

“午餐是个不错的提议。”

“你就直接亲她吧。”夏普叫道。

兰斯低头压上她的嘴唇，这个吻进行得不紧不慢，她的嘴唇柔软而温暖。她发出一声满足的轻叹，接着靠进他怀里。她身体的柔软依偎进他坚实的身躯之中。虽然吻依然是甜的，但他在她唇上尝到的承诺却不止于此。

他抬起头，“我们组成了一支很棒的队伍。”

“确实。”她微笑着伸手圈上他的颈项，把他拉下来又吻了一下，这次的吻就不那么清淡了，让两人都有点喘不过气。

谁知道明天会发生什么呢？他和摩根身上的负担足以让一艘远洋巨轮沉海，而摩根对母亲给他带来的骚乱也全然不知。

但她与他是如此契合，这种感觉让他不由计划起那顿午餐之外的事情。今天他要活在当下。为这简单的一吻，他已经等了太久了。

但每一秒都无比值得。

致谢

一如既往，一切归功于我的经纪人吉尔·马萨尔，还有整个蒙特雷克罗曼史系列的团队，尤其是我的总编辑映·史洛普，策划编辑夏洛特·赫舍尔，还有作者指导兼技术女神杰西卡·普尔。

特别感谢琳恩·斯帕克斯能耐心帮我完善这个故事的程序要素。她替我省下了好几周查资料的时间。

图书在版编目（CIP）数据

对不起/（美）梅琳达·丽著；万聿，吴糈译. --上海：上海文艺出版社，2019.8

（血手印系列）

ISBN 978-7-5321-7106-4

Ⅰ.①对… Ⅱ.①梅… ②万… ③吴… Ⅲ.①长篇小说—美国—现代 Ⅳ.①I712.45

中国版本图书馆CIP数据核字(2019)第144215号

Copyright ©2017 by Melinda Leigh

All rights reserved.

This edition made possible under a license arrangement originating with Amazon Publishing, www.apub.com.

Simplified Chinese edition copyright:

2019 SHANGHAI LITERATURE AND ART PUBLISHING HOUSE

著作权合同登记图字：09-2017-823

书　　名：对不起

作　　者：（美）梅琳达·丽

译　　者：万　聿　吴　糈

出　　版：上海世纪出版集团　上海文艺出版社

地　　址：上海绍兴路7号　200020

发　　行：上海文艺出版社发行中心发行

　　　　　上海市绍兴路50号　200020　www.ewen.co

印　　刷：上海盛通时代印刷有限公司

开　　本：890×1240　1/32

印　　张：11.25

插　　页：2

字　　数：216,000

印　　次：2019年8月第1版　2019年8月第1次印刷

I S B N：978-7-5321-7106-4/I.5678

定　　价：49.00元

告 读 者：如发现本书有质量问题请与印刷厂质量科联系　T：021-37910000